Também de Arquelana:

Operação Paddock

ARQUELANA

AS REGRAS DO JOGO

paralela

Copyright © 2024 by Arquelana

A Editora Paralela é uma divisão da Editora Schwarcz S.A.

Grafia atualizada segundo o Acordo Ortográfico da Língua Portuguesa de 1990, que entrou em vigor no Brasil em 2009.

CAPA Sasyk e Ale Kalko
ILUSTRAÇÃO DE CAPA Sasyk
PREPARAÇÃO Júlia Ribeiro
REVISÃO Ingrid Romão e Adriana Bairrada

Dados Internacionais de Catalogação na Publicação (CIP)
(Câmara Brasileira do Livro, SP, Brasil)

Arquelana
   As regras do jogo / Arquelana. — 1ª ed. — São Paulo : Paralela, 2024.

   ISBN 978-85-8439-398-5

   1. Romance brasileiro I. Título.

24-209293   CDD-B869.3

Índice para catálogo sistemático:
1. Ficção : Literatura brasileira   B869.3

Eliane de Freitas Leite – Bibliotecária – CRB-8/8415

Todos os direitos desta edição reservados à
EDITORA SCHWARCZ S.A.
Rua Bandeira Paulista, 702, cj. 32
04532-002 — São Paulo — SP
Telefone: (11) 3707-3500
editoraparalela.com.br
atendimentoaoleitor@editoraparalela.com.br
facebook.com/editoraparalela
instagram.com/editoraparalela
x.com/editoraparalela

Para todas as garotas que, em noites solitárias, encontraram nos amigos o verdadeiro significado de família.

1. Sou agredida por uma loira

CACAU RODRIGUES

O dia estava indo bem até América Figueiredo me atingir no rosto com uma bola de basquete e me fazer esquecer do meu nome por alguns segundos.

Veja bem, não estou dizendo que ela acordou e decidiu mirar em mim de propósito. Não, ela jogou a bola, arregalou aqueles olhinhos castanhos *miseráveis* para mim e correu, "preocupada", para checar como eu estava.

Meus óculos de sol caídos no chão talvez fossem um indicativo.

A vermelhidão na minha pele também.

Mas América só parou na minha frente, observou meu rosto e abriu um daqueles sorrisos que normalmente seriam gentis, se não fosse por uma singela tremidinha no canto da boca. Aquela que faz você se perguntar se está louco por imaginar se alguém te odeia ou se ela só é daquele jeito mesmo.

— Como você faz parte do time se tem uma mira tão ruim? — disparei, me agachando para pegar meus óculos e me certificando de que, sim, uma das hastes estava torta.

— Eu não tinha te visto. — Ela deu de ombros e pegou a bola de basquete aos meus pés, passando-a de uma mão para a outra. — Você deveria tentar se destacar mais um pouco. Faria com que as pessoas te vissem.

E abriu um sorriso ainda maior, voltando para a quadra.

Mas eu disse que o dia estava indo bem, não disse?

Antes de amanhecer, eu havia decidido que aquele seria um bom dia. A professora de poemas hesiódicos havia cancelado a aula daquela manhã, então eu estava com um período livre. E tinha o meu passaporte, que havia chegado no dia anterior e ainda estava em cima da minha escrivaninha. Eu o encarei até dormir na noite passada, com o coração palpitando. Era só um pedaço de papel, não deveria ser tão aterrorizante. Mas era. Significava liberdade, oportunidades e, agora que estava bem na minha frente, não conseguia nem segurá-lo, com medo de que escapasse se eu desviasse o olhar por um segundo sequer. Havia diante de mim uma chance materializada, mas o que me aguardaria do outro lado, quando eu efetivamente agarrasse minha oportunidade? Tudo pelo que eu batalhei estava enfim acontecendo, não era mais apenas uma ideia no horizonte. Começava a dar pequenos passos em direção ao que eu queria, e era muito mais pacífico sonhar do que efetivamente viver o processo de alcançar meus sonhos.

Tantas opções, tantos lugares para ir, tantos países para visitar. Queria muito ir para Nova York, onde poderia visitar os principais pontos turísticos das fanfics que eu lia quando era adolescente e dizer: "Isso aqui é São Paulo com mais ratos".

Antes de sair do quarto com meu shorts amarrotado e meu top de academia, segurei aquele documento com o mundo inteiro dentro e folheei as páginas em branco, naquele papel mais grosso e com relevo. Ali estava marcado o meu número de identificação, porque agora eu era uma cidadã do mundo. Uma cidadã sem dinheiro, mas, ainda assim, pertencia ao universo por completo, não só à minha nação.

E, para melhorar um pouco mais, não comi nenhuma ameixa doce demais no café da manhã. As duas que comi estavam azedinhas, na medida perfeita.

O universo talvez estivesse me recompensando com uma manhã perfeita após os últimos meses de terror pensando no fim da faculdade e no que fazer com meu futuro.

Contemplei a solitude, o som do silêncio dos meus pensamentos. Ah, que som ótimo é não ouvir nada te sabotando pelo menos uma vez na vida.

Talvez inebriada pelo poder da sorte, me senti motivada até a ir treinar sozinha. Poderia fazer yoga no centro esportivo da faculdade antes da reunião com minha orientadora de iniciação científica.

As pessoas gravavam vlogs com essa rotina, não gravavam? Eu poderia tentar fazer isso também.

Apesar de ter ido a pé, não cheguei suada à faculdade, nenhum motorista de ônibus buzinou para mim e nem fui atropelada por um ciclista de *speed*.

Quase pude ouvir os passarinhos da Branca de Neve ao meu redor, o cheiro das tortas da Tiana assando e Ruby Rose (nenhuma princesa, só a atriz mesmo) se aproximando e sussurrando em meu ouvido o quanto queria me amar até minhas coxas arderem em câimbras.

— *Vamos para a posição da criança* — narrou a zen-até-demais instrutora do aplicativo.

Eu inspirei e expirei, indo para a pose com a testa no colchonete e as mãos estendidas lá na frente.

Minha mente estava limpa, em uma calmaria que levei anos para lapidar durante a meditação. Mas minha paz acabou assim que ouvi os gritos das meninas do basquete.

Expirei com mais força do que o normal e me ajoelhei. Na quadra ao lado, pelo menos vinte jogadoras corriam de um lado para o outro, arremessando bolas para o alto, gargalhando e se empurrando.

América estava entre elas, com seus um metro e oitenta e aquele cabelo loiro infernal, preso em um rabo de cavalo, balançando-o de um lado para o outro. Uma das meninas estava no time há seis anos, embora seu curso originalmente durasse só quatro. No ano em que era para ela ter se formado, Jasão havia começado a se lamentar que seu amor não correspondido da filosofia não estaria mais ali no próximo semestre, mas, dois anos depois, lá estava ela.

Me impressionava o quanto pessoas da atlética se empenhavam em *nunca* sair da faculdade pública. Já é bastante difícil, e a maioria de nós só quer se formar logo e dar no pé daqui, mas não elas.

Não, a galera da atlética às vezes passava mais tempo nas dependências da faculdade do que tinha ficado na escola, e isso quando não se formavam e continuavam voltando para os eventos, para chefiar campeonatos e festas.

Eu não via graça nenhuma naquilo, mas também não gostava de homus e acabei gostando. Talvez só me faltasse o incentivo para levar uma bolada na cara por livre e espontânea vontade.

Tomei goladas de água quando as meninas do basquete começaram a fazer alguns passes entre si e de repente me vi com o queixo apoiado na mão ao ver uma delas, com pernas imensas e torneadas, saltar e enterrar a bola na cesta. Se estivéssemos em um desenho do Pica-Pau, teria fogo saindo da bola. A mulher de pele negra pousou no chão, e fiquei meio boquiaberta ao ver como o shorts curto subiu um pouco mais, mostrando um pequeno pedaço acima da coxa. Gente...

Decidida a não ficar mais tempo ali, me levantei, esbaforida, e fui embora. Foi quando América Figueiredo decidiu que era uma boa ideia me agredir.

Depois dali, como sempre acontecia quando América estava envolvida, tudo deu errado.

Minha reunião da iniciação científica foi ruim, comi uma ameixa quase estragada ao chegar em casa, bati com o dedo mindinho no sofá e encontrei uma mensagem do proprietário do apartamento me informando sobre um *súbito* aumento no condomínio a entrar em vigor dali um mês. O valor já tinha subido depois de instalarem um mercadinho no prédio (eu fui contra, claro, mas como moro de aluguel, não pude votar na assembleia). O que mais precisava aumentar naquele lugar? Tinha um parquinho para crianças caindo aos pedaços e os gatos cagavam na horta comunitária, ninguém tinha coragem de comer dali. E isso tudo sem falar do elevador. Os barulhos daquele treco não eram normais, provavelmente não passava por uma inspeção desde 1980.

Mas tentei olhar pelo lado positivo.

Eu era gostosa, tinha uma bunda imensa e cabelos sedosos.

Tudo ficaria bem.

Meus planos eram certeiros: eu daria o meu melhor naquele semestre, conseguiria as maiores notas possíveis e faria um intercâmbio, com bolsa pela faculdade. Aquele era meu único foco até os editais abrirem, em cerca de seis meses. Sem namoradas, sem festas, sem saídas todos os dias, sem distrações.

Sem interferências no único sonho que sempre tive para a minha vida.

Apesar disso, era difícil tirar dos ombros o peso esmagador do condomínio aumentando, ainda mais agora que a menina com quem eu dividia a casa tinha se mudado depois de alguns desentendimentos. Não estava nos meus planos, e meus pais já se desdobravam horrores para me ajudar com o aluguel. Eu sabia como a conversa aconteceria. "Filha, nós te amamos e vamos dar um jeito", seguido por uma troca de olhares que os dois juravam que só eles entendiam, como se eu não convivesse com eles há vinte e um anos. Meus pais ainda me tratavam como criança às vezes, sem perceber que eu já tinha chegado a uma fase da minha existência em que problemas sérios pelos quais eles passaram agora começavam a acontecer comigo.

Estava há alguns dias tentando achar uma nova colega de apartamento, embora me sentisse um pouco traumatizada, porque a última foi um terror. Ela era bagunceira, deixava lixo mofando na pia a ponto de larvas surgirem e o pior de tudo: queimou o sofá inteiro com bitucas de cigarro. Cogitei tentar lidar sozinha com aquilo, poderia pegar mais freelas, vender meu computador e comprar outro mais antigo... Mas aquilo era um fardo imenso. Às vezes eu chegava a me convencer de que conseguiria mudar minha realidade com a força do querer, mas então a verdade me atingia com força: eu não podia fazer tudo o que queria se nem o aluguel eu conseguia pagar sozinha. Arrumar uma nova colega de apartamento não poderia ser tão ruim. Quer dizer, qual seria o pior cenário? América Figueiredo morando comigo?

Gargalhei sozinha, porque eu não estava *tão* desesperada. Jamais me colocaria numa situação dessas. Antes disso, choveria canivete.

2. Não se chuta bola de basquete

CACAU RODRIGUES

Estava chovendo canivete.

Bem, de certa maneira.

— Você quase me matou com esse troço! — Arregalei os olhos para Babel, que só pegou o pequeno canivete de metal do chão e o estendeu para mim.

— E vaso ruim quebra, por acaso?

— Tem razão, você ainda está aqui por um motivo.

Ela apenas gargalhou com a mão na barriga e levou um "shiiiiiu" intenso de um dos alunos ao nosso lado na biblioteca. Babel deu de ombros e pediu desculpas baixinho.

— Por que você precisa de um canivete? Não sabe cortar papel só dobrando? — ela resmungou, atenta ao cara do nosso lado, que bufou audivelmente e se levantou com suas coisas, indo em direção a outra mesa.

— Tem mais risco de rasgar, prefiro usar a tesoura. — Apontei para o pequeno item no canivete suíço.

Babel deu uma risada pelo nariz, se recostou na cadeira, cruzou os braços e balançou a cabeça. Ela sempre ficava nessa pose jogada, que dava um ar meio descolado a ela, mas eu sabia que era só para disfarçar a dor na lombar.

— Você pode ser um pouco menos perfeccionista às vezes, sabia?

— Não é perfeccionismo. — Torci o nariz ao perceber que estava com a ponta da língua para fora da boca num gesto de concentração. — Se posso fazer as coisas bem-feitas, por que não faria?

— Só um perfeccionista diria isso — resmungou de novo.

Ao longe, o mesmo estudante bufou de novo e nos fuzilou com o olhar.

— Que encheção de saco — reclamou Babel e botou os fones, ficando em silêncio pelo máximo de tempo que era possível, três segundos. Arrancou-os e espalmou as mãos na mesa, os anéis fazendo uma barulheira no tampo de madeira, chamando a atenção de algumas outras pessoas. — Vamos à festa da atlética hoje, né? Todos os nossos amigos vão...

Torci o nariz.

— Não vai rolar, Bel, eu tenho um monte de coisa pra fazer.

— As aulas começaram essa semana! — exclamou um pouco alto demais. Censurei-a e peguei meus livros.

Saímos juntas da biblioteca, com o sol forte de fevereiro nos cegando momentaneamente.

— Eu tenho um relatório da iniciação científica para entregar, a gente não para nas férias — justifiquei. — E também estou me preparando pra publicar um artigo com a Libélula.

O prédio da Letras estava lotado. Por todos os lados, calouros se esmagavam nos bancos, deslumbrados com a faculdade. Quatro anos atrás, eu tinha o mesmo olhar, a mesma chama de esperança, que foi gentilmente esmagada como uma bigorna pela vida adulta.

Babel se espreguiçou e piscou para uma de suas calouras.

— E aí, mãe! — cumprimentou uma das meninas. Na nossa faculdade, era comum veteranos adotarem calouros, e parte da cultura universitária envolvia a construção de *famílias*, ou gerações de veteranos que adotam *bixos* e *bixetes*.

Minha amiga acenou de volta e pegou o papel perfeitamente cortado que eu segurava. Poderia ter talvez cortado um pouco mais, tinha um pedacinho sobrando e...

— Você vai anunciar uma vaga? Pensei que estivesse determinada a não dividir sua casa com mais ninguém depois do último desastre.

— E não ia, mas o condomínio subiu e eu não tenho tempo pra pegar freelas de revisão. Não consigo bancar sozinha. — Franzi o cenho e peguei o papel de volta. — Mas vou ser extremamente criteriosa nas entrevistas.

Babel riu pelo nariz.

— Como se você tivesse outro modus operandi que não o de megera.

— Não tenho culpa se a maioria das pessoas não faz o mínimo.

Minha amiga arqueou a sobrancelha, mas deu de ombros. Ela estava acostumada com o meu jeito, e eu gostava daquilo. Normalmente, não me sentiria confortável para dizer esse tipo de coisa perto de qualquer outra pessoa, mas Babel não ligava. E se eu passava dos limites, ela me dava um toque sincero.

— E a festa hoje, não rola? — perguntou de novo.

Estava prestes a recusar, mas fui envolvida por um par de braços. Meu coração bateu forte antes de perceber que era Paiva e seu sorriso imenso. Gostava do cheiro dele e me questionava como alguém usando moletom até no verão não ficava suado.

— E aí, meus amores? — Ele me deu um beijo na bochecha antes de abraçar Babel com força.

— Tentei convencer essa daí a ir pra pelo menos uma festa com a gente na calourada, e sabe o que ela disse?

Paiva cerrou os olhos verdes em minha direção, os cabelos castanhos sedosos caindo sobre o rosto.

— Que está muito empolgada pra tirar as teias dessa buce...

— Que preciso terminar um relatório da Libélula — corrigi, franzindo o cenho. — Sei que estamos na primeira semana, só que eu tive uma reunião não muito positiva com minha orientadora. É a calourada, mas vocês devem ter esquecido que não somos mais calouros.

Paiva deu uma olhada de esguelha para Babel, que apenas deu de ombros.

— Ela vai — garantiu.

— Você faz parecer que sou uma puritana que odeia festas. Se não fossem os relatórios da iniciação científica, eu até iria.

— É só porque é uma festa da atlética? — Paiva me analisou com atenção. — Ainda é por causa dessa rixa ridícula com a América?

— Não tem nada a ver, você não acabou de ouvir meu motivo perfeitamente plausível?

Seguimos para o interior do prédio de Letras, atravessando os corredores que pareciam minha própria casa depois de alguns anos. Havia quadros espalhados com anúncios de apartamentos, aulas de idiomas, acompanhantes que fingiam ser seu date no almoço de família na Páscoa, leitura de tarô, grupos bíblicos ao lado da propaganda de um grupo de sadomasoquismo.

— Tudo o que eu ouvi foi um monte de blá-blá-blá — resmungou ele, arrumando a alça da mochila nos ombros. Ao seu lado, Babel caminhava devagar, controlando o passo para nos acompanhar. Ela andava rápido demais, como se estivesse sempre atrasada para algo, e sua pele branca ficava constantemente vermelha na área do rosto por causa disso.

— Um relatório nunca te impediu de sair pra dançar antes, o que rolou?

Parei em frente a um dos murais e quase fui arrastada pela mochila por uma horda de calouros empolgados que passou por perto. Segurei os papéis com o anúncio para dividir o apartamento em uma das mãos enquanto tirava tachinhas da bolsa.

— Meu passaporte chegou anteontem — murmurei, atenta aos meus movimentos. — Já posso me inscrever para o intercâmbio. Isso que rolou. Não posso perder tempo em festas se o meu foco é passar e ganhar a bolsa. Normalmente são menos de quinze alunos que recebem o auxílio, e eu preciso ser um deles.

Paiva torceu o nariz.

— Você já tem notas impecáveis, só dar a patinha para os professores, um até te chamou para o aniversário dele. A Libélula te incluiu na newsletter dela só para os...

— Alunos favoritos — concluiu Babel, com uma voz enjoada idêntica à da Libélula, o apelido da minha orientadora de iniciação científica, considerada uma das professoras mais intragáveis da faculdade, mas que me adorava. E eu gostava dela também, sendo sincera. Sempre tive um fraco por professores rígidos, me sentia mais desafiada por eles.

— Não é o suficiente, ok? — externalizei meu medo e preguei o primeiro papel com o anúncio. — Notas altas é o mínimo para conseguir passar. Uma iniciação científica me aproxima da bolsa, os avaliadores da universidade gringa podem curtir. Eu sei que tenho capacidade de passar com as minhas notas, mas a bolsa tem um critério diferente, são os melhores dos melhores. Eu preciso disso. Não posso vacilar.

Subimos em silêncio pelas escadas até o mural seguinte. Naquela primeira semana, nenhum calouro tinha aula, mas os veteranos, sim.

— Não tem outra coisa que possa te diferenciar dos outros candidatos? Além do seu plano de estudo, claro. Você com certeza tem um dossiê sobre a faculdade que te interessou.

Sim, tinha. No dia anterior, depois de levar a bolada na cara, caminhei, triunfante, para a sala da Libélula. Falei sobre o passaporte na minha escrivaninha como se fosse um segredo de Estado; se falasse alto demais, poderia se tornar mentira.

Ela estava empolgada também, eu já tinha contado a ela sobre meu sonho de estudar a poesia de Nizar Qabbani, o autor-base da minha pesquisa, um poeta sírio que sabia descrever o amor e a saudade como poucas pessoas no mundo, com exceção talvez do Hozier.

A chance se apresentou na parceria da USP com a Universidade de Notre Dame, em Indiana, que tinha um núcleo de literatura forte, com alguns dos maiores especialistas em árabe do mundo (fora o Cairo). A professora adiantou que provavelmente abririam três vagas, mas o edital só aconteceria dali a seis meses, talvez em setembro, para um semestre inteiro na gringa. Dessas três vagas, somente uma teria bolsa de estudos, com o custo todo pago pela USP no valor de quase trinta mil reais. O critério de decisão era pelas notas e pelo desempenho acadêmico. Meu último ano da faculdade estudando meu autor favorito? *Por favor*, eu faria qualquer coisa.

Por isso, quando me sentei na frente da professora e fingi não ver as migalhas de pão no canto da sua boca, deixei que a minha ansiedade começasse a criar estratégias para melhorar meu desempenho acadêmico até o edital abrir.

— Eu posso dar um gás na pesquisa, publicar mais artigos e analisar melhor a grade da universidade e também tentar adequar meu próprio estudo daqui ao de lá e... — tagarelei, gesticulando demais, como meu pai dizia ser característico da família dele.

— Querida, posso te interromper? — Libélula zuniu, piscando os olhos cheios de rímel seco. — Eu amo sua dedicação, você é uma das minhas melhores alunas por isso.

Sorri, me sentindo desconfortável com o sorriso dela, que vacilava um pouco.

— Mas o que falta no seu currículo não é mais estudos, é o que pode te aproximar da faculdade de outra maneira, como as atividades extracurriculares.

— Tipo voluntariado? — perguntei, confusa.

Não contavam os dois meses que passei limpando cocô de cavalo num hipódromo para crianças? Eu chegava todos os dias cheirando a fezes. Um dia, uma das crianças me perguntou se eu era um cocô ambulante. Aquilo tinha que contar para alguma coisa além de traumas nasais.

— Algo que mostre que você age em prol da faculdade, que está envolvida para além dos estudos também. Talvez participar de um grêmio estudantil, ou ser membro da atlética...

— Professora, você quer que eu pratique esportes?

A sugestão era tão idiota que, por um instante, ela não me respondeu, apenas ficou me encarando. Finalmente ela tirou as migalhas, limpando-as discretamente.

— Você sabe o quanto a Notre Dame é focada em esportes, não sabe? Principalmente basquete, futebol, lacrosse e hóquei. O que eu quero dizer é que se você tiver alguma relação com esportes também, as chances de chamar a atenção deles e ter uma harmonia de perfis é maior — disse ela, mais séria do que nunca.

— E eu só preciso virar o Ronaldinho Gaúcho pra ser aprovada, então, é isso? — Ri, nervosa e um pouco sufocada naquela sala pequena, cheia de escaninhos de metal para guardar provas e com uma única janela atrás da professora.

— Você quer ser a melhor, né? — reiterou a professora, buscando meu olhar meio perdido. — Acabei de te dar uma solução.

E enquanto Babel e Paiva continuavam me encarando naquele corredor, sem fazer ideia do quanto eu me sentia despreparada para ser a melhor, apenas pisquei devagar e sorri, como se tivesse tudo sob controle, como se eu não me sentisse uma farsa por dentro. Eu sempre fui a melhor, mas naquele momento talvez não fosse o suficiente. Será que existia um patamar a ser alcançado para que eu não precisasse mais tentar tanto o tempo todo?

— Eles são uma das maiores universidades focadas em esportes no geral, especialmente basquete — expliquei a eles enquanto ajustava um papel que grudei um pouco torto no mural. — A solução é óbvia: eu vou entrar para a atlética!

Os dois ficaram em silêncio por tanto tempo que tive que me virar para me certificar de que ainda estavam ali. Paiva sorria como um maníaco e Babel estava distraída olhando o anúncio do clube de BDSM.

— Que foi, hein, Paiva?

Conheci Paiva e Babel junto com meus outros amigos na nossa calourada. Brincamos de futebol de sabão no mesmo time. Paiva sem querer me deu um chute na costela ao escorregar no sabão, Babel foi para cima dele e no final da noite acabei beijando os dois.

E depois eu disse a Paiva que achava um alerta de atenção seu apelido ser o próprio sobrenome. Ele parecia o tipo de garoto do qual eu fugia no ensino médio. Só comecei a gostar dele de verdade depois de seis meses andando com o mesmo grupo de amigos, de tão receosa que eu era. Não que Paiva fosse uma pessoa ruim, ele só me lembrava muito os garotos bobos da escola — dos quais eu sonhava em me livrar depois que me formasse.

— Você vai participar da *atlética*? Não era coisa de gente sem emprego e desocupada que...

Interrompi-o com o dedo em riste enquanto íamos até o mural seguinte.

— Essa é a antiga Cacau, a nova Cacau ama basquete, adora organizar cervejadas e não se importa em respeitar o horário das aulas porque está ocupada chutando bolas.

— Não se chuta bola no basquete.

— Eu sei, Paiva.

Clique, um lado do papel pregado.

— Ok, agora que você já tem a solução, podemos ir à festa da atlética hoje? Aproveita pra conhecer seus novos amigos e...

Clique.

— E essa festa vai me ajudar em quê? Sinceramente, ninguém fica sóbrio o suficiente nesses lugares pra ajudar alguém. Acho melhor esperar até amanhã pra falar com algum membro da atlética.

Clique.

— Você pode aproveitar que a festa é da atlética e falar com algumas veteranas das equipes, perguntar os horários, *aparecer*. É um desafio, e eu sei que você ama provar que é boa em algo.

Clique.

Uma aluna parou ao meu lado e leu meu anúncio. Tinha cabelos azuis e um piercing no lábio.

— É seu anúncio? — perguntou, sorridente.

— É sim, mas já achei alguém, eu estava tirando, na verdade.

— Eu vi você colocando agora e...

— Foi mal — decretei, e a garota me encarou, confusa, antes de sair andando.

Paiva olhou para mim, esperando por uma resposta, e dei de ombros, segurando mais tachinhas na mão.

— Já fiz aula de gramática do árabe com ela, é irritante. Não posso morar com alguém que diz que BBB é um desperdício de tempo e se sente superior porque lê Jane Austen.

— Você lê Jane Austen — comentou Babel, segurando uma risada.

— E não me acho superior por isso.

— É, só por outros motivos — retrucou ela, sucumbindo à gargalhada.

— Olha, eu tenho um amigo na atlética — desconversou Paiva, sentindo que eu estava prestes a pular no pescoço de Babel. — Vamos à festa hoje à noite, podemos falar sobre seu intercâmbio e a ajuda que você precisa.

— Ou eu posso mandar uma mensagem — sugeri, abrindo um sorriso fofo. — Falar com ele quando não estiver bêbado, sabe?

— É a primeira festa do ano — ele suspirou pesadamente. — Vamos aproveitar, por favor.

Ponderei com calma. Eu não sentia falta do tumulto, mas de beijar na boca...

Eu sentia muita falta de beijar na boca.

De dançar com meus amigos.

E de transar.

Há quanto tempo eu não sabia o que era aquilo?

— Ok, vamos — concordei e dei uma risada sufocada quando meus amigos pularam em cima de mim.

3. O Emicida vai a uma festa universitária e me pega na mesa da atlética

CACAU RODRIGUES

Ser jovem precede a verdade de que somos imbecis e muito resistentes.

Vivemos como se fôssemos imortais, choramos como se o mundo fosse acabar por causa de um coração partido, rimos alto e nos apaixonamos como se fosse a última vez.

E o que é a juventude senão tomar um monte de decisões erradas e achar que nossa vida acabou, tudo isso para no dia seguinte lidarmos com os problemas calmamente, e aí chegarmos cada vez mais perto do ideal "adulto"?

Mas nada disso passava pela minha cabeça enquanto eu virava o quinto shot de vodca da noite, balançando a cabeça ao som de Rihanna.

Meus lábios pinicavam, minha garganta ardia e mesmo assim eu me sentia exuberante. Paiva me agarrou pela lateral e dançou comigo, berrando a música a plenos pulmões, fingindo que ao nosso lado não tinha uns casais praticamente transando encostados na parede.

Eram duas da manhã, a DJ seguinte se aproximava para tocar e eu estava nas nuvens — se elas tivessem gosto de vodca, cheiro de maconha e sensação de *brisadeiro*.

Paiva me puxou pelo braço e apontou com a cabeça para a mesa do DJ. Cambaleei ao seu lado, pedindo desculpas ao furarmos o mar de pessoas pelo canto.

Ao longe, vimos Jasão acenando. Era fácil achá-lo com sua bata azul da faculdade de engenharia e uma caneca com tirante na mão.

— Você veio! Achei que o Paiva e a Bel fossem perder essa batalha — brincou ele ao me abraçar e me dar um beijo com cheiro de tequila na bochecha.

Analisei atentamente o abadá dele com o símbolo da faculdade. Jasão jogava futebol na atlética da Poli-USP e era uma das pessoas que eu mais amava no mundo, apesar de constantemente revirar os olhos quando eu perguntava se ele tinha planos de se formar nos próximos três anos.

— Viemos falar com um amigo do Paiva — expliquei. — Eu quero entrar na atlética!

Jasão se afastou, com os olhos arregalados e se virou para Paiva, mas ele estava atrás de mim agarrado a uma garota de cabelo ruivo.

— Repete, por favor, acho que eu não entendi.

— Atlética. Eu. — Apontei com os polegares para mim mesma enquanto feixes de luz alternavam entre o azul, amarelo, verde, roxo e laranja.

— De onde veio isso? Você vive enchendo o saco sobre a cultura atleticana ser idiota, irrelevante, causar mais danos pra faculdade do que benefícios e...

— Isso é coisa do passado — argumentei, balançando a cabeça. — Sou uma nova mulher.

Eu ainda acreditava em tudo aquilo, na verdade.

Mas ontem, ao sair da sala da minha orientadora, divaguei sobre a ideia. Todo o meu trabalho acadêmico, os meus planos de estudo... Por mais que a atlética não me ajudasse a passar pelo crivo inicial da bolsa, baseado em notas, poderia ser justamente o que me diferenciava de outros intercambistas brasileiros da USP para conseguir a bolsa de estudos integral.

Eu não planejava correr por uma quadra jogando bola — deixaria isso para pessoas como América Figueiredo. Mas talvez, se eu pudesse me engajar em algum departamento, como marketing, tesouraria ou eventos... E o tempo era curto. Em até seis meses, eu precisava fazer parte daquele caos e estar integrada em algum evento ou esporte que valesse a pena mencionar no meu currículo estudantil. Seria bem interessante dizer que trabalhei na administração de uma das maiores instituições estudantis do país, tirando o centro acadêmico, claro, mas eu não nasci para a política.

Os gringos já esperariam um monte de notas altas e bom desempenho acadêmico, era o mínimo para estarmos ali. Mas poderia funcionar.

Se a única coisa que eu precisava fazer era estar cercada de um monte de gente que gosta de acordar às sete da manhã pra rolar na lama jogando, ir a jogos universitários em condições sanitárias decadentes e... Parando para pensar, talvez eu estivesse cometendo um erro.

— O Funil tá ali! — exclamou Paiva, me guiando pelo meio da multidão.

Funil era um cara de um e noventa com a pele escura e vários piercings na orelha. Eu nunca tinha visto aquele garoto na faculdade antes, com certeza teria me lembrado *dele*. Ele estava sem camisa e tinha uma tatuagem imensa, que cobria todo o braço direito, com o rosto do Emicida.

— Fala aí, Funil — Paiva o cumprimentou com um abraço e tapinhas nas costas. — Essa é a amiga que eu falei, a Cacau.

Acenei para ele com um sorriso, tentando não encarar por muito tempo a boca aberta do Emicida se movendo cada vez que Funil levantava o braço.

— Então você quer entrar pra atlética? Por que não se envolveu com um time, igual todo mundo? — Ele tomou mais um gole de cerveja, e o Emicida se moveu junto. Era hipnotizante. Se ele flexionasse o braço, será que pareceria que o Emicida estava gritando?

— Eu vou me inscrever pra uma vaga de intercâmbio e fazer parte da atlética me ajudaria muito, mas acho que prefiro algo mais administrativo, não curto muito praticar esportes de alto impacto — justifiquei.

Tentei evitar ficar olhando descaradamente para o rosto retorcido do Emicida, mas Funil era lindo, e me peguei imaginando como seria escalar aquele tronco e cair de paraquedas no pau do cara.

— Você não gosta de praticar esportes e decidiu entrar na atlética?

— Sim — declarei, sem titubear.

Funil me analisou por alguns instantes, então mudei o peso de um pé para o outro, consciente de que ele já estava ignorando a presença de Paiva ao meu lado.

— Tá muito barulhento aqui. — Funil apontou para as caixas de som. — Vamos pra sala da atlética, linda, o que acha?

Paiva arqueou a sobrancelha para mim e eu apenas dei de ombros. Ele riu baixinho e se despediu, mas não foi embora sem me dar um beijo na testa e me mandar ter juízo.

Acompanhei Funil, determinada a beijá-lo e depois falar sobre a atlética. Não tinha dúvidas de que ele me chamou sem intenção alguma de me explicar o funcionamento dos cargos atleticanos.

Fechei a porta atrás de mim, o que não fez tanta diferença. Havia um vidro que deixava a sala inteira à mostra para quem quisesse ver. A luz estava apagada, éramos iluminados apenas pela chapelaria e pelos feixes de luz da pista, que criavam a sensação de que estávamos em um mundo isolado, de cores azuis, verdes e vermelhas, completamente bêbados.

Funil se apoiou em uma mesa e cruzou os braços.

— Já conhecia nossa sala?

Olhei ao redor, tentando enxergar na penumbra. Havia sofás gastos e diversos símbolos da USP por todas as paredes, além de kits da atlética em caixas, espalhados pela sala. Mas o que me chamou a atenção foi uma poltrona muito confortável num canto.

Funil acompanhou meu olhar e sorriu, fingindo que não estava entendendo o que eu estava pensando.

— Muito legal o espaço de vocês, estou doida pra entrar na equipe e participar disso aqui — cantarolei, o que tirou uma risada de Funil.

Ainda sorrindo, ele caminhou na minha direção e parou ao meu lado. À nossa frente, algumas fotos de jogos universitários dos anos anteriores estavam penduradas nas paredes.

— Você gosta dos jogos? — perguntou ele, um pouco mais baixo.

Odeio, desenvolveria uma úlcera só de pensar em me submeter a isso.

— Amo.

— Já foi em algum?

Não, prefiro a morte.

— Aham, ano retrasado.

Funil estava prestes a fazer mais alguma pergunta, mas hesitou ao me pegar encarando sua boca com mais atenção do que o necessário.

— Meus olhos estão aqui em cima, Cacau.

Pisquei devagar e levantei o olhar, porque li em algum lugar que isso poderia ser sexy. E desde que descobri como funcionava, usava sempre que possível. Não entendia o apelo, mas não é como se tivesse respostas negativas.

— Por que te chamam de Funil? — Decidi perguntar. Fingi arregalar os olhos e estiquei a mão para o pescoço dele, limpando algo imaginário da pele escura. — Tinha um negócio ali, foi mal.

Funil sorriu abertamente e segurou minha mão antes que eu a tirasse. Estava há tanto tempo sem contato físico sexual que qualquer mínima insinuação causava um tumulto imenso na minha calcinha.

— Na minha calourada, eu bebi um copo imenso de cerveja em um segundo e meio. Funil.

Abri um sorriso sincero e assenti.

— Um dote desses é muito interessante para colocar no currículo.

Ele jogou a cabeça para trás e gargalhou, mas não me concentrei nisso, e sim em me sentar sobre uma das mesas, abrindo as pernas para recebê-lo no meio. Funil se aproximou devagar, cobrindo meu pescoço com a mão e descendo com a boca para me dar beijinhos no queixo. Com a outra mão, ele me puxou pela coxa, grudando nossos corpos com tamanha voracidade que só consegui suspirar alto.

Funil sorriu antes de me devorar por inteira. O gosto de bebida se perdeu entre nossos beijos, e como o cara era bom naquilo. Inclinei a cabeça, respirando forte quando ele começou a me deitar na mesa, puxando meu corpo para perto sempre que podia. Fechei as pernas ao redor das costas dele e segurei seu cabelo afro cheio quando ele mordiscou a pele do meu pescoço.

Sorri para os céus e movi meu quadril para cima, absorta nos sons de boca contra pele, os suspiros involuntários e as risadas baixas. Meu corpo vibrava de calor, pinicando na nuca e anunciando uma combustão inevitável.

Mas foi um barulho no vidro que chamou minha atenção.

América Figueiredo estava ali na porta, parada, com os braços cruzados e uma carranca no rosto. Funil não ouviu, então apenas sorri para ela e dei de ombros. Que ela ficasse encarando. Não sairia dali, e se ela achasse ruim, problema o dela.

Suspirei um pouco mais alto quando Funil aplicou uma pressão gostosa no meu pescoço. Ah, aí sim.

— Desculpa atrapalhar! — ela disse, numa voz alta e falsamente envergonhada. América sorria, com a cabeça inclinada e aquela maldita boca, que parecia arder em um batom vermelho sangue. — Não tinha visto vocês aqui, Funil, foi mal — ela se desculpou, mas não saiu. Em vez disso, continuou ali, com os lábios franzidos e os braços cruzados. — Eu vim recarregar o estoque de shot do pirata. Imagino que você tenha um bom motivo pra trazer alguém pra nossa sala, Funil.

Ele parecia um pouco acuado.

— Não fode, Méri. Eu só estava apresentando a atlética pra Cacau.

Ela riu, e o som fez com que meu estômago ardesse em revolta. Ela sempre estava sorrindo em qualquer situação, e parecia levar tudo na brincadeira, como se o mundo fosse seu palco. Podia imaginá-la rindo enquanto beijava meu namorado no canto de uma festa da atlética, dois anos atrás. Ela correu com o rabo entre as pernas assim que eu flagrei os dois. Era boa em errar e nunca ficar para assumir a porcaria que fez.

América Figueiredo não tinha caráter, e isso era o que mais me irritava em todo o seu porte de *olha como sou gostosona, posso pegar os namorados de todos vocês e dizer que isso é liberdade.*

Porra, que babaca.

— Estava explicando pra Cacau por que ela não pode entrar na atlética sem passar pelo período de adaptação em um esporte, igual qualquer outra pessoa — comentou Funil.

— Oi? — briguei, ficando de pé no chão. Passei a mão pelo meu cabelo bagunçado. — Você deve ter se esquecido desse detalhe enquanto tirava esse pau mole da cueca.

América deu uma gargalhada, entretida com tudo aquilo.

— Desde quando a princesinha quer participar da atlética? — Ela colocou a mão sobre o peito coberto por um biquíni laranja e o abadá da FFLCH. — Você sabe segurar uma bola?

— Pergunta pro monobola do seu pai, América.

Aquela era a resposta mais idiota, imbecil e sem noção do mundo, mas fez Funil gargalhar alto.

— Garota, vamos sair daqui e terminar o que a gente começou, eu...

— Vai à merda — xinguei, passando por ele para ir embora.

América continuou parada à porta, me analisando com os olhos castanhos delineados.

— Por que você quer entrar na atlética, Cacau?

— Não é da sua conta, América.

— Eu sou vice-presidente — vociferou ela, abaixando a cabeça para me encarar nos olhos. — É da minha conta.

— Que título de merda, hein? O que você vai fazer com algo que não serve pra porcaria nenhuma?

Ela poderia ter me xingado, ter feito cara feia, mas fez algo ainda mais assustador. Ela se aproximou do meu rosto e sorriu.

— Enquanto eu estiver aqui, você nunca vai assumir qualquer cargo na atlética, é o suficiente pra você?

Mordi o interior da bochecha, sentindo meu peito arder de frustração e humilhação.

— Filha da puta — xinguei, sentindo vontade de chorar, gritar e espernear, mas não funcionaria. — Espero que você se foda muito, América.

Ela fechou a cara e apontou o dedo no meu rosto. E se eu simplesmente *mordesse* o indicador dela?

— Some daqui, Cacau. Já deu de show pra você hoje.

Praticamente rangi os dentes e a empurrei para o lado com o ombro, saindo da atlética até a pista de dança. Foi só quando percebi que ninguém me ouviria que soltei um grito alto e frustrado, carregado de todo o cansaço dos últimos anos que passei odiando América Figueiredo.

Uma coisa foi quando ela pegou meu namorado na minha frente, ou quando tirou meu nome de propósito da avaliação final que fizemos em dupla (e quase nos matamos no processo) e zerou minha nota completamente, mas aquilo... Mesmo que ela não soubesse, havia tirado de mim um pouco da esperança de realizar meu único sonho.

4. Como fugir de confrontos e situações desconfortáveis

AMÉRICA FIGUEIREDO

Festas universitárias eram uma das poucas ocasiões em que eu me sentia confortável para ser escrota com as pessoas. Se pisassem no meu pé, eu fazia cara feia sem medo. Se me empurrassem, eu virava e gritava "Olha pra frente, imbecil!". Fora dali, no entanto, minha coragem seletiva só parecia aflorar toda vez que eu via Cacau Rodrigues e analisava sua existência por mais de cinco segundos.

Veja bem, livros e filmes dão a entender que odiar alguém é uma tarefa fácil, que é normal acordar num dia e decidir que você abomina até a respiração de uma pessoa. Só que é difícil odiar, ainda mais quando se está acostumada a dar desculpas pelos outros.

Pietra diz que eu sou boazinha demais. Na minha opinião, sou apenas pacífica. Mas Cacau Rodrigues nunca me deu chance para pacifismo. Tudo por causa de um erro. Mas não dá para voltar atrás, e por mais que seja fácil para mim deixar tudo de lado, Cacau não é assim.

Vê-la naquela mesa com Funil enquanto eu estava apenas fazendo meu trabalho de vice-presidente me encheu de algo muito semelhante ao ódio que eu via em filmes. Quando o peito parece uma caixa de explosivos à espera de uma única fagulha para levar tudo aos ares. Cacau sempre me colocava na posição de dinamite prestes a destruir tudo pelo caminho.

— Você tinha mesmo que trazer essa garota pra cá? — briguei com Funil ao trancar a porta da atlética atrás de mim, voltando ao caos da festa.

Fui cumprimentada pelo menos umas seis vezes enquanto voltávamos para o bar. Analisei em meu celular a escala de trabalho; dali dez minutos eu entraria no lugar de Pietra para servir shots.

— Pô, eu queria privacidade — Funil se justificou, dando de ombros.

— O que ela queria entrando na atlética, hein? — sondei, fingindo estar atenta a um casal praticamente escalando uma parede, tamanha a ferocidade do beijo. Controlei uma careta ao ver que o garoto acabou batendo a cabeça sem querer no meio da empolgação.

— Disse que vai fazer um intercâmbio e que participar da atlética seria bom pro currículo.

Apoiei a garrafa de bebida no balcão do bar e acenei para Funil entrar em posição e ajudar. Fui até Pietra, que estava descansando um pouco antes da troca de turnos. Seu cabelo ruivo estava empapado de suor naquela madrugada absurdamente quente.

— Você não sabe quem eu vi passar aqui tremendo de raiva — comentou ela assim que me viu, dando uma risada.

— Eu tenho uma ideia — brinquei, me sentando ao seu lado. — Cacau?

Minha melhor amiga arqueou a sobrancelha e assentiu.

— Você que é a culpada pelo iminente estado de loucura dela?

— Sempre um prazer botar essa daí no canto dela — resmunguei, sorrindo. — Não sei se podia te dizer isso, já que você tá pegando uma das melhores amigas dela e...

Pietra revirou os olhos e me empurrou.

— A gente só se beija às vezes, para de ser idiota.

— Eu não disse nada, você que ficou toda envergonhada. Isso tudo é culpa por estar virando a casaca para o lado da Cacau?

— Eu nem falo direito com ela, só dou um oi às vezes — comentou Pietra antes de tomar um gole generoso de água. — Tá com ciúmes de mim, é? Eu não vou te largar pela amizade dela, a Cacau me dá medo demais.

Gargalhei, balançando a cabeça em negação.

Atrás de Pietra, vi um rosto conhecido atravessando a multidão de universitários bêbados vindo em nossa direção. Apertei o tecido da blusa entre os dedos, sentindo meu coração bater forte no peito.

— Ai, caralho, Pietra — resmunguei, olhando ao redor. Atrás de nós, havia uma lona preta. Cogitei me enfiar ali embaixo.

— O que foi? — ela perguntou, atenta. Ao se virar na direção de

Mafê, que havia parado para conversar com alguém, Pietra soltou um assobio baixo. — Eu ainda acho que você devia dar um grito na cara dessa maluca.

— Ah, sim, porque a solução pra tudo é brigar? — provoquei, meio exaltada.

Pietra apontou com a cabeça para a lona no chão e eu me agachei, sentindo um pouco de desgosto quando minha amiga me cobriu com o tecido escuro e acabou me dando um tapa na orelha sem querer. Pareceram horas ali embaixo, mas poucos segundos se passaram até ela tirar a lona de cima de mim e me encarar com seriedade.

— Você não vai conseguir fugir para sempre, garota.

— Duvida? — provoquei, me levantando e olhando ao redor.

— Ela já foi, não está escalada pra trabalhar hoje.

— Preciso achar um lugar novo pra morar logo.

— Eu já ofereci minha casa, você lembra, né? — comentou Pietra, e assenti de leve com a cabeça.

Suspirei, aliviada que Mafê estava longe. Seriam emoções demais numa mesma noite. Mafê e Cacau eram duas bolas de neve que eu não conseguia controlar. Eu só poderia lidar com um conflito de cada vez, e Cacau já ocupava muito do meu tempo. Enquanto isso, Mafê era só... decepção.

— Caralho, América. — Pietra enfiou o celular na minha cara. — Você empatou a foda do Funil com a Cacau? A Babel acabou de me contar. Sacada de gênio, eu diria. Por isso ela saiu puta da vida. Eu também ficaria.

— Ela mereceu depois de falar para a professora Meirelles que o cheiro de maconha na aula de poemas hesiódicos era minha culpa — resmunguei.

Eu sempre achei que rivalidade acadêmica era a maior bobagem da humanidade. Você realmente vai disputar intelectualmente com alguém depois do ensino médio? Por favor.

Mas Cacau era inabalável. Menos ali, na sala de aula. Ela decidiu que se vingaria de mim me provocando durante as aulas, sobretudo quando falávamos de romances de traição. Ela se doía demais. Eu só revirava os olhos e continuava a estudar, porque era o que queria fazer na faculdade.

Porém, em uma aula de literatura, quando a resposta de Cacau estava errada e eu a corrigi sem me dirigir a ela, a garota quase surtou de tanta raiva.

E me sentia cansada de apanhar sem revidar. Se ela queria me constranger onde eu passava boa parte do meu dia, poderia revidar. Talvez tenha ido longe demais quando, nessa matéria, nós duas faltamos no dia da distribuição das duplas e acabamos tendo que trabalhar juntas. Ela me mandou uma mensagem dizendo exatamente o que eu precisaria fazer e o que ela faria. Eu me lembro que o final dizia: "Claro, isso se você tiver alguma capacidade para isso e não estiver quicando no pau de qualquer um por aí, sabe?". Cega de raiva, achei que o melhor a fazer era, obviamente, zerar a nota de Cacau.

Não me orgulhei disso. Ok, nos primeiros dois dias eu me senti vitoriosa. Mas Cacau descobriu rápido, sendo a belíssima puxa-saco que é. O professor acabou falando que não havia recebido o trabalho dela.

Naquele dia, nós duas quase saímos no tapa no meio da sala dos professores. Precisei usar todo o meu autocontrole para não jogar meu café gelado na cara dela enquanto ela balançava o cabelo de um lado para o outro, com o dedo enfiado na minha cara.

Desde então, não me lembrava de ter um único dia de paz ao encontrá-la pelos corredores. Tentei ao máximo fugir das aulas com ela, mas tínhamos um gosto muito parecido para as matérias da faculdade.

E a chance de atrapalhar a felicidade *orgásmica* dela com Funil foi só um bônus em nossas brigas fora da sala de aula. Rivalidade acadêmica? Eu não acreditava muito nisso. Eu só descobri o ponto fraco de Cacau e me aproveitava dele ao máximo. E como era prazeroso deitar a cabeça no travesseiro sabendo que ela estava em algum lugar de São Paulo se revirando de raiva. Minhas melhores noites de sono começavam com Cacau Rodrigues enfurecida, e, por isso, eu sabia que dormiria como um bebê naquela noite.

5. O enigma da Esfinge proclamado com farofa

CACAU RODRIGUES

Acho que o que me dava mais raiva na situação com América era o fato de ela estar presente em tantas das minhas memórias na faculdade.

Até na porcaria do meu apelido.

— Nesta prova, o desafio é botar o cacau na boca e falar sem cuspir no colega! — gritou uma veterana bem alto durante as atividades da primeira semana da faculdade, quatro anos antes.

— Não era pra ser farofa? — indagou alguém na multidão.

— A gente só tinha cacau em pó na despensa — ela explicou, com um aceno displicente. — Prontos?

Eu estava com sangue nos olhos, enquanto minha colega de equipe apenas ria, levemente bêbada. Ela me faria perder, com certeza.

O nome dela era América. Ela passou em quarto lugar na Fuvest e já era uma das pessoas mais conhecidas entre os calouros — pelo menos foi o que Babel sussurrou em meu ouvido. Ouvi por aí que ela era herdeira de uma empresa que fabricava materiais de borracha.

— Qual é o seu nome mesmo? — perguntou a garota de pele marrom, piscando devagar. — Francisca?

— Amélia — corrigi, atenta ao apito na boca de um dos veteranos.

— Rá, que legal! O meu é América — divagou ela.

— Eu sei.

— Promete não me encher de cacau em pó, Amélia?

— Sim, a gente não vai perder isso — assegurei, sem vacilar.

— Tem algum prêmio?

— Cerveja.

— Ok, não vamos perder. — Ela se empertigou na cadeira e me

encarou atentamente. Não pude deixar de perceber como a sombra rosa nos olhos meia-lua a deixavam parecendo uma fada.

O apito soou alto, então peguei a colher apoiada sobre a mesa e enfiei três colheres cheias de cacau na boca. América estava bem na minha frente, e, atrás dela, um veterano segurava uma folha de sulfite com frases escritas. Eu deveria pronunciá-las sem cuspir cacau no rosto de América.

— Vou fe confar uma charada — li, sentindo o gosto amargo do pó na boca. — Qua... qual a-animal fem quafro — pausa para não sair pó pelo nariz — pafas pela manhã, du... duas pela farde e à noif... à noife frês pafas?

Ela sorriu e fez um sinal de joia.

— Cara, você quase não derrubou em mim!

Olhei alarmada para o cronômetro na mão de outra veterana e gesticulei desesperadamente para América.

— O homem! De manhã é um bebê engatinhando, à tarde é adulto e à noite é um velho com bengala! — berrou ela, quase pulando da cadeira.

Assenti com vigor, comemorando.

O mesmo veterano pegou outro papel, e precisei cerrar os olhos para entender.

— A charada da Esfinge para Édipo? — brincou América enquanto eu pensava. — Somos estudantes de letras mesmo.

Me virei para ela e respirei fundo antes de falar.

— O que o marfelo foi faver na igreja? — perguntei, dando o meu melhor para não engasgar. América inclinou a cabeça, com os cabelos cacheados caindo junto. Acelerei com as mãos, vendo que os outros competidores ou estavam cheios de cacau no rosto ou riam descontroladamente.

Nós estávamos levando aquilo a sério.

Quer dizer, pelo menos eu estava.

— Blasfemar? — chutou ela, ansiosa. Neguei com a cabeça. — Ele chegou por último e foi a mulher do padre?

Aquilo me tirou uma risada, e não foi nada agradável sentir o cacau deslizar pela minha garganta. Tive que me controlar para não tossir.

— PREGAR! — gritou ela, batendo com as duas mãos sobre as coxas nuas. — O martelo foi na igreja pregar!

Joguei os braços pra cima, comemorando. O veterano mostrou o último papel. Vinte segundos.

— Em qual ano foi o Ferco de Bagdá?

América arregalou os olhos. Merda. A gente ia perder.

— Quando o povo mongol invadiu Bagdá — expliquei de novo. Cinco segundos.

— Em 1258! — exclamou América e pulou da cadeira, desesperada, assim que o cronômetro parou.

— Temos duas ganhadoras! — comemorou o veterano atrás dela.

O rosto dela estava quase intocado.

Cuspi no balde ao meu lado. Meus dentes estavam marrons como os de um personagem de *Piratas do Caribe*, mas não me importava.

— Você é competitiva, Amélia, por que não vem para o time de basquete? — perguntou América depois que comemoramos a vitória com um high five meio sem jeito. Nossa, como ela era alta.

— Você não é caloura?

Ela deu de ombros, sorrindo.

— Sim, mas já sou parte do time. Acho que pessoas competitivas têm que extravasar, e por que não fazer isso jogando?

Tomei um gole imenso de água e cuspi mais cacau no lixo. América não desviou o olhar daquela nojeira, o que significava que era inabalável. Bem que eu queria ser assim também.

— Valeu, eu prefiro ficar na minha. Fazer yoga e tudo mais.

Ela arqueou a sobrancelha, mas não insistiu.

— E você quer jantar comigo hoje no bandejão? Não sei se já fez amizades, mas...

Uma risada estrondosa interrompeu América. Olhamos com curiosidade para Babel e Paiva, o garoto que me *agrediu* no futebol de sabão e com quem ela quase saiu na mão, mas Babel parecia gostar desse tipo de resolução de conflitos, porque adotou o gato de rua hétero.

— Vocês foram bem demais — elogiou Paiva, sorrindo com um pouco mais de atenção para América. — E quem é essa gata?

— América Figueiredo — se apresentou ela, com um sorriso esplêndido. Ela com certeza era uma política, tinha cara de quem saía por aí cumprimentando todo mundo e era amada por todos. — Cacau, vou pegar nosso prêmio.

— Cacau? — Ri baixinho, levada por suas bochechas sobressalentes quando sorria.

— É, você mereceu o título depois dessa disputa.

— Tá aí, Cacau, gostei — brincou Paiva. — Quer vir com a gente, América? Vamos comer algo.

Ela nos observou por um momento, mas me encarou por último, dando uma piscadinha.

— Acho que vou me encontrar com as meninas do basquete, mas vou esperar a Cacau no nosso time, ok?

E foi embora, rebolando e nos deixando perplexos.

Quando cheguei em casa depois da festa, ainda transtornada, deitei a cara no travesseiro e bufei até me exaurir. Queria dizer que a culpa era toda da América, mas eu sabia o quanto me frustrava não conquistar uma oportunidade porque me foi tirada a chance.

Só depois de alguns minutos me revirando na cama foi que sentei e pensei racionalmente.

Todos têm um ponto fraco. América Figueiredo podia fingir o quanto quisesse que era uma gostosona intocável, mas ela com certeza queria algo. E eu só precisava descobrir *o quê*. Talvez o marido de uma das professoras do departamento.

Poderia chegar a uma posição administrativa na atlética por outros caminhos, outras pessoas, ou eliminar o obstáculo de vez. Claro, dar uma de vilã de novela das nove e jogá-la da escada seria mais fácil, mas eu ainda queria fazer intercâmbio, afinal de contas.

Então apelaria para métodos mais convencionais.

Foi o discurso que apresentei a Jasão dias depois, quando nos encontramos para estudar.

Conheci Jasão logo depois de Babel e Paiva. Ele era o melhor amigo do meu ex-namorado, Pedro, e fazia faculdade de engenharia, mas se apegou ao nosso grupinho quando Pedro e eu começamos a namorar. Depois do término, ele não se separou de nós. Na verdade, rompeu a amizade com Pedro. Ele tinha uma irmã jornalista incrível que levava a gente para jantares chiques sempre que podia. Certa vez, quando eu já estava separada de Pedro, ela disse que os amigos do seu irmão eram amigos dela também.

— Não aguento mais estudar — ele choramingou quando terminei de explicar meu drama atual. — Se eu te pagar para fazer meus trabalhos, ajudaria no seu aluguel, né?

— É, mas eu não sei nada do seu curso, a não ser que em alguma das matérias eu possa usar a retórica de Cícero ou fonética e fonologia do árabe.

Ele gemeu, sôfrego.

— Teve alguma notícia sobre inquilinos? — ele perguntou ao passar a mão pela cabeça raspada. Tinha a pele bem escura e amarronzada, que combinava com os olhos cor de mel. Ter Jasão andando pela Letras implicaria mensagens no correio elegante da FFLCH no Facebook naquela mesma noite, uma página em que as pessoas mandavam mensagens anônimas para desconhecidos que viram dando sopa pela faculdade.

Pro garoto de moletom azul-escuro e ascendência indiana que estava hoje comendo uma empada perto da biblioteca, você tá solteiro? Beija meninas?

E eu não culparia ninguém que se interessasse pelo meu amigo. Jasão era *muito* bonito mesmo.

— Entrevistei um monte de gente hoje — bufei, irritada. — Só uma galera insuportável.

Jasão arqueou a sobrancelha, com certeza desconfiado.

— Você não é lá muito fácil de conviver, Cacau...

— Sim, por isso não posso escolher alguém que vá desistir no primeiro mês. E eu não sou difícil, tenho uma rotina e não quero dividir *minha* casa com alguém que vai bagunçar meu espaço ou me causar crises desnecessárias porque não sabe conviver em sociedade.

Tentei ser mais maleável, e da última vez acabei com uma colega de apartamento que pegava minha comida, deixava criar larva no lixo e era um porre de tão bagunceira.

Não tinha problema algum em parecer mesquinha e chata se isso significasse paz.

Amaldiçoei mais algumas centenas de vezes aquele aperto financeiro justamente no período em que, pela primeira vez na vida, tive um pouco de tranquilidade. Estava solteira, feliz, empenhada nos estudos e com um fluxo legal de freelas. Ter um apartamento só para mim era a cereja no topo do bolo da mansidão de espírito.

E agora meu castelo de cartas da vida adulta começava a ruir.

Como sempre.

— Eu deveria começar a aplicar golpes por aí, sabe? — discorri enquanto devorava um salgado de calabresa, já que não tinha grana pra nada além disso. — Tem uma galera fazendo um dinheirão assim.

Jasão franziu a testa e balançou a cabeça.

— Toma jeito, diabo.

— Se não for ajudar, não atrapalha. — Apontei o dedo para seu nariz com piercing de argolinha e dei mais uma mordida no salgado. — E ainda por cima tem o problema com o intercâmbio... preciso ir juntando uma graninha pra pagar algumas despesas que podem surgir, não posso ficar pedindo pros meus pais.

Jasão assentiu devagar, mas sem dizer nada. Não tinha o que falar diante daquela situação. Talvez eu devesse sim ser menos criteriosa. Eu não estava na posição de negar ter uma folga no aluguel.

O celular no meu bolso vibrou com uma nova notificação do grupo de repúblicas da faculdade.

Oi, estou interessada no aluguel. Sou da Letras. Podemos marcar uma conversa?

— Mais uma pessoa para receber um não? — provocou Jasão com uma risada.

— Cara, não tem um passivo no Grindr pra você encher o saco, não? — resmunguei, digitando uma resposta. — Eu já dei uma cansada, acho que só vou continuar as entrevistas amanhã.

— Dá seu último não do dia e vai para casa descansar sua cabecinha.

— Não sei se isso foi uma crítica. — Semicerrei os olhos.

— E você ainda precisa pensar num jeito de entrar na atlética, né? Já sabe como vai fazer isso? — ele perguntou, mastigando sua barrinha de cereal.

— Ainda não — lamentei. — Acho que vou ter que começar do básico mesmo e torcer pra que "pratiquei um esporte por seis meses" seja suficiente no currículo.

Mas não era, e eu sabia disso. Seria muito mais interessante alguma função administrativa, algo que dissesse que eu sou parte da faculdade. Ajudar a organizar alguma festa, fazer parte das redes sociais da atlética, talvez?

— A garota está vindo — anunciei em voz alta ao ler a notificação no celular.

— Vou pra aula. — Jasão levantou e se espreguiçou, mostrando parte dos pelos da barriga. — Boa sorte com a entrevista.

— Valeu — sorri e o abracei de lado.

Eu precisava ser menos crítica em relação a quem chamava para morar comigo, relembrei. Mas a verdade é que eu não queria preocupações que poderia evitar na entrevista.

Sabia que poderia parecer arrogante e direta demais, mas, no fim das contas, as pessoas ficavam cheias de pepinos desnecessários para resolver por regras de convivência que deveriam ter sido definidas no começo. Eu seguia em frente sabendo que às vezes ser chato significava ter menos dor de cabeça.

Já estou chegando.

Recebi a notificação no WhatsApp. Não havia foto de perfil, e o nome era uma borboleta.

Que mania chata de colocar um emoji no nome, principalmente estando na faculdade. Como eu vou te reconhecer só por uma *borboleta*?

Aquilo não daria certo...

Estava pronta para mentir na cara dura que já havia achado outra pessoa quando uma risada estridente tirou minha atenção do celular.

— Sua cara está sempre presa nessa careta? — América Figueiredo nem sequer me cumprimentou, apenas parou na minha frente de braços cruzados e me escaneou com os olhos atentos. — Quem é o pobre coitado, vítima dessa crueldade?

— Sem saco pra você hoje — murmurei, determinada a ignorá-la.

Ela continuou parada, sem mover um músculo.

— Posso ajudar? — disparei. — Estou ocupada e esperando uma pessoa e você só vai atrapalhar.

— Minha beleza intimida, né?

Até poderia ser. América sabia que era bonita. Com os quadris largos e coxas definidas e forjadas nas quadras, ela facilmente me prenderia em uma chave de perna. No início da faculdade, antes de tudo acontecer, eu inclusive cheguei a pensar que isso não seria nada mau.

Isso e a porcaria daquele rosto. Odiava reconhecer que aquela filhote de cruz-credo era bonita o suficiente para constranger algumas pessoas.

— Ai, garota, para de perturbar meu juízo. Já não fez o suficiente na festa?

Aquilo aumentou seu sorriso.

— Você diz quando estava praticamente transando com Funil e eu cortei suas asinhas?

Na mesa ao lado, um casal se encarou com os olhos arregalados, adorando a fofoca.

— Se você queria uma chance comigo, América, era só ter pedido. Eu teria dito "não". Não precisava atrapalhar.

América revirou os olhos e jogou o cabelo por sobre os ombros.

— Garanto que aquele papelão de vocês não foi nada atrativo.

— Aham — murmurei, sorrindo para a tela do notebook ao voltar a digitar. — Deve ser por isso que esperou uns minutos antes de interromper. Agora, por favor, dá licença, estou ocupada e esperando alguém que tem o nome de emoji de borboleta.

— Uau, que nome charmoso — provocou, sorrindo. — É um encontro às cegas?

— Você continua aqui, assombração?

América se inclinou sobre a mesa.

— Se for um encontro, sugiro dar um sorrisinho, você está com cara de megera.

— Estou buscando alguém para dividir o aluguel do apartamento — informei a contragosto. — Satisfeita?

— Aluguel para dividir? — América se sentou à minha frente. — Aquele anúncio espalhado é seu?

— Não — disparei prontamente ao reparar como ela piscava os olhos, atenta.

América bufou e largou a mochila sobre a mesa. Acompanhei o movimento desordenado, fascinada pelo fato de ela ser tão espaçosa.

— Estou interessada, Cacau.

Joguei a cabeça para trás em uma gargalhada. Aham. Até parece.

— Mas eu não.

América tinha nos olhos aquela mesma faísca que enchia os estudantes de humanas de insanidade. No caso dela, porém, eu sabia que era pura maldade e falta de caráter.

— Estou falando sério, Cacau, eu quero entrar na lista de candidatos.

— Não.

— Por que não?

— Porque não! — respondi, erguendo a voz.

Aquilo com certeza era uma brincadeira de mau gosto, mas América não parecia nem um pouco risonha agora, apenas ansiosa.

— Você já risca um item da lista, que é a chance de envolvimento emocional. Essas coisas dificultam a convivência, eu sei *bem*.

— Sim, só que você me mataria à noite com um travesseiro.

— Não sabia que você era tão depravada na cama, Cacau.

Bufei audivelmente e passei a mão pelo rosto, exausta daquela interação. Cadê a bendita borboleta?

— Por que você moraria comigo, América? Não faz o *menor* sentido.

— Eu tive... imprevistos na minha antiga república. Precisei sair. Tenho que achar um lugar com urgência.

— Descobriram que você vira a Cuca à noite? — provoquei, rindo.

— Você está na quinta série, por acaso?

— A resposta é não, América — decretei, fechando a tampa do notebook em seguida. — Mas é bom ver você se humilhando e implorando pra mim, faz bem pra minha pele.

Estava pronta para me levantar e ir embora, dar um perdido na borboleta e seguir minha vida. Foi somente quando América se colocou na minha frente e segurou meu pulso que realmente parei para analisá-la.

Os olhos arregalados, a respiração levemente descompassada e os lábios retorcidos. Aquela cena me encheu de um prazer quase espiritual. O tipo de paz que a protagonista de um filme de heróis sentiria ao ter um flashback da vida passada, se reerguendo do chão como uma vitoriosa, e então acabaria com o vilão sem derramar uma gota de suor.

E eu adoraria esmagar América com minhas próprias mãos.

Mas, em vez disso, fiquei parada, ignorando o desconforto dos dedos dela envolvendo meu pulso, me prendendo ali enquanto profanava a língua portuguesa com a chantagem emocional mais baixa que já presenciei:

— Se me deixar morar com você, eu te coloco na atlética.

6. Nem a Márcia Sensitiva poderia prever essa tragédia

CACAU RODRIGUES

Meus pais amavam assistir ao Jornal Nacional. O William Bonner com a voz grave anunciando que o preço do leite aumentou era o charme da noite. Mas o que sempre soubemos lá em casa é o quanto a família tradicional brasileira *odiava* corrupção. Como quando saiu o escândalo do *Negligê da República*, com os deputados enviando cartas eróticas por aí. Meus pais torciam a cara para a televisão, diziam que o Brasil estava perdido, então me encaravam seriamente, com o dedo em riste, e diziam: "Filha, a corrupção começa aqui embaixo, com a gente. Não podemos ser corruptos igual essa laia política".

Com quinze anos, eu só revirava os olhos e voltava a sonhar com a boca da Renata Vasconcellos e com a voz do Bonner, porém não havia escapatória ali para sonhos, eu estava vivendo um pesadelo.

— Você está me oferecendo um cargo em troca de um favor que envolve *dinheiro*? — sussurrei, irritada.

Ao nosso redor, alunos passavam para a lanchonete e subiam as escadas em direção às salas de aula. Ninguém prestava atenção em nós duas, mas eu não queria arriscar ser alvo de um *exposed* envolvendo corrupção na atlética poucos meses antes de abrir o edital.

— Obviamente eu não te daria um cargo do nada, criatura abissal — sussurrou ela de volta, me puxando pelo pulso até o espaço estudantil. Um local para os alunos descansarem, com sofás velhos e cheios de manchas duvidosas. — Mas o Funil me contou da empreitada do seu intercâmbio.

Cerrei o maxilar, irritada com aquele boca de sacola.

— Isso é criminoso, sabia? Corrupção.

América revirou os olhos e jogou a própria mochila em um dos sofás. E quando ela cruzou os braços sobre o peito, os bíceps contrastando na regata branca, fiz questão de pigarrear. Exibida.

— Eu quis dizer que vou te colocar na atlética pelos meios corretos.

— Só tenho seis meses, América, talvez um pouco menos, porque a gente não sabe exatamente quando abrem os editais — retruquei, confusa. — Como você vai fazer isso sem atrair suspeitas?

— Eu sei que é uma missão impossível, porque você não é nada atlética, mas eu preciso do apartamento, você precisa de uma foto no feed provando que fez algo por essa faculdade além de encher o juízo dos outros. Então, o que acha? — sugeriu ela, ansiosa.

Ponderei silenciosamente. Eu passei noites e dias imaginando como seria jogar na cara de América tudo o que ela me fez passar com meu ex-namorado, a insegurança que comecei a sentir depois que eu os vi se beijando e ele voltou chorando para mim, dizendo que não era nada daquilo. Porra, eu *vi* tudo. E por mais que América não fosse minha amiga, eu deveria ter alguma empatia por alguém que conscientemente beija o namorado dos outros?

E eu estava cogitando mesmo morar com a pessoa que fez isso?

— Eu pago trezentos reais a mais do que o anúncio.

Aquilo me fez encará-la em choque. Dividir o aluguel e ainda pagar trezentos reais a menos, desafogando o valor do condomínio... Era uma pechincha. Eu conseguiria guardar muito dinheiro com aquela proposta.

América deu um passo à frente, observando minha expressão atormentada. Ela inclinou a cabeça para o lado, sorriu e então estendeu a mão para mim.

— Colegas de apartamento?

Fiquei encarando sua mão estendida, totalmente embasbacada com a ousadia dela e minha falta de poder naquela situação.

— Antes de aceitar, preciso saber exatamente como você vai me colocar na atlética. Eu não vou ser passada para trás, América.

— Você dificulta muito as coisas, mas elas são bem simples. Você vai entrar em um esporte. Meu objetivo é te destacar nos eventos, nas festas, fazer um networking com a galera da equipe. A gente sempre precisa de ajuda. Os atleticanos mais engajados sempre acabam entrando na administração. — Ela balançou a mão estendida agora em minha direção. — Tá na cara que você não tem nenhum apelo pra atlética, mas eu posso fazer uma transformação com esse material... — ela me olhou de cima a baixo — rústico.

— E tirando o fato de que você me chamou de horrenda...

— Rústica. Não tem nada a ver com sua aparência. Você só parece jogar basquete com duas mãos esquerdas, é lamentável.

Semicerrei os olhos.

— Eu sou canhota! E como você vai me fazer chegar a algum cargo?

— Simples, se você estiver inserida na cúpula da atlética, vai ser fácil te colocar como assistente de alguém. Ser substituta em reuniões. Essas coisas.

— Parece difícil em menos de seis meses — murmurei.

— Não é difícil pra mim — reiterou América, sorridente. Ela sorria demais.

Suspirei alto. América talvez estivesse certa, e aquilo parecia desafiar algumas leis universais. Ela estava estendendo a mão de novo, concentrada em mim.

— E você vai morar comigo até quando? — perguntei.

— Até o fim do ano letivo, aí aproveito que novas repúblicas abrem vagas e vou assombrar outra pobre alma, prometo — garantiu ela, satisfeita com a vitória.

A mão de América ainda pendia, esticada na minha direção. Levantei o braço a contragosto, sentindo que ele pesava trezentos quilos. Ao sentir sua pele contra a minha, sua mão quente, não pude deixar de pensar que aquela era a decisão mais idiota que já havia tomado.

— Somos colegas de apartamento. Dá um sorrisinho aí, garota — provocou América.

— Eu acho que nunca mais vou sorrir na vida — lamentei.

— Oi, você é a Cacau? Vim aqui pelo anúncio — disse uma voz atrás de mim.

América fez questão de esticar o pescoço e me puxar pela mão, ainda no meio do nosso aperto, e me abraçar de lado.

— Sinto muito, mas ela já arranjou uma colega de apartamento. A melhor do mundo.

7. A América invade um território (de novo)

CACAU RODRIGUES

Livros de romance eram os meus favoritos. Quanto mais duvidoso fosse o conteúdo, melhor.

Mas eu nunca gostei quando os protagonistas se odiavam, principalmente se o motivo fosse só por *implicância*. Acho que parei de gostar quando entrei na faculdade e conheci América.

Até então, eu até podia acreditar em tesão acumulado justificando o bode de alguém por outra pessoa. Mas enquanto eu a via carregar as coisas para o meu apartamento, entendia ainda menos por que alguém se apaixonaria por uma pessoa que odeia.

Imaginei uma daquelas caixas caindo no pé dela, quebrando um dedinho só... e ela estaria fora do mundo dos esportes por *meses*.

— Por que está sorrindo tanto? — perguntou ela, ofegante após subir três andares de escada com as caixas.

— Estava sonhando acordada — desconversei, então voltei para dentro do apartamento e sentei no sofá.

A sala estava cheia de caixas. Algumas diziam "roupas", outras "não abra ou morra", mas a maioria era de livros. E não pareciam nada leves.

Pena que eu tinha escoliose e não poderia ajudá-la...

— Você está sorrindo de novo! — balbuciou América, abrindo sua garrafa de água praticamente pingando de gelada e bebendo de uma vez só. — O que te faz sorrir tanto, Cacau?

— Imaginei você sofrendo um acidente — confessei, sem perder o sorriso.

Ela fez uma careta e voltou para o corredor. Eu a observei de esguelha enquanto ela descia alguns lances de escada. Depois, me recostei no sofá confortável, mas não estava me sentindo em casa.

Pela primeira vez em quatro anos desde que nos conhecemos — dois, desde tudo *aquilo* —, América estava na minha casa. No local que era sagrado para mim. Onde nem mesmo alguns parentes meus tinham entrado, já que eu não gostava de todos eles.

Minha mãe me chamava de bicho do mato. Eu preferia acreditar que não batia com a energia deles, ou o que quer que isso significasse.

Estava prestes a fechar os olhos e suspirar quando América surgiu no meu campo de visão, o rosto vermelho e salpicado de suor. Não carregava nenhuma caixa nas mãos, mas tinha o ódio do mundo inteiro nos olhos.

— Por que você me disse que o elevador estava quebrado? Acabei de ver uma mulher subindo! — exclamou ela assim que cruzou a porta.

Eu me ajeitei no sofá e inclinei a cabeça.

— Não, eu te disse que você não podia usar o elevador. Você só acreditou e entendeu como queria.

América arregalou os olhos, abriu e fechou a boca várias vezes, mas não disse mais nada. Apenas saiu do apartamento e apertou o botão do elevador. Ouvi sua risada incrédula quando a caixa de metal parou no meu andar, mas optei por ignorar aquele som estridente.

Caminhei pelo corredor apertado que levava até os quartos. O meu estava com a porta trancada. Não queria América mexendo no meu canto sagrado.

Dei mais dois passos e estava no quarto dela. Havia uma cama de casal box e a escrivaninha que ela mesma montou há poucos instantes, quando a caminhonete da mudança chegou. As paredes nuas indicavam uma história a ser formada ali, e um pinicar desconfortável me lembrou que América ficaria naquele quarto. Ao lado do meu. Na *minha* casa.

E naquele momento eu queria muito poder me dar o direito de surtar. De dar um piti e dizer que o acordo estava desfeito, que América não era bem-vinda. Mas eu precisava daquela grana, precisava juntar dinheiro para as despesas do intercâmbio, precisava ganhar o suficiente para viver, e não *sobreviver*.

Passei a mão pelo pescoço pelo que parecia ser a nonagésima vez naquele dia, sentindo a tensão no trapézio se alastrar para minha coluna inteira. Eu e América provavelmente nos xingaríamos o tempo todo, os vizinhos reclamariam e a síndica bateria na porta de casa às duas da manhã porque eu joguei chá quente na cara da minha colega de apartamento.

Mas o lado positivo é que era temporário. No final do ano, ela estaria fora dali. E se eu fosse aprovada no intercâmbio, eu também iria embora.

— Cheguei, Cacau! — A voz de Jasão preencheu a sala. — Encontrei a América lá embaixo e aproveitei para ajudar a subir algumas caixas.

Jasão estava com as mãos na cintura, me encarando com curiosidade, e tinha uma caixa imensa aos seus pés.

— Não vai ajudar a sua nova *coleguinha*?

— Escoliose — justifiquei.

Jasão torceu o nariz.

— Eu já te vi carregando um pneu.

Dei de ombros, o que fez meu amigo sorrir.

— Você podia pegar mais leve com ela — comentou Jasão, como o belo pacificador que era.

— Não vou pegar mais leve com ela. Isso aqui é um acordo entre duas partes. Eu ainda estou quase fazendo um *favor* em não deixar essa garota dormir na rua.

Jasão franziu a testa, mas não falou mais nada. Ele com certeza estava pensando que eu precisava mais da América do que ela de mim, mas eu não entraria naquele assunto.

— Já bolou a lista de regras da casa? — ele provocou.

— Que imagem é essa que você tem de mim?

Mas Jasão não cedeu.

Bufei e peguei o papel sobre a mesa de jantar, então o estendi na direção dele. Meu amigo gargalhou assim que olhou o sulfite.

— *As regras do jogo de Cacau e América* — leu ele em voz alta. — Gostei da pegada temática. Sério que uma das regras é que vocês só podem fazer faxina na casa usando luvas de borracha azuis?

— Essa foi só para encher o saco — confessei —, mas o resto é real.

— Dou uma semana pra ela sucumbir — ele apostou, estalando a língua no céu da boca. Até ali, todo suado e largado no sofá, ele conseguia parecer um modelo da Calvin Klein. — Assim que ela deixar o leite fora da geladeira pela primeira vez, você vai dar um piti e ela vai sair correndo.

Por mais que Jasão estivesse brincando, não pude evitar o desconforto ao pensar na cena. Sol do meio-dia na cozinha, em cima de uma caixa de leite.

— Eu jamais faria isso — disse América à porta, sem me encarar. — Não gosto de coalhada. Ou leite azedo.

Eu a observei pelo canto do olho enquanto ela fechava a porta atrás de si. Precisei mudar o peso de uma perna para a outra, porque a tensão se alastrava das minhas panturrilhas até os dedos das mãos. América também estava sem jeito agora que havia acabado a mudança e as caixas se empilhavam ao nosso redor. Jasão era o único descontraído, imerso em seu próprio mundinho.

Com a mudança feita, não me restava muito a não ser encarar meu futuro nos meses seguintes. América tinha se recostado contra a mesa de jantar, encarando a decoração das paredes.

— Essa é a lista de regras da casa — pigarreei ao estender o papel para América, que passou os olhos rapidamente e assentiu.

— Razoáveis.

— Nenhuma objeção? — perguntei, desconfiada.

Ela encarou o papel de novo, mas deu de ombros.

— Tenho algumas adições, ainda mais porque você não colocou a regra mais importante.

— Qual?

— Você não pode ficar com ciúmes quando eu trouxer minhas companhias, gatinha.

Ao ouvir aquilo, Jasão arqueou a sobrancelha.

— Ciúmes?

Respirei fundo e tentei sorrir, mas o máximo que consegui foi um ranger de dentes que fez uma dor se irradiar pelo meu maxilar.

— América acha que o mundo está aos pés dela — desconversei. — E se você olhar uma das regras, só podemos trazer pessoas pra casa se mandarmos uma pra outra o RG e o nome completo.

— Não transo com estranhos — ela disparou imediatamente.

Só com comprometidos.

— Não ligo pra isso, só faça o combinado — argumentei.

Jasão alternava o olhar entre nós duas, como se assistisse a um jogo de tênis. América olhava para o teto o tempo todo, e eu queria dar uma desculpa para me trancar no quarto e só sair às duas da manhã, quando ela estivesse dormindo.

Droga, aquela era a minha casa, eu não devia me sentir daquela maneira.

— Por que você não chama os nossos amigos e fazemos um encontro tipo uma noite de jogos com a América? Aí a gente pode se conhecer melhor — sugeriu Jasão.

— Sem chance, amigo — respondi sem encará-lo.

Ele deu de ombros e se levantou, esticando os braços malhados.

— Bom, eu tentei ajudar. Fiquem aqui com essa cara de bunda, então. Boa sorte aí.

Quase implorei para que ele ficasse. Na verdade, estava prestes a pedir para que ele ficasse com meu quarto e eu fosse embora. Mas, ao ser deixada com América e o som dos vizinhos discutindo o lanche da tarde ("Panquecas? A gente é gringo por acaso? Come pão com manteiga, Luís Miguel!"), percebi que fui imbecil ao não aceitar o convite de Jasão.

— Eu... — comecei, apontando com o polegar para o quarto.

— Claro, claro — respondeu ela, sem jeito. — Vou levar as caixas pro meu quarto também.

Assenti e fui rapidamente até meu cubículo, então fechei a porta.

Passei alguns instantes calada e parada no meio do cômodo, só ouvindo o som das caixas sendo arrastadas por América, que praguejava de frustração.

Aqueles seriam longos meses.

8. Está com problemas? A máfia italiana cuidará disso

AMÉRICA FIGUEIREDO

— *Ele deveria ter cuidado. É perigoso ser um homem honesto* — disse Michael Corleone, com aquele jeito que o Al Pacino tinha quando era jovem que realmente me fazia questionar tudo o que eu sabia sobre mim mesma.

— Esse filme é péssimo, não sei por que insistimos em ver sendo que sempre falamos mal dele no final — murmurou Pietra ao meu lado, embora estivesse atenta ao filme, apenas enfiando mais um punhado de pipoca cheia de manteiga na boca.

— Porque é nosso filme.

— Devia ser *Barbie: vida de sereia*, e não *O poderoso chefão 3*.

— A gente pode pausar e assistir *Barbie* se você quiser, Pietra.

Mas ela não queria. E isso era óbvio. Porque, no fim das contas, era nosso filme.

Pietra era a definição da Faculdade de Filosofia, Letras e Ciências Humanas, a FFLCH. Tinha o cabelo ruivo repicado, unhas pretas descascadas e uma insanidade no olhar que só se via em estudantes de humanas — aquele tipo que faz os parentes no almoço de família perguntarem pra sua mãe quando você vai arranjar um namorado, mas na verdade querem saber se você é uma lésbica degenerada que usa drogas na faculdade e mostra os peitos em manifestações.

— Não odeie seus inimigos. Isso afeta seu juízo — ela imitou Al Pacino, com a voz rouca e uma expressão blasé. — Michael Corleone podia te ajudar com esse seu conflito, sabia?

Enfiei um punhado de pipoca na boca e continuei assistindo as mesmas cenas que já vi pelo menos quinze vezes nos últimos anos, mas das quais não me cansava.

Eu jamais me cansaria do Al Pacino.

E talvez Pietra estivesse certa. Mas eu não tinha inimigos como Don Corleone. Na verdade, inimigo é coisa de desocupado. Ou de protagonista de livro de fantasia. Eu não gosto de fantasia, então não tenho inimigos. Simples assim.

Porém, estar ali naquela noite de quarta-feira do outro lado da cidade em vez de estar na minha própria casa era o indicativo de que talvez eu tivesse uma *inimizade*.

Pietra não havia feito perguntas sobre o meu pedido para assistirmos ao nosso filme de conforto no meio da semana, e eu a amava por isso. Ela estava esperando que eu falasse, mas estava cansada demais até para isso.

Naquela manhã, antes das aulas, eu tinha certeza de que meu dia seria *ótimo*. Fazia uma semana que estava na casa nova e só vi Cacau uma única vez, no domingo à noite, quando levantei de madrugada para pegar água e a encontrei varrendo a cozinha.

Às três da manhã.

Fora isso, tudo estava correndo como planejado: ela saía antes de mim para ir para a aula e eu chegava tarde da noite, quando ela já estava trancafiada no quarto fazendo o diabo que fosse.

Acho que fizemos o acordo silencioso de não nos encontrarmos. E eu estava satisfeita.

Menos hoje de manhã, quando me espreguicei, sorri para o sol entrando pela janela e me preparei para dar uma aula de basquete para a filha de uma das amigas da minha mãe.

E em vez da calmaria de sempre, eu ouvi *espirros*.

Congelei, sem conseguir abrir a porta.

Merda, Cacau estava em casa.

E eu estava com meu pijama de vaquinha e meias do Justin Bieber.

Encarei a porta fechada e respirei fundo. Precisava muito usar o banheiro.

Dei de cara com Cacau segurando a maçaneta do banheiro assim que me estiquei para fazer o mesmo.

— Vou ser rápida — disparei, pronta para fazer xixi na calça.

Cacau arqueou a sobrancelha e olhou para a própria mão na maçaneta.

— Eu também. Perdi a hora porque tomei um antialérgico e preciso correr.

— Toma outro, você ainda tá espirrando. — Achei que era um comentário razoável e de grande utilidade, mas Cacau fechou a cara e fungou.

— Obrigada! Você está em qual semestre de medicina para dizer isso com tamanha certeza?

Estava prestes a responder quando ela se trancou no banheiro e me deixou ali, parada.

Ok, dava para segurar. Eram só uns minutinhos.

Mas Cacau ligou o chuveiro.

Cinco.

Dez minutos.

Eu cruzava as pernas com tanta força que cheguei a me preocupar com a circulação sanguínea.

Foi quando olhei para a cozinha e vi uma garrafa pet.

Aquilo funcionava em filmes, né?

Peguei uma faca na gaveta e cortei da maneira mais porca que consegui.

Soltei um grito frustrado quando precisei cruzar ainda mais as pernas. Segurei a garrafa cortada na mão e hesitei, mas então senti minha bexiga implorar por misericórdia.

Desci a calça de moletom, totalmente consciente de que eu estava na cozinha, mas se desse um passo a mais, faria uma bagunça.

Foi nesse mesmo minuto que a porta do banheiro abriu e Cacau passou com uma toalha enrolada no corpo e outra na cabeça.

— O que você... — começou ela, mas se refreou ao ver a garrafa na minha mão. — você ia fazer xixi nisso?

Eu podia ter ficado ali e brigado, ter xingado aquela filha da puta egoísta até a sétima geração dela. Mas eu precisava *muito* usar o banheiro. Passei correndo por ela, tropeçando na calça agachada, e fechei a porta do banheiro com um estrondo.

Até deitei a cabeça na parede de tanto alívio, quase chorando de emoção com uma função básica tão pequena.

Em seguida, com a bexiga vazia e a mente cheia, quis gritar. Primeira semana morando junto com a Cacau e aquele era meu saldo? Trancada para fora do banheiro, fazendo xixi numa garrafa pet?

Lavei as mãos enquanto a xingava e, ao abrir a porta, dei de cara com o diabo em pessoa na minha frente, com os braços cruzados e o cabelo molhado.

— O que você tem na cabeça? — Cacau disparou, alheia ao fato de ser uma desgraçada.

— Eu precisava usar o banheiro, você falou que ia ser rápido e ficou mais de dez minutos lá dentro! — gritei, apontando para o banheiro úmido e ainda cheio de vapor do chuveiro quente.

Cacau estreitou os olhos castanhos. Com o cabelo pingando, um vestido vermelho e as bochechas rosadas de calor, ela parecia uma jovem normal, não o satanás em pessoa.

— E a sua solução genial foi usar uma garrafa pet? Na cozinha?!

— Da próxima vez eu mijo na sua cama, não tem problema! — exclamei, impaciente. Passei por ela, esbarrando nossos ombros, e voltei para o meu quarto.

— Você não é nem maluca. — Ela invadiu meu espaço, com o dedo em riste.

— Ah, eu sou sim! Eu já zerei sua prova uma vez, não zerei? Você também achou que eu não seria maluca.

Abri meu guarda-roupa e peguei o uniforme de treino, joguei na cama e somente então a encarei de novo. Seu peito subia e descia rapidamente, e a boca aberta tremia um pouco.

— Isso foi uma péssima ideia — disse ela, praticamente rosnando, e se virou de costas, saindo para o corredor.

— Problema seu, princesa! — falei alto, sem me importar se ela ouvia ou não. — Vamos ter que aprender a conviver, e seria muito mais fácil se você não fosse uma *bruxa*.

A porta do quarto ao lado bateu com um som alto, e então me sentei na cama. Passei a mão pelo rosto, cansada. Aquela seria minha rotina? Viver como uma espiã num apartamento alugado, fugindo de Cacau para, quando nos encontrarmos, discutir feio assim?

Talvez continuar na república fosse uma opção melhor.

Lá fora, o céu estava claro e limpo. O sol de verão enchia o bairro de vida e cores, mas meu quarto ainda era cinzento. Queria sair dali. Vesti o uniforme, preparei a mochila com o que podia e saí pela porta sem esperar qualquer resolução de conflito entre mim e Cacau.

E ali estava eu, após um dia de aulas de basquete, assistindo meu filme favorito com minha pessoa favorita.

— O que Michael Corleone faria na minha situação atual? — repeti a pergunta, então tomei um gole imenso de Coca-Cola. — Bom, ele mataria Cacau. Não, não, ele contrataria alguém pra isso e diria "são só negócios".

Pietra riu pelo nariz, o cabelo ruivo preso em um coque balançando quando ela se ajeitou no sofá e se virou para me encarar.

— Sei que vocês vivem em pé de guerra há muito tempo, mas agora estão morando juntas. Eu acho que foi uma escolha burra, mas qual a novidade, né? Você é especialista nisso.

Revirei os olhos e pausei o filme.

— Eu precisava de um lugar para ficar, você sabe.

— Podia ter ficado aqui — murmurou ela.

Eu sabia que Pietra estava incomodada e magoada com a minha decisão, mas eu conhecia meus limites. Amava minha amiga e a mãe dela, mas a rotina que eu levava era diferente demais e eu queria meu próprio espaço.

— Bom, e qual é a sua solução? Ignorar a garota? — ela perguntou.

— Eu queria. Mas prometi que ela estaria na atlética, então isso significa festas, eventos, reuniões...

Pietra fez uma careta.

— E tudo isso sem vocês se matarem até o fim do acordo?

— Pois é.

— Por que você foi se enfiar nisso?

— Porque eu me odeio.

Pietra deu uma risada pelo nariz e voltou a encarar a televisão.

— Sinta-se à vontade para vir aqui quando precisar fugir.

Deitei a cabeça no encosto do sofá e sorri.

— Não faça esse convite, vou estar aqui uma vez a cada dois dias.

E quando dei play no filme, nem fingi estar concentrada. Não importava o quanto Cacau fosse um pé no saco, eu não podia perder aquele apartamento.

Eu me conhecia. Não que eu fosse tão orgulhosa, poderia ceder para Cacau e, em nome da boa convivência, dar uma trégua. Éramos adultas, afinal de contas. Mas havia uma aura desconfortável sempre que estávamos juntas.

Apesar de estudarmos letras, não havia vocabulário suficiente para mantermos uma conversa civilizada.

E eu não aceitaria a culpa total naquilo. Cacau também poderia ter pensado o mesmo que eu e cedido um pouco. Mas se ela decidiu que vai parecer um soldado armado toda vez que estiver perto de mim, ótimo. Eu era filha de um casal divorciado e era especialista naquilo.

Só percebi que estava esmagando a pobre almofada rosa em minhas mãos quando senti dores nas articulações. Suspirei com força e me ajeitei no sofá.

Achei que fugir para a casa de Pietra faria alguma diferença naquela ansiedade toda. O medo do futuro incerto. Minha nova casa mais parecendo uma trincheira de guerra. A faculdade chegando ao fim, e, com ela, todas as expectativas irreais que eu havia criado quando estava na escola sobre como seria minha vida depois da faculdade. Bom, eu não namorava o Peter Kavinsky nem tinha um carro, então acho que dava para dizer que eu não era fracassada — a minha eu adolescente que não tinha noção do que é ser um adulto de verdade talvez dissesse.

Respirei fundo mais uma vez, controlando as batidas erráticas do coração. Não adiantava surtar agora. Não tinha qualquer poder de escolha, então não adiantava ficar ansiosa pelo que nem havia acontecido.

Uma coisa de cada vez.

O que eu poderia resolver naquele momento?

Um acordo de paz, ou algo assim, com a Cacau. Queria que minha casa fosse um espaço de paz. Só isso já resolveria boa parte dos meus problemas, certo? Certo.

— Eu vou voltar para casa — anunciei para Pietra e fiquei em pé. — Não adianta ficar fugindo da Cacau. Preciso enfrentar a besta.

— São onze da noite.

— Nunca é tarde demais para ter paz.

— Mas a gente mora em São Paulo, paz é a última coisa que você vai encontrar andando na rua. Talvez um assaltante. Ou um cosplay do Jack Sparrow no metrô.

Torci o nariz, desgostosa, mas estava decidida.

Depois que prometi pagar um almoço para Pietra, ela decidiu me deixar em casa de carro. Durante o caminho, tirei da bolsa o papel ridículo com as regras da casa que Cacau tinha me entregado e comecei a anotar minhas próprias regras.

As regras do jogo de Cacau e América (com adições da América)

Organização de tarefas comuns;

Desconhecidos só são permitidos em casa mediante nome completo e apresentação de RG;

Pra faxina, precisamos usar obrigatoriamente uma luva de borracha azul; (eu, América, discordo parcialmente dessa, não dá pra ser amarela?)

Sem som alto depois das 23h.

Toda vez que alguém gritar, colocar um real num pote. Não somos animais, podemos conversar que nem gente

Podemos trazer amigos (no máximo dez) pra festinhas até às 23h

Cacau não pode sentir ciúmes da América, não importa o quão linda ela seja

Aquilo já era um começo, mas havia uma regra principal que estava martelando em minha cabeça desde o primeiro dia naquele apartamento e que eu precisava adicionar.

Cacau e América não podem se matar no período de convivência estabelecido

9. Cacau Rodrigues é a encarnação do mal

AMÉRICA FIGUEIREDO

O que mais me fazia gostar de filmes de terror era a expectativa. O medo causado unicamente por saber que *algo* vai acontecer, mas não quando ou como.

Entrar naquele apartamento à noite foi exatamente como participar do elenco principal de A *encarnação do mal*.

Estava silencioso, com a lua reluzindo no chão da sala através da janela sem cortinas. A televisão desligada indicava que Cacau tinha ido dormir. Naquela última semana, percebi que ela normalmente assistia alguma coisa antes de ir para o quarto, porque em duas ocasiões eu dei de cara com ela capotada no sofá da sala quando cheguei em casa.

Naquela noite, no entanto, havia somente a luz pela soleira da porta do quarto de Cacau. Respirei fundo antes de largar minha mochila no chão da sala e virar no corredor à direita, passando pela mesa de jantar e pelos quadros de noites estreladas e pores do sol distribuídos pelas paredes. Eram as duas faces de um dia completo — de manhã eu era cumprimentada pela claridade, e à noite pelas estrelas na parede.

Cacau gostar de arte impressionista me chocava ainda mais do que a regra de mandar o RG e o nome completo da pessoa com quem eu fosse transar.

Tomei coragem antes de me aproximar do quarto dela e bater à porta. Uma música tocando baixinho vinha de lá de dentro, então bati novamente para me certificar de que Cacau tinha ouvido.

Quando a porta abriu de supetão, observei o rosto vermelho dela, os olhos meio arregalados e a respiração ofegante.

Sem conseguir evitar, dei uma olhadela por cima de seu ombro. A cama ficava próxima à janela, uma das paredes era pintada de azul-claro, com diversos quadros pendurados. Havia uma escrivaninha muito bem-organizada do outro lado, uma arara de roupas separadas por cores e, embaixo, sapatos também organizados por cores.

Parecia um quarto de patricinha de novela das nove na Globo.

— Posso ajudar? — perguntou ela, meio apressada.

— O que você estava fazendo? — Fui vencida pela curiosidade. Cacau bufou, balançando alguns fios de cabelo para o lado.

— Comendo a sua mãe.

Gargalhei alto, pondo a mão na barriga. Ah, seria muito mais fácil me impor sobre Cacau quando ela era uma babaca quase o tempo todo.

— Tá com cara de quem transou mesmo — alfinetei, mas ela deu de ombros e olhou para o quarto atrás de si.

— Se você prefere acreditar...

— Mas eu aposto que você estava arrumando o colchão ou qualquer coisa do tipo — brinquei, o que fez Cacau revirar os olhos.

— Ele estava me incomodando do outro jeito, ok? E o que você quer, América?

Certo, o meu foco principal.

— Eu fiz algumas adições às regras de convivência que você escreveu.

Cacau saiu do quarto e fechou a porta atrás de si. Fui até a sala e me joguei no sofá, cruzando as pernas. Ela permaneceu em pé, e somente então reparei nas pernas nuas de Cacau, que usava apenas uma camiseta longa que mal cobria suas coxas.

— Vai logo, dá sua opinião. Aposto que suas regras vão ser vetadas, mas tudo bem.

— Podemos ter essa conversa de maneira civilizada? — perguntei, um pouco receosa. Cacau ponderou por um instante e assentiu. Pegou uma cadeira e se sentou virada para mim, atenta às minhas palavras. — Uau, que fácil, meu charme finalmente te conquistou?

— Não provoca — ela resmungou, colocando algumas mechas do cabelo castanho atrás das orelhas.

— Bom — pigarreei —, primeiro de tudo, pensei em uma regra meio punitiva para as nossas... alfinetadas.

Cacau arqueou a sobrancelha.

— Você quer dizer depois de hoje de manhã?

Assenti lentamente. Ela passou a mão pelo rosto e concordou.

— Sim, tem razão, esse tipo de coisa não pode ficar acontecendo.

— Então, cada vez que alguma de nós gritar ou for maldosa, precisa colocar um real num pote. — Ela não se manifestou, então continuei a ler as regras. — Como vamos organizar nossas tarefas individuais?

— Eu fiz uma separação por pontos totais. Cada atividade vale alguns pontos, e aí podemos escolher entre elas até dar um valor mínimo de pontuação para cada uma. Lavar a louça, cinco pontos. Varrer a casa, três pontos.

— Acho que varrer a casa precisa valer mais — argumentei, mas Cacau apenas acenou com desdém.

— Eu não suporto desorganização, América.

— Eu sei, eu também não.

Cacau se aprumou na cadeira e cruzou os braços.

— Talvez você não seja um desperdício de oxigênio, então.

— Uau, quanta gentileza. Um real no pote.

— Ah, a próxima regra também fala do RG — relembrou ela. — Eu vou precisar lidar com você entrando com os namorados de outras meninas por aqui? — disparou, ácida.

Me empertiguei e mordi o lado de dentro da bochecha.

— Não, não vai. Mais alguma pergunta incômoda ou já posso mandar você ir se foder? — Respirei fundo, tentando me acalmar. — Vou pôr um real no pote — comentei, e aquilo foi o suficiente para nos manter em um silêncio desagradável por alguns instantes. — E podemos trazer nossos amigos pra cá normalmente, é só evitar chamar muita gente e limpar tudo depois que saírem — adicionei, e Cacau assentiu novamente, feliz com a regra.

— Agora que você já está morando aqui, como vamos começar o plano para me incluir na atlética? Não tenho muito tempo — ela desconversou, tão desconfortável quanto eu.

Uma coisa eram ofensas aleatórias quando a oportunidade se apresentava, outra era quando não tínhamos para onde correr. Morávamos juntas. E, até aquele momento, aquilo não estava muito claro para nenhuma das duas. Agora, sentadas de frente uma para a outra, não tinha escapatória.

Agradeci mentalmente por termos outro assunto para lidar, então aproveitei a oportunidade para me animar um pouco. Falar da atlética sempre me deixava feliz. Quer dizer, menos nos momentos em que universitários decidiam ser universitários e cometiam as maiores burradas conhecidas pela humanidade, o que acontecia muito mais do que eu gostaria.

— Bom, primeiro de tudo, precisamos colocar você em um time.

Cacau fez uma careta, mas não retrucou.

Um milagre.

— O que você gosta de treinar?

— Yoga.

— Isso não é esporte de atlética.

— Pois deveria ser.

Resmunguei alto.

— Futebol?

— Não sei chutar.

— Vôlei?

— Não sei me jogar no chão.

— Basquete?

— Não sei...

— E se você descontar toda a sua raiva no basquete e encher menos o meu saco? Seria o esporte perfeito. E ainda corre o risco de alguém te dar um empurrão merecido. Eu acho que é só vantagem.

Cacau olhou para cima e suspirou.

— Tá, eu faço qualquer coisa, América. Preciso do meu intercâmbio, e, pensando bem, na faculdade que eu quero as mulheres costumam jogar basquete mesmo. Acho que é a melhor opção.

— Você precisa saber o básico, então podemos focar mais em te colocar como assistente em festas e eventos, coisas assim. Eu posso te dar aulas particulares até você pegar o jeito, sou instrutora — disse, e Cacau arregalou um pouco os olhos. — Que foi?

— Você é instrutora?

— Você saberia disso se passasse menos tempo tentando me matar.

— Você que jogou uma bola de basquete em mim, sua idiota! — exclamou, com a voz esganiçada. — Não vou pôr nada no pote de xingamentos, você me agrediu com uma bola!

— Já falei que não te vi, você não é nada memorável. Talvez devesse ter ido com esse pijama, aí eu teria prestado mais atenção.

Cacau abriu e fechou a boca, e eu desviei o olhar para a parede atrás dela.

— Ok, está combinado. E o que é essa última regra que você escreveu? — ela perguntou, esticando o pescoço para bisbilhotar.

— A gente não pode se matar.

Ao ouvir aquilo, ela sorriu e se recostou na cadeira, e o movimento fez a camiseta dela subir um pouco mais.

— Isso vai ser divertido.

Ah, sim, muito, *muito* divertido.

10. Duas garotas trancadas num vestiário igual em *Teen Wolf*

CACAU RODRIGUES

Eu nunca levei tanta bolada na vida. Nem quando estava com meu ex--namorado.

— Você tá parecendo uma planta! — berrou América, dando uma gargalhada estrondosa. Fechei os punhos, frustrada, mas sem ter muito o que fazer.

Eu queria jogar a bola na cara dela, mas nem sequer conseguia arremessar direito.

— Eu tô tentando, imbecil! — gritei de volta, então limpei o suor da testa com as costas da mão e bati com a bola no chão.

Um alvo pequeno, mas que qualquer pessoa deveria acertar. Era só mirar na cesta e *jogar*.

Por isso gritei de frustração quando minha jogada, mirando a cesta, foi para cima, ultrapassando mais uma vez a imensa rede feita justamente para que as bolas não passassem por cima dela.

Talvez eu devesse jogar futebol americano.

— Você consegue, Cacau! — gritou Jasão em apoio.

Meu amigo estava sentado do lado de fora da quadra, comendo uma barra de proteína e preenchendo sua lista de exercícios de cálculo. Era injusto que ele fosse bom em todos os esportes, assim como América.

— Cacau, se eu puder te dar uma dica... — Pietra apareceu do meu lado. Eu já estava acostumada a vê-la com a Babel, mas nunca trocamos mais do que amenidades ao nos encontrarmos. Ela parecia ser legal e era bem charmosa. Estava explicado por que Babel estava caidinha por ela. — Você é mais ativa ou passiva, Cacau? — perguntou, o que me fez arregalar os olhos.

— Que pergunta deselegante...

Ela riu alto, balançando a cabeça.

— Eu quis dizer na vida, você é uma pessoa mais ativa ou mais passiva na vida?

Ponderei por um instante, enquanto América voltava com a bola nas mãos e um sorriso convencido nos lábios. Ela havia me acordado às cinco e meia da manhã, batendo na porta com um murro. Quase caí da cama achando que estava sendo roubada.

América até fez o café da manhã — ovos e pão para um batalhão. E quando me sentei, achando que era para nós duas, fui surpreendida com um tapa na mão e um "faça seu próprio café" murmurado.

Eu a observei comer tudo aquilo e ainda reclamar que queria uma sobremesa.

Sobremesa no café da manhã!

Fui me arrastando que nem um zumbi para o centro de esportes da faculdade e dei de cara com Jasão e Pietra treinando. O dia claro e o vento gelado da manhã só me deixavam com vontade de fingir que estava passando mal e voltar para casa e dormir.

Mas aquilo não era possível, porque América era extremamente energética e tinha certeza de que me tornaria a próxima Kamilla Cardoso.

— Eu acho que sou mais ativa — confirmei, certeira. Pietra assentiu e segurou a bola que América jogou para ela, apoiando-a no chão em minha frente.

— Então pense que seu objetivo jogando basquete é colocar em prática tudo isso. Em vez de imaginar que a Méri vai roubar, pense que é a cara dela na cesta.

— Acho que consigo fazer isso — disparei, mais empolgada. — Só não sei arremessar. É difícil. Parece que minhas mãos não me obedecem.

— É porque você não está arremessando como eu te ensinei — América disse, se aproximando. Ela apoiou as mãos na cintura, e eu a encarei com a testa franzida.

— Porque você não sabe ensinar.

— Minhas alunas de sete anos não reclamam.

— Elas têm sete anos, acreditam em qualquer coisa.

— Pelo menos elas sabem arremessar uma bola.

— Isso tudo é por que você é baixinha? — provoquei, o que tirou um olhar cético de América.

— Baixinha? Garota, eu sou maior que você, eu tenho um metro e oitenta.

— Nossa, nem parece.

América balançou a cabeça, dando risada.

— Você realmente acha que me provocar falando da minha altura vai me irritar?

— Fica tranquila aí, baixinha. Vocês, pessoas mais baixas, precisam se impor de alguma maneira.

Então me virei para Pietra, que gargalhava abertamente.

— Você é engraçada, Cacau, preciso admitir. Vamos de novo. — Ela bateu palmas e correu para o início do garrafão, balançando de um lado para o outro. — Tenta arremessar no meio, ok? Méri, fica aí com ela.

— Baixinha, honestamente... — Ouvi América resmungar.

Sorri de canto, então encarei as linhas desenhadas na tabela e olhei para Pietra parada um pouco antes, com o uniforme igual ao de América. Camiseta laranja e preta e shorts preto. E ela me achou engraçada. Era um passo a mais para me tornar parte da atlética.

Eu tinha que me concentrar naquilo.

Em ser ativa.

Observei a bola imensa em minhas mãos e América parada ao meu lado, atenta aos meus movimentos. Respirei fundo e dei três passos, arremessando a bola em seguida, assim como América havia me ensinado. Ela estava certa, meu pulso estava duro e travado. Agora, do jeito certo, observei com assombro a bola ir para o meio da cesta.

Soltei um grito, levantando os braços em comemoração.

— Viu só? Você tem talento, só precisa parar de reclamar e treinar — comentou América.

— Você se acha muito pra alguém baixinha que nem você — retruquei, controlando um sorriso gigante ao vê-la se indignar comigo.

Aceitei o high five de Pietra, que sorriu e começou a colocar alguns cones no meio da quadra.

— A gente vai fazer uma coisa diferente agora — disse ela.

— Toque básico — explicou América a contragosto. — Você joga a bola pra mim, corre pra frente pra receber a bola de novo. Vamos fazer isso algumas vezes indo e voltando na quadra.

Assenti, concentrada. O sol se levantou um pouco mais, os raios iluminaram a quadra cinzenta aos poucos. Sentia meu corpo meio molenga depois do circuito que fizemos antes de começar, mas não diria que estava cansada.

Eu reconhecia que odiava aquilo, mas precisava daquela chance e faria qualquer coisa para ter um currículo invejável para a universidade.

Se eu topei morar com América Figueiredo, arremessar uma bola era o menor dos meus sacrifícios.

Quando o treino acabou, com um resultado positivo de ter tropeçado apenas duas vezes e xingado América mentalmente umas vinte mil e outras mil em voz alta, caminhei até o vestiário praticamente me arrastando.

— Você vai sobreviver, o início é mais complicado — Jasão me consolou, complacente com minha dor. — E a sua resistência pra transar melhora *muito*.

Arqueei a sobrancelha, atenta.

— Muito quanto?

— Do tipo você não sente câimbra quando tá metendo.

— Eu não *meto* desse jeito — repeti a palavra, franzindo as sobrancelhas. — Mas só de não sentir câimbra na panturrilha... Talvez valha a pena esse negócio.

— Depois a gente pode testar — cantarolou ele, risonho.

Ri alto, empurrando-o pelos ombros.

— Alguém vai achar que você tá falando sério.

Jasão riu e me abraçou de lado, me dando um beijo na cabeça.

— A gente se vê hoje com o resto do pessoal? — perguntou ele, já saindo.

— Claro, vou ficar trabalhando num relatório da iniciação científica aqui pela faculdade mesmo. Quer almoçar comigo?

— Sempre, linda. Beijos!

Eu me despedi com um aceno e entrei no vestiário ainda sorrindo. Estava vazio, com uma imensidão de armários para os alunos à disposição. Separei minhas coisas e as levei para o chuveiro.

Praticamente gemi de satisfação ao sentir a água quente batendo nas minhas costas. Voltaria a treinar somente por aquela sensação. De olhos fechados, deixei a água cair, respirando fundo e torcendo para que aquilo tirasse a tensão dos meus ombros.

Na noite anterior, conversando com minha mãe, descobri que ela planejava vir para São Paulo em algum momento do mês seguinte. Queria ver como a filha estava se saindo longe dela. Antes de aceitar, me lembrei do demônio com quem dividia a casa. Precisava conversar com ela. Em casa.

Respirei fundo mais uma vez, em uma tentativa de fingir que aquela não era minha realidade. Mas eu tinha que admitir a muito contragosto que América até que era suportável de se conviver.

Ela era limpa, organizada e nem mesmo questionou quando mandei a lista de tarefas acumuladas por pontos, apenas escolheu as que mais gostaria de fazer e *fez*.

Desde a minha última colega de apartamento, eu ficava constantemente estressada, esperando ver lixo por toda a parte.

Então ver que América tirava o lixo do banheiro e da pia, e não somente isso, puxava a água da pia depois de lavar a louça, era uma grande evolução.

Não que eu fosse admitir.

Levantei a mão para pegar a toalha e, com uma lamúria, percebi que ela não estava lá. Abri a porta do chuveiro do vestiário, passando os olhos pelas outras cabines. Foi o momento em que ouvi uma voz cantarolando Ivete Sangalo.

— América? — chamei, meio sussurrando.

Ela parou de cantar imediatamente.

— Tem alguém aí?

— A Xuxa.

Logo o rosto vermelho de América apareceu na área das duchas, e ela suspirou aliviada ao me ver.

— Olha, Cacau, se isso for um convite pra tomar banho com você, eu agradeço, mas...

— Cala a boca e me ouve — disparei, fechando ainda mais a porta, para que ela não visse nada além do meu pescoço para fora. — Esqueci a toalha. Será que você pode... pegar pra mim? Tá no banco com minha roupa. — Minha voz saiu arranhada. Aquilo era quase uma tortura.

Na verdade, era mesmo.

O sorriso de América se alargou mais ainda, e observei meio consternada quando ela cruzou os braços, com os cotovelos arranhados à mostra.

— O que eu ganho com isso? — ela perguntou, direta. — Porque eu posso ficar aqui até o horário da minha aula e não pegar a toalha. O treino de tênis está acabando agora e vai entrar um pessoal aqui.

— Não ligo — retruquei, tentando parecer tranquila, mas era mentira.

— Ah, você liga, sim — respondeu ela, brincalhona.

Odiava ficar sem roupa na frente de desconhecidos. Ano passado, durante uma festa da faculdade, começou um carteado estúpido em que o objetivo final era tirar as roupas, e eu fingi que estava passando mal e fiquei trancada no banheiro até a festa acabar.

América estava naquela roda e me acompanhou com os olhos quando do voltei, muito desconfiada e completamente vestida, já que não havia perdido nem uma rodada sequer.

— A gente mora junto, corta essa. Só me faz esse favor, América, que chatice.

Ela se aproximou e parou na frente do meu box de chuveiro, me encarando com um ar vitorioso.

— Você sabe dirigir, né?

Assenti, desconfiada.

— Eu te trago sua toalha se você dirigir meu carro na viagem de confraternização da atlética para a Praia Grande. Tenho preguiça de dirigir e, além disso, pretendo beber *muito*, então vou estar de ressaca na volta.

Abri a boca, irritada, encarando-a com os olhos cerrados.

— Você quer que eu seja sua motorista particular?

— Se você prefere chamar assim. — Ela deu de ombros. — E aí, topa?

— Quando vai ser essa palhaçada, América? — perguntei, já sentindo calafrios com o vento que entrava pela fresta da porta.

— Daqui a duas semanas. É uma semana antes da Páscoa. Vamos no sábado e voltamos domingo.

— Mas eu tenho aula de árabe sábado de manhã — retruquei.

— Bom, você pode sair e pegar a toalha agora, se quiser. Eu fico esperando.

Era só uma viagem com um bando de jovens idiotas querendo encher a cara como se o mundo fosse acabar. Eu conseguiria.

— E você precisa parar de me chamar de baixinha, isso é muito bobo.

— Tá. Fechado — murmurei, mentindo. Eu com certeza continuaria chamando a América de baixinha, apesar de saber que ela era bem mais alta do que eu. — Agora você pode pegar a porra da minha toalha?

— Quais as palavrinhas mágicas? — cantarolou ela, já se afastando.

— Por favor — respondi, entre dentes.

América riu sozinha e voltou com a toalha. Antes de entregar para mim, virou os olhos castanhos brilhantes em minha direção e piscou.

— Eu amo MPB, espero que saiba disso. É o que vamos ouvir no carro.

Então jogou a toalha na minha direção e tirou a própria camiseta, dando uma risada.

— O que você está fazendo? — perguntei, com os olhos arregalados.

— Tirando a roupa para tomar banho, é assim que se faz, Cacau — explicou ela como se estivesse falando com uma criança, então tirou os shorts.

Apertei a toalha entre as mãos, irritada com como sua bunda ficava bem naquela calcinha preta, com as coxas musculosas, bonitas e torneadas, e, mais ainda, com o quanto América era extremamente atraente.

Fechei a porta do box com um estrondo e me sequei com pressa. Só saí da cabine quando ouvi a água do chuveiro dela correr, e andei a passos rápidos para o outro lado do vestiário.

Anotei mentalmente mais uma regra para nosso apartamento: nada de andar sem roupa por aí.

11. Rivalidade feminina temperada com vinho barato

AMÉRICA FIGUEIREDO

Quando eu era criança, ouvia dos adultos que eu daria muito trabalho aos meus pais. Uma descendente de imigrantes coreanos e brasileiros negros, com certeza aquela beleza *exótica* chamaria a atenção dos homens. Afinal de contas, quem poderia culpá-los?

Aos nove anos, tive um surto de crescimento antes das minhas colegas. Tinha peitos e bunda grandes antes mesmo que soubesse o que era puberdade.

Minhas professoras do fundamental me chamavam de canto para me relembrar que eu precisava usar sutiã, que eu não podia jogar bola com os meninos porque tinha virado uma mocinha. Com peitos grandes demais, ainda por cima.

Passei o quinto ano inteiro observando meus amigos jogarem bola no intervalo, rindo e gargalhando, e eu sozinha, sentada à margem da quadra fingindo que estava me divertindo também, enquanto só queria jogar e não entendia muito bem por que não podia.

A única coisa que eu sabia é que era uma distração para os outros.

No sétimo ano, um garoto novato na sala passou a mão na minha bunda. Eu o empurrei da escada, ele luxou a perna, e fui suspensa da escola porque tinha conduta agressiva e era problemática.

Na igreja da família do meu pai, as *ajummas* falavam mal de mim na minha frente, maldizendo meu pai por não ter escolhido *certo*. Nem totalmente negra, nem totalmente coreana. Algo no meio que nunca foi o suficiente para nenhum dos dois lados, que sempre pareciam ter uma ruga no meio da testa ao perguntar: "Mas *o que* você é?".

No oitavo ano, foi a primeira vez que recebi mensagens aleatórias do cara que minha amiga gostava. E quando eu disse a ele que não queria nada, ele respondeu que me faria sentir bem.

Bloqueei o garoto e, no dia seguinte, quando fui contar à minha amiga, ela me chamou de puta e decidiu falar mal de mim para a escola toda.

Mudei de colégio no mesmo semestre.

Talvez me sentir constantemente acuada me tornasse mais propensa a ser defensiva. Naquele momento, enquanto Mafê me encarava, sentada do outro lado da mesa, senti a necessidade de sair correndo, porque não queria lidar com aquilo, não queria encará-la por tempo demais, porque aquela raiva que surgia aos poucos dentro de mim, o ressentimento contra Mafê, era um pouco mais forte do que eu esperava que seria.

— Não temos orçamento pra isso — comentei pelo que parecia ser a nona vez naquela reunião, mandando para longe o aperto no peito.

Garcia, o presidente da atlética, me encarou de lado.

— Eu acho que é uma ótima ideia — ele retrucou, sucinto.

— Um programa de TV da atlética? Já estamos devendo depois daquele... hã... problema do ano passado, a Festa da Independência.

Dois alunos se empolgaram e lançaram fogos de artifício do teto da faculdade, o que causou uma multa imensa para a atlética. Estávamos lidando com o déficit daquilo desde então.

— Mas é uma boa maneira de juntar grana, assim as pessoas ficam sabendo das últimas festas, e a gente é pago por isso — Garcia argumentou.

— Concordo — disse o tesoureiro, um idiota que se drogava com o dinheiro do nosso caixa. Eu era extremamente contra a presença dele ali, mas houve uma votação, então precisava aceitar. Garcia apontou para o garoto e sorriu, convencido.

— Viu só? O tesoureiro aprova.

Eu me recostei contra a cadeira, sentindo a tão conhecida raiva impotente me atingir. Não tinha o que fazer. Aqueles idiotas só se preocupavam em gastar, não viam a atlética como algo bom para a faculdade. No fim, os alunos acabariam pagando o pato, nada daquilo era justo.

— A gente teve um retorno muito positivo nas redes sociais da atlética, ainda mais pra anunciar a próxima festa — se pronunciou Mafê, sem desviar o olhar de mim. — Se seguirmos nesse ritmo, até junho já fechamos a dívida com a faculdade e ficamos no positivo pros jogos universitários no segundo semestre.

Dei um sorriso amarelo, mas não me pronunciei.

— Acho que a América está certa — se intrometeu Pietra. — Não dá pra gastar dinheiro que não temos com algo que nem sabemos se vai dar certo. Investir parte dessa grana naquele aplicativo de relacionamento feito pra universitários não seria uma opção?

O tesoureiro negou com a cabeça.

— Vamos falar de coisa boa? — Ele bateu as mãos e sorriu. — A nossa viagem! Tá chegando, hein?

— Consegui uma motorista pro meu carro — comentei, evitando um sorriso ao me lembrar da cara de indignação da Cacau três dias atrás, quando tivemos nosso primeiro treino de basquete.

A garota era uma negação, mas eu assisti a filmes de esporte dos anos 2000 o suficiente para saber que uma sonsa como ela conseguiria, se fosse esforçada. E eu sabia que Cacau, quando queria algo, podia ser insuportável até conseguir.

Foi assim que ganhei uma inimizade com ela. Os problemas dela com o namorado não me envolviam, e eu não queria me enfiar naquela narrativa, mas ali estava eu.

— Ninguém vai dar pra trás, né? — perguntou Pietra, autoritária, apontando o dedo para todos sentados à mesa.

— Quem dá pra trás é o Garcia — brincou o tesoureiro, rindo alto. Balancei a cabeça, exasperada.

Aquilo se estendeu por mais uma hora, ao ponto da minha cerveja esquentar e se tornar ainda mais amarga. Terminamos com um saldo complicado de resoluções para o dinheiro e programações para a nossa viagem à praia.

Saí da sala me preparando para ir à aula — depois, voltaria para casa e encontraria Cacau tomando sopa enquanto assistia *Modern Family*, como ela fazia *sempre* — mas fui interceptada por Mafê, que esbarrou no meu ombro ao sair. Balancei a cabeça, irritada, e tentei seguir meu caminho, mas ela parou na minha frente.

— Por que você está fugindo de mim, América? — ela perguntou, afobada.

— Você precisa perguntar mesmo? — indaguei, irritada.

— Ah, qual foi, América...

Dei uma risada incrédula, indignada com o quanto ela parecia segura de si, de estar *certa* naquela situação.

— Eu tenho culpa por você ter fugido de mim todas as vezes que eu quis conversar?! — Ela finalmente explodiu, frustrada. — Só reage quando está encurralada, então foi exatamente o que eu precisei fazer. E, olha só, pelo visto não funcionou, porque você escorregou que nem sabonete *de novo*.

— Ah, sim, então a sua solução foi se mudar para a república que eu morava? Para tentar me ensinar uma lição?

Aquilo era ridículo.

— Tchau, Maria Fernanda — resmunguei e dei as costas, seguindo em frente.

— Você não aguenta o tranco de alguém bater de frente com a sua covardia! — exclamou Mafê antes que eu fizesse a curva no corredor, sem ouvir mais nada.

Parei, sozinha, encarando o mural de avisos com os olhos embaçados e a respiração entrecortada. Ali, meio amassado e sujo, estava o anúncio para aluguel de apartamento da Cacau. Havia seu número de telefone e algumas exigências ridículas que afastaram metade dos alunos.

E teriam me afastado também, se eu não precisasse tanto daquilo depois de acordar numa segunda de manhã com Mafê carregando suas malas para dentro da minha república.

Passei a mão pelos olhos, tentando evitar as lágrimas antes que fosse incapaz de pará-las. Fui para a sala em silêncio e permaneci assim até metade da aula, quando decidi ir embora. Nem mesmo minha matéria favorita seria capaz de me entreter naquela noite. Era como uma grande espiral do caos.

Subi o elevador com os punhos cerrados, torcendo para que Cacau não estivesse tomando banho e eu pudesse só tomar uma ducha e descansar. Só isso.

Para a minha surpresa, abri a porta e vi Cacau entornando vinho direto da garrafa enquanto ouvia Poesia Acústica. Ela estava usando um top e um shorts justo, e obviamente não me esperava ali tão cedo.

Ela pausou a música quando entrei, me encarou de cenho franzido e me acompanhou com o olhar quando eu caminhei até a cozinha após murmurar um "boa-noite".

A música voltou a tocar, agora um pouco mais baixa. Enchi um copo de água, querendo gritar com meio mundo, e ao me virar para abrir a geladeira, Cacau estava apoiada no batente, com os olhos meio fechados. Bêbada em uma quinta-feira à noite.

— Posso ajudar? — perguntei com falsa amabilidade, só pensando naquele prato delicioso de bibimbap que eu deixei preparado para o jantar.

— Sobrou carbonara, se você quiser — disse ela, apontando para o fogão antes de jogar a garrafa de vinho no lixo. Eu me virei para olhar para onde Cacau apontava. Uma panela imensa mostrava comida demais para uma pessoa só.

— Estava esperando alguém para jantar com você? — perguntei, ainda que não fosse da minha conta.

— Não, eu fiz pra você.

Fechei a porta da geladeira, curiosa. Talvez pudesse comer bibimbap depois.

— Você envenenou a comida? — perguntei por desencargo de consciência. Cacau assentiu, dando de ombros. — Enchendo a cara num dia da semana... O que rolou?

Agora, analisando-a de perto, observei os ombros tensos, a boca inchada e os olhos meio avermelhados. Ou ela fumou uma maconha *boa* ou estava chorando antes de eu chegar.

— Era o meu ex... O Pedro. Ele pediu pra vir, disse que queria resolver coisas do nosso passado...

Ah.

— Você não mandou o RG dele — disse, tentando brincar, então peguei minha comida e fui até a mesa da sala. Eu me sentei de qualquer jeito, praticamente devorando o macarrão.

— Foi meio que de última hora — respondeu ela, se justificando, e se sentou no tapete da sala, em frente à televisão. A música parou e Cacau colocou um filme que eu conhecia muito bem.

— Você vai assistir *Jogada certa*? — Tentei esconder o choque, mas

Cacau nem ligou. Apenas abriu uma latinha de cerveja (de onde ela tirou aquilo?) e tomou dois goles generosos.

— Preciso aprender a jogar basquete, né?

— A gente aprende jogando.

— Eu discordo! — Ela levantou a latinha em protesto, uma expressão séria que não combinava com a língua enrolada. — A Queen Latifah vira melhor amiga do cara, além de fisioterapeuta dele, tem como ficar melhor?

Revirei os olhos e enfiei mais uma garfada de macarrão na boca. Aquilo não estava muito bom, mas dava para o gasto. Anotei mentalmente que Cacau não cozinhava muito bem.

— Esse é o primeiro filme de basquete que você assiste? — sondei, curiosa. O filme começou a passar, e Cacau desviou o olhar da televisão rapidamente para me encarar.

Sua boca estava arroxeada pelo vinho e um pouco inchada. Será que ela deu uns pegas no ex dela? O pensamento me fez franzir a testa. Esperava só que não tivesse sido no sofá, já que eu me sentava ali também.

— Eu peguei uma lista de indicações no Letterboxd.

Soltei uma risada estrangulada quando ela me mostrou a tela do celular.

— Nunca ouvi alguém falar sobre Letterboxd em qualquer lugar fora da internet.

Cacau bloqueou a tela.

— O próximo é *Além dos limites*. Qual sua opinião sobre esse? — ela perguntou, pausando o filme antes que os personagens começassem a falar.

— Você não liga pra minha opinião, Cacau — retruquei de boca cheia. Ela fez uma outra careta para aquilo. — Se eu disser que gosto, você vai dizer que o filme é ruim. Se eu odiar, você vai amar.

— Você acha mesmo que eu sou tão mesquinha? — disparou ela, indignada.

— Sim, totalmente.

Mais uma garfada de macarrão.

Cacau arqueou a sobrancelha e cruzou as pernas, sem desviar a atenção de mim.

— Fala logo sua opinião.

— Tá, tá. — Respirei fundo e apontei com o dedo para a tela. — Se você estiver buscando filmes pra entender basquete, devia assistir *Coach Carter*, *Hustle* e...

— E *O lance do crime*? Tem o Tupac — ela me interrompeu, animada. — E é bem avaliado. Também tem o *Homens brancos não sabem enterrar* e...

— Você andou pesquisando mesmo — comentei, espantada. — Por que quer tanto assim entrar na Notre Dame, Cacau? E você ainda estipulou um prazo apertado pra entrar na atlética. Eu sei que não é da minha conta, mas...

— Não, não é da sua conta — retrucou ela, então deu play no filme.

Dei de ombros e voltei a comer, observando enquanto Queen Latifah dizia para sua irmã o quanto ela era fútil por se importar com coisas como cabelo e maquiagem. Filmes dos anos 2000 precisavam ser assistidos com a consciência social desligada ou então eu ficaria maluca. Não deixei de perceber como Cacau torcia o nariz ao ouvir isso, ou como ela sorria quando Queen Latifah também sorria. E eu entendia. Era inevitável. A mulher era a dona dos melhores filmes dos anos 2000.

Um dos poucos exemplos que eu tive enquanto crescia. Adorava como os ombros dela eram fortes como os meus, como ela era mocinha de comédias românticas, ainda que não tivesse o corpo padrão para a época. E o melhor: hoje em dia ela se orgulha de quem foi e dos trabalhos que produzia. Quando me apresentaram o termo "cavalona", aderi à minha vida com o maior sorriso do mundo. Gostava do meu corpo, ainda que às vezes quisesse que ele desaparecesse dentro das roupas.

— A NBA é só nos Estados Unidos mesmo? — perguntou Cacau em certo momento.

Eu já havia comido e estava recostada contra a cadeira, assistindo ao filme.

— Sim, no Brasil é a NBB. Tem a liga da Europa também, a asiática... por aí vai.

Ela assentiu e tomou mais um gole de cerveja.

— Qual seu filme de basquete favorito?

— Esse — respondi apontando com a cabeça para a televisão. Cacau pausou o filme novamente e me encarou, desconfiada.

— Você tá me zoando?

— Não, umbigo do mundo, não estou — retruquei, me levantando para levar a louça à pia. — Gosto dessa história de amor, superando as adversidades e tudo mais — disse mais alto, da cozinha. Lavei a louça e voltei a me apoiar na soleira da porta que separava a cozinha da sala.

Na tela, Queen Latifah cuidava do Common, o outro protagonista. Ele era um jogador da NBA que foi afastado por uma lesão e precisava se recompor para jogar.

— Você está assistindo que nem meu pai — comentou Cacau em certo momento, quando eu já estava com os braços cruzados e assistindo ao filme de pé. — Senta logo no sofá, América.

Mudei o peso de um pé para o outro, atenta. Era uma pegadinha? Ela me daria um soco quando eu me aproximasse?

— Acho que você está bêbada demais, por isso está sendo gentil — comentei, soltando uma risada fraca.

— Então fica aí com as pernas doloridas, sua sem noção.

— Aí está a gentileza de sempre! Isso vai pro pote de xingamentos! — exclamei, então fui até o sofá, no ponto mais distante de onde Cacau estava sentada sobre o tapete. — E por que você está sentada no chão?

Ela virou o pescoço para me encarar, o cabelo balançando junto.

— Eu fico com dor nas costas, tenho escoliose.

Assenti lentamente, voltando a prestar atenção no filme. Será que era por isso que ela fazia yoga? Nos últimos dias, comecei a acordar mais cedo para treinar, então a via sempre de manhã.

Em consequência, toda vez que saía do quarto, ela estava com seu tapete na sala, com os braços para o alto enquanto uma voz dizia: "Inspire e vá para a pose do cavalo torto olhando em um ângulo de noventa graus", ou algo assim.

Cacau me trouxe à realidade quando deu uma gargalhada durante a cena em que Queen Latifah flerta com Common.

— O que tem de engraçado? — perguntei, meio desatenta.

Cacau pausou o filme de novo.

Meu Deus, ela não conseguia assistir direto e sem interrupção?

Ela virou para mim, a latinha de cerveja abandonada ao seu lado.

— Qual é o tesão que as pessoas têm em atletas? Eu não entendo

— discorreu ela, os olhos pequenos e a boca ainda roxa de vinho. As sombras do seu rosto se alongavam ali, com as luzes apagadas e somente a televisão iluminando a sala.

— Hã, nós somos charmosos e temos mais resistência — enumerei, levantando os dedos. — Na hora de transar isso conta muito.

— É, o Jasão falou a mesma coisa.

— Além disso... — continuei. — Vai dizer que você não tem tesão em assistir alguém jogando, concentrado, correndo de um lado para o outro e ganhando jogos.

Cacau inclinou a cabeça para o lado, curiosa.

— Não, acho que não.

Ela não sabia o que era viver.

— O pau mole do seu ex jogava, isso não te deixava excitada? — perguntei antes de realmente parar para pensar no que estava falando.

Pedro era da atlética da Poli. O ex de Cacau fazia parte do time de futebol e foi assim que nos conhecemos.

À menção daquilo, Cacau fechou a cara em uma carranca.

— Não. Mas pra você deve ter sido diferente, até beijou ele.

Cerrei os punhos, determinada a ignorar uma bêbada idiota.

— Não vai me responder? — ela provocou.

— Você quer brigar, Cacau, e eu não dou palco pra maluca — retruquei, já sem paciência. — Tô indo dormir, aproveita o filme.

Percebi que Cacau acompanhou meu movimento e continuou me encarando até sair, mas apenas a ignorei. Então bati a porta do quarto atrás de mim, contemplada pelo silêncio desconfortável e minha respiração ofegante.

Só mais alguns meses, repeti para mim mesma. Só mais alguns meses.

12. Quem você mamaria em troca do hexa?

CACAU RODRIGUES

— Ok, e se, pro Brasil ganhar o hexa, você precisasse mamar o Supla com o Rogério Ceni olhando? Você faria? — Jasão perguntou com os olhos cerrados e a mão para cima, pedindo atenção.

Babel não hesitou.

— Mamaria! — gritou ela, sendo recebida com gritos animalescos dos nossos amigos, seguidos por gargalhadas estrondosas. — Tudo pelo hexa!

— Chegamos à conclusão de que Babel mamaria qualquer pessoa pelo hexa — Paiva provocou, dando um empurrão leve na nossa amiga.

Estávamos sentados em uma roda, comendo pizza no chão da sala de estar de Babel.

— Ah, calma, calma! — gritou Jasão de novo, quase derrubando seu pedaço de pizza de marguerita no chão, tamanha empolgação. — Cacau, você mamaria a América pelo hexa?

Meus amigos fizeram um "uhhh" em conjunto, o que me tirou uma gargalhada.

— Não mesmo, o hexa pode esperar.

— O caramba que pode! — gritou Paiva. — Você mamaria o Abel Ferreira, mas não a América?

Tomei mais um gole de refri e dei de ombros.

— O Abel pelo menos fez algo pelo futebol brasileiro, o que a América fez? Fora que ele é *tão* gato... Acho treinadores mais charmosos que jogadores.

— Você é certinha demais — criticou Babel, apontando ameaçadoramente na minha direção com um pedaço de pizza. — Você mamaria algum amigo pelo hexa?

— Com certeza — confirmei sem titubear.

— Amizades duradouras são seladas com uma boa mamada, não sabia disso, Babel? — completou Jasão.

Paiva assentiu com veemência.

— Por isso a Babel e a Pietra são tão amigas.

Babel ficou vermelha na mesma hora. Ela se recusava a assumir que gostava de Pietra desde o início do ano, quando começou a ter um rolo com a capitã do time de basquete.

— Parem de encher o saco dela — resmunguei, em defesa de Babel.

Dei mais uma mordida na pizza e me concentrei na música ambiente — um funk tenebroso com uma letra capaz de escandalizar qualquer pessoa. Estávamos ali havia horas, só rindo e jogando. Eu sentia falta daquilo no meio do caos da faculdade.

— Cacau, como vão seus planos pro intercâmbio? — questionou Paiva ao tomar mais um gole de sua cerveja.

Pepperoni e Itaipava, jamais imaginaria essa combinação.

— Bons, eu acho. Meu primeiro treino de basquete foi há quase duas semanas, e desde então a gente tem ido quase todos os dias pro centro de treinamento praticar — comentei.

— Eu soube por aí que você vai pra viagem da atlética no fim de semana! Como você conseguiu isso? — Jasão não deixou de perguntar, mesmo com a boca cheia de comida.

— Vou dirigir o carro para a América.

Paiva riu alto, negando com a cabeça.

— Virou Uber da atlética? Quem te viu, quem te vê, Cacau.

Dei de ombros e me aconcheguei mais ainda contra Jasão.

— As coisas que eu faço por um bom currículo — lamentei. — E como você soube disso? — perguntei. Jasão tomou mais um gole de cerveja antes de responder.

— Eu conversei com a América.

— Oi? — Me afastei dele, para encará-lo de frente. — Desde quando vocês são melhores amigos?

— Larga de drama, vai — desconversou ele. — Eu te acompanho nos treinos de basquete, a gente começou a conversar um pouco e ela é bem legal.

Assenti, calada. Babel engatou no papo seguinte, sobre como uma editora que ela gosta começou a mudar o tamanho dos livros, e agora eles ficavam desalinhados na sua estante.

Enquanto isso, deixei minha mente vagar sem querer para o que me aguardava amanhã, quando eu estaria presa num carro com atleticanos empolgados.

— Alguém quer mais cerveja? — perguntei, me levantando para ir à cozinha. Jasão foi comigo e precisou abaixar a cabeça ao passar pela soleira da porta.

— Não te incomoda que eu esteja falando um pouco com a América, né? — ele perguntou quando ficamos sozinhos. Na sala nossos amigos riam estrondosamente de alguma piada de Paiva.

— Não, acho que não. — disse. — Mas ela não é confiável. Ninguém que faz o que ela fez pode ser digno de confiança.

— E por falar em confiança... Você nunca mais teve notícias do Pedro?

O som do lacre da latinha me impediu de responder na hora.

Se eu tive notícias do meu ex? Ah, sim.

Sempre segui a linha da maturidade. Eu podia ficar sem bloquear meu ex imprestável nas redes sociais, e aquela seria uma prova de que eu era *adulta*, de que eu podia resolver conflitos sem apelar para um afastamento brusco.

Porque eu precisava ganhar o término. Ele me traiu. Eu precisava manter o mínimo de dignidade da corna que, ao ver o namorado a traindo, fez um escândalo.

Como eu fui idiota.

Então, para tentar fingir que eu era qualquer coisa que não uma jovem adulta perdida e buscando ser mais adulta do que realmente era, achei que consertaria meu chifre imenso ao não bloquear Pedro.

Quando Pedro me mandou uma mensagem perguntando se podia passar lá no apartamento porque queria conversar sobre nosso passado, eu aceitei. Porque sou uma adulta agora, uma adulta de verdade. Não do jeito que eu achava que era quando terminei com Pedro, dois anos atrás. Mas do tipo que ouviria o que ele tinha a dizer, provavelmente uma desculpa, e então sentaria no sofá para tomar vinho e assistir a alguma série inteligente, que demandasse muita reflexão.

O que aconteceu foi Pedro dizer que estava pensando muito sobre as próprias ações e que nós dois não éramos bons um para o outro. Sem desculpas. Só isso.

Fazia dois anos desde que eu os vi naquela festa. Dois anos desde que Pedro admitiu que América não foi o primeiro "deslize". Depois disso, precisei lidar com o fato de não saber a verdade por completo, porque Pedro raramente falava sobre como se sentia. Cheguei a um ponto do nosso relacionamento em que havia tantas palavras não ditas que mal sabia como começar a desemaranhá-las. E eu não queria, honestamente. Desde então, se passaram dois anos desde que minhas sessões de terapia tiveram como tema o quanto eu me sentia insuficiente. Me perguntando o que eu não tinha. O que as outras tinham.

Ao ver Pedro ali, na soleira da porta, despejando todas aquelas baboseiras, só consegui encará-lo, confusa. Eu o enxotei de casa na hora. Então fui para o fogão. Peguei um pacote inteiro de macarrão, fiz carbonara demais para uma pessoa e torci para que América gostasse e comesse. Não me desculparia por odiá-la. Ela foi uma canalha comigo, mas nem éramos amigas, e América não me devia nada propriamente. Isso só não a tornava menos babaca.

E mesmo ali, dois anos depois, eu não esperava que ainda doesse tanto pensar nisso.

— Não, nunca mais falei com o Pedro — menti para Jasão, voltando à realidade daquela cozinha pequena, sem a presença do meu ex ou de América.

Eu não era mais a Cacau de dezenove anos. A vida segue em frente. Pedro estava no passado. Ele pertencia àquele lugar, a uma memória. Só isso.

— E estou bem, Jasão. Essa viagem da atlética não vai ser o fim do mundo — continuei, equilibrando as cervejas na mão —, não é como se a gente fosse sozinha, outras pessoas da atlética vão no carro também.

— Não vão, não — Jasão praticamente me interrompeu, balançando os dedos cheios de anéis em minha direção. — A América vai sozinha, porque tem que levar as compras. O resto vai no carro do Funil. Ela me contou isso hoje quando a gente se encontrou. Ah, você não sabia... — Ele piscou algumas vezes. — Você vai viajar sozinha com a América, que interessante. Será que finalmente vão descobrir que essa raiva toda é tesão acumulado?

— Não tem tesão acumulado algum entre uma garota que levou um chifre e a que *ajudou* a colocar o chifre — comentei, passando por ele para irmos até a sala de novo. — E a América é hétero.

— A América é hétero? — Babel irrompeu na cozinha, os olhos arregalados. — Ela passa a maior vibe...

Paiva fez uma careta.

— Como assim?

— Acho que ela é no mínimo bi — ela explicou.

— Ninguém nunca viu a América com uma garota — comentei, já entregando as cervejas para cada um.

— E ela precisa ficar com uma garota na sua frente pra ser bi? — Paiva provocou, me deixando sem fala. Babel o encarou com um aceno de cabeça e fez um joia.

— Eu acabei de levar uma lição de moral do Paiva? — perguntei, incrédula.

Jasão gargalhou e deu de ombros.

— Acho que seu percentual bissexual acabou de despencar.

Então ri também, totalmente imersa naquele nosso mundinho colorido, cheio de amor e um pouco de risadas escandalosas. Eu sobreviveria àquela viagem, assim como sobrevivi ao meu término, assim como estava sobrevivendo à América. Eu poderia sobreviver a qualquer coisa, contanto que tivesse meus amigos perto de mim.

13. Playlist MPB para garotas bonitas dirigindo na Anchieta

AMÉRICA FIGUEIREDO

Cacau me atropelaria com o carro se pudesse, com certeza.

— Como assim você não gosta da Banda Uó?! — ela gritou, indignada, enquanto estávamos paradas no meio do trânsito carregado da Anchieta.

Eu falei para irmos pela Imigrantes, mas Cacau tinha uma necessidade absurda de ir contra todo o bom senso. Parecia que era um crime concordar comigo. E ali estávamos nós, numa descida de serra rodeadas por caminhões.

Em vez de se preocupar com a neblina do nascer do dia, com o cheiro de pneu queimado e embreagens claramente desgastadas ao nosso redor, Cacau decidiu se apegar ao detalhe mínimo de que eu não gostava de uma banda aleatória.

Atrás de nós, o banco traseiro estava cheio de comida, salgadinho, cerveja e vodca. Apenas o necessário para viver. Consegui dar um jeito de dividir o peso, e ainda bem, porque seria muito mais difícil para Cacau estar em paz, me atazanando, se estivéssemos preocupadas também com o peso do carro.

Em compensação por ser a motorista, ela escolhia a música, com aquele jeitinho autoritário insuportável. Ela ostentou um sorrisinho vitorioso quando eu cedi ao seu pedido para ouvirmos sua playlist de música brasileira.

— Eles nem são tão bons assim — comentei. — Prefiro Jovem Dionísio.

— Óbvio que prefere — ela murmurou, sem desviar o olhar da estrada.

— O que você quer dizer com isso? — disparei, indignada.

Coloquei um pé sobre o banco, aceitando nosso destino naquele trecho do engarrafamento por mais... quarenta minutos. Pelo amor de Deus.

— Você tem cara de fã de Jovem Dionísio, só isso. Quem tá transformando isso em ofensa é você.

Inclinei a cabeça, encarando seu perfil. Cacau estava com um braço apoiado na janela, com o vento da manhã invadindo o carro, e a outra mão segurando o volante. Lá fora, o sol começava a subir, despejando raios amarelos no cabelo castanho de Cacau. Ela balançava a cabeça ao som da música, usando os dedos para brincar com o lábio inferior.

— O Grilo ou Lagum? — perguntei, pigarreando.

— O Grilo.

— Você é *tão* fatalista — gargalhei. — Por isso não gosta de Jovem Dionísio. O Grilo é super "te amo, mas a vida não faz sentido, então vou te amar até virar pó".

— Uai! — Ela bateu com a palma da mão na parte de cima do volante, se virando para me encarar. Havia um desafio claro nos olhos dela, um sorriso-fantasma em seus lábios reluzindo com um gloss *muito* cheiroso. — Vai dizer que você é toda espiritualizada, acredita numa vida romântica, uma existência positiva?

Dei de ombros.

— Eu prefiro Lagum, só isso. Eles veem a vida com um pouco mais de alegria, e eu não acho que seja um problema. A vida é maneira, essas paradas.

Cacau alternou o olhar entre mim e a estrada algumas vezes antes de levar a mão ao painel do carro, onde estava o mapa do trânsito todo preenchido de vermelho. Ficaríamos um tempo ali. Então, mudou para a tela do Spotify e não disse mais nada ao colocar uma música do Lagum em sua playlist. "Pra Lá de Bagdá" tocou alto no carro, e me rendi, cantarolando.

— Ok, por último — Cacau disse por cima da música — e a Realidade Paralela?

— Minha banda favorita — respondi sem pensar duas vezes. — Meu sonho é ir em um show deles.

— É, eu também — ela respondeu com um sorriso. — Minha prima, Cleo, é amiga da Clarice, a vocalista.

Passamos o resto do caminho cantando as músicas que conseguimos, e os quarenta minutos no trânsito não foram tão ruins assim. Cacau só ameaçou me jogar para fora do carro cinco vezes, e eu somente fingi abrir a porta do carro e me jogar por conta própria umas dez.

Chegamos à casa da família da Pietra duas horas depois. Todos já estavam lá (foram pela Imigrantes), mergulhando na piscina e aproveitando o dia ensolarado.

O sol ardia em minhas costas conforme descarregávamos o carro. Pietra, que estava de shorts jeans e biquíni amarelo, correu para nos ajudar, ostentando um sorriso imenso e olhos cerrados e um pouco vermelhos.

— São quase nove da manhã, cara — acusei ao vê-la, então entreguei um engradado de cerveja. — Ajuda aí, vai.

Cacau arquejava ao levar um fardo grande de bebida, claramente com falta de experiência no macete de segurar engradados. Andei até ela e peguei o peso de suas mãos, observando com divertimento a cara de indignação dela.

— Eu não preciso de ajuda.

— Você é fraca demais — provoquei, mas não fiquei para ver o resultado.

Larguei a última parte das malas na sala e respirei a maresia com calma pela primeira vez. Na piscina, o pessoal gritava alto, por cima do samba na caixa de som. Mafê desistiu de vir. Mesmo que ninguém comentasse, eu sabia exatamente o motivo.

Passei a mão pelo pescoço, sentindo a tensão se espalhar. Estava ali para descansar e relaxar, não deixar aquilo me sufocar. Cacau já me ocupava demais.

Falando nela, observei o lugar, procurando-a, mas não a encontrei. Subi as escadas da casa, em direção aos quartos no andar de cima. Ela estava com as mãos no quadril, observando a disposição das camas. Já havia trocado o conjunto de moletom por bermuda jeans e um biquíni de bolinhas.

— As camas de solteiro estão ocupadas — disse ela, apontando para as beliches no canto do quarto. Passei por ela, esbarrando em seu ombro.
— Onde eu vou dormir? Não posso dormir no sofá, eu...

— Sim, escoliose, eu sei — interrompi, jogando minha mochila sobre a cama de casal. — Você vai ter que dividir a cama comigo. Chegamos depois, ficamos com o que sobrou.

O silêncio que se seguiu foi o suficiente para me fazer virar para encará-la.

— Mas eu... — balbuciou Cacau, e eu normalmente acharia aquilo engraçado. Deixá-la sem palavras era uma façanha rara, mas eu sabia exatamente para onde iríamos com aquela conversa, e eu não tinha a menor paciência.

— Olha só, eu sei que a gente não se gosta, é só uma noite. Eu não vou dormir no sofá pra madame ficar na cama sozinha. É só você saber que se roncar alto demais, vou tornar sua vida miserável de madrugada.

— Eu chuto — retrucou ela. — Muito.

— Eu falo sozinha — respondi.

— Eu sou sonâmbula.

— Mentira, Cacau.

— Poderia ser verdade.

— Mas é verdade?

— Não.

Sorri para ela, dando uma piscada em seguida.

— Só tenta não acordar me abraçando amanhã e teremos uma noite tranquila.

Voltei para o corredor, pronta para mergulhar na piscina com meus amigos. Estava com meu shorts jeans e um biquíni por baixo, prontíssima para nadar.

— Te abraçar? — respondeu ela em voz alta, atrás de mim nas escadas. — Espera aí, América...

Eu me virei ao sentir a mão dela em meu ombro, logo quando estava prestes a ir para o quintal.

— Eu não conheço quase ninguém aí — disse Cacau, respirando fundo. — E tenho um pouco de dificuldade em, você sabe, falar com gente nova e...

Pisquei, incrédula. Cacau estava me dizendo que era *tímida*?

Bom, se até a Malévola teve seu arco de heroína, talvez, em algum universo paralelo, Cacau também fosse menos filha da puta.

— Relaxa, eu não vou te abandonar — assegurei, chamando-a com a cabeça. — Você é minha motorista, né?

Ela revirou os olhos e caminhou ao meu lado, bloqueando os olhos do sol.

— Pessoal, pra quem não conhece, essa é a Cacau! — gritei ao chegarmos na área da piscina.

Pietra, que estava tomando sol numa espreguiçadeira, se levantou para abraçá-la, puxando-a para sentar ao lado dela. Garcia balançou o cabelo de um lado para o outro, me molhando no processo, e a cumprimentou com um sorriso também. Funil estava na churrasqueira, um pouco mais afastado, e acenou de longe.

Se não me falhava a memória, Funil era um conhecido de Cacau.

— Falta uma galera ainda, né? — perguntei ao me aproximar das espreguiçadeiras, olhando o espaço ao nosso redor.

— Tem um pessoal que vai vir só hoje à noite para a festa. Umas trinta pessoas.

Cacau arqueou a sobrancelha por trás dos óculos de sol. Era impressionante o que morar por algumas semanas com alguém causava. Eu sabia *exatamente* o que ela diria: "Trinta pessoas nessa casa? E quem vai limpar depois?".

— Eu vou dar um tchibum! — exclamei, batendo palminhas de empolgação. Tirei o shorts de qualquer jeito e me joguei na água, sentindo o impacto gelado. Emergi em uma gargalhada, que se amplificou ao ver Pietra reclamando por estar encharcada.

Cacau se levantou da espreguiçadeira apenas para deslizar a bermuda jeans pelas pernas fortes. A yoga com certeza dava resultados. Observei, surpresa, o quanto ela era musculosa. Os braços finos, mas os ombros fortes, assim como as coxas. E quando ela se virou para prender o cabelo em um coque, as costas se moveram daquele jeito de quem treina há bastante tempo.

— Sério que só eu vou ficar ali torrando na brasa? — Funil perguntou ao se aproximar da área da piscina.

Cacau se virou para ele, e meu colega abriu um sorriso do tamanho do mundo, subitamente interessado em ficar por ali.

— Ah, que surpresa boa! — ele exclamou ao se aproximar da minha colega de apartamento, que sorriu educadamente. — Agora sim valeu a pena vir pra cá.

— Se a América tivesse dito que você vinha, eu não teria relutado tanto — disse ela em uma risada, cobrindo o rosto com a palma da mão para evitar o sol.

— Você se divertiu no caminho, vai. Passou o tempo todo rindo das minhas palhaçadas — acusei, mas Cacau apenas balançou a cabeça.

— Era isso ou jogar o carro do penhasco.

Acho que agora eu prefiro o penhasco.

Saí da piscina para pegar uma cerveja no cooler. Podia sobreviver sem uma tarde vendo Funil dar em cima da criatura abissal que dividia o apartamento comigo. Aquele era o meu final de semana para relaxar, e Cacau não tiraria isso de mim.

14. Sexto sentido

CACAU RODRIGUES

A primeira vez que fiquei bêbada foi quando descobri que havia passado no vestibular. Eu estava na praia, com alguns amigos da escola. Estávamos tentando fingir que o destino da nossa vida não chegaria a qualquer instante, enquanto recebíamos mensagens no grupo da sala perguntando "e aí, passaram?".

Nunca tive muitas dúvidas sobre meu destino acadêmico. Passaria na USP, faria um mestrado, um doutorado e me tornaria professora universitária. Simples. Não tinha por que não dar certo.

Eu tinha acabado de voltar da praia, com a pele melada de sal, o cabelo sujo de areia e com aqueles cachos que somente a água salgada consegue criar. Estava rindo, sentindo o sol queimar sobre o sal, meus ombros ardiam de calor, eram os melhores dias da minha vida.

Meu celular vibrou na mão, e olhei para o aparelho, esperando encontrar uma mensagem da minha mãe perguntando se eu estava bem. Mas o que encontrei foi uma antiga amiga da minha mãe falando "parabéns!!!".

Não era meu aniversário.

Quando a ficha caiu, congelei no meio da rua, próxima à casa alugada, sentindo o vento balançar meu cabelo endurecido de sal de um lado para o outro. Algumas gotas de água pingaram na tela, bloqueando um pedacinho do nome "Amélia Rodrigues" na lista, mas não havia erro.

Aquela foi a última vez que qualquer plano meu deu certo. Eu voltei para casa e comemorei com meus amigos, e prometemos estar juntos para sempre. Agora, nos víamos uma vez por ano. Alguns, uma vez a cada três meses.

A única vontade que permaneceu durante todos esses anos era a de conhecer o mundo. De ver o que haveria para mim fora das fronteiras brasileiras. As culturas e histórias que poderia conhecer. Não queria morar fora do Brasil, só queria *conhecer*. Queria ver o que o mundo tinha para mim.

Durante boa parte dos meus estudos, eu abria o site do governo para emissão de passaportes, ficava olhando para a tela, pensando no que clicar em um botão e preencher um formulário significavam.

Para onde eu iria primeiro? Que tipo de pessoa encontraria lá fora? O que queria fazer de verdade com minha vida?

Pedi um passaporte como quem pede por uma fuga da própria realidade. E por um breve instante, quando vi a notificação de que minha solicitação fora completada, senti que poderia fugir. Correr.

Mas não dá para fugir do próprio destino. Nem indo para outro continente.

Por isso, sentada naquela roda, enquanto universitários bêbados jogavam adedonha, pensei no quanto tentei fugir de América Figueiredo e no quanto ela não ia embora, nem se eu quisesse. Estávamos morando juntas, e meu passado era um constante lembrete de que não tinha para onde fugir. E eu achava que estava fugindo há muito tempo.

— Amaranto não é uma cor, animal! — berrou América em uma gargalhada.

— É, sim — retrucou Pietra.

— É um grão — expliquei.

— Dá pra você me ajudar aqui, cara? — Pietra se virou para mim, com os olhos arregalados. — Estou tentando ganhar essa merda, mas a América é muito rápida.

— E amaranto ainda não é uma cor — Funil cantarolou.

— Cala a boca! — Pietra esbravejou.

— Ei! Desce daí! — gritou América para uma garota muito bêbada que decidiu se aventurar dançando em cima da bancada de mármore da cozinha. — Aí quebra a cabeça e morre e faz como, hein?!

A garota de cabelos azuis e cara de quem precisava de uma boa noite de sono desceu resmungando. América podia ser assustadora quando queria. Eu a encarei, totalmente descontraída em seu ambiente, com a música alta no fundo e muita gente conversando e dando risada.

A próxima letra era C, e Funil informou a Pietra, de um jeito totalmente calmo e sem mil palavrões no meio, que "Camarão" não é um país, e sim Camarões.

— Eu sei, inferno! — exclamou ela, irritada. — Eu fico nervosa nesse jogo e esqueço tudo! Ah, vamos mudar essa porcaria. E se a gente jogar Eu Nunca?

América, sentada diante de mim na roda de pessoas ao meu redor, deu de ombros e se virou para me encarar.

— Quer participar?

A muito contragosto, eu precisava admitir que América não havia me deixado de lado o dia inteiro. Me chamava para comer, para ficar na piscina. Não me ignorou e fez questão de me incluir em todas as atividades e brincadeiras.

— Pode ser — cedi, descendo do sofá para me sentar à roda, entre uma garota aleatória e Funil, que me deu um sorrisinho de lado e se inclinou até estar perto de mim.

— Depois topa um mergulho noturno? — ele perguntou.

O hálito de cerveja não seria um impedimento, mas naquela noite longe dos meus amigos, numa casa com trinta bêbados, sendo que a pessoa que me convidou nem sequer me suportava, preferi ficar na minha.

— Valeu, eu já estou seca — disse a ele com um sorriso cordial. — Quem sabe depois?

América estava conversando com Pietra e me deu uma olhadinha de esguelha, que só captei ao me virar para frente de novo.

— Me avisa se mudar de ideia — comentou ele, simpático.

— Vamos lá! — Garcia, que havia desistido da adedonha no meio do jogo, por odiar perder, se sentou novamente no lugar, com uma garrafa de vodca na mão e um copinho de shot na outra, e o estendeu para mim. — Só você não está com copo, linda, pega aí.

Ele derramou uma dose muito generosa de vodca no copinho de todos, inclusive no meu.

— Eu nunca colei numa prova na faculdade — Funil começou, ao que quase toda a roda levou o copo aos lábios, menos América e eu.

— Sério mesmo? — Pietra perguntou de olhos arregalados. — Como assim? Nem naquelas matérias idiotas que a gente só pega pra se formar logo?

90

Arqueei a sobrancelha para ela.

— Eu nunca peguei nenhuma matéria assim.

América deu de ombros.

— Eu também não.

— Me senti uma péssima aluna — disse uma garota loira e de olhos verdes que, aparentemente, era da biologia e estava ali a convite de alguém que não me importei o suficiente para ouvir o nome. Ela não se lembraria de mim no dia seguinte também. — Hum, sou eu. Hã... eu nunca fui revistada no aeroporto.

Duas pessoas beberam. Algumas gargalhadas, mas não me atentei a quem.

Pietra se aprumou, com as pernas grossas cruzadas. Ela era bem magra, mas os braços eram maiores, exatamente como uma jogadora de basquete.

— Eu nunca fingi gostar de algo só pra transar com alguém.

Todos beberam, inclusive eu.

América deu um sorriso de lado para mim, sem disfarçar que estava achando aquilo engraçado.

— A princesinha também faz essas coisas?

— Ela era bem bonita — comentei, dando de ombros. Funil gargalhou ao meu lado, assentindo.

— Você é das minhas.

Aquilo era para ser um elogio?

A próxima era América, que disparou sem titubear:

— Eu nunca zerei uma prova na faculdade.

A contragosto, levei o copo aos lábios. Pietra arqueou a sobrancelha para a amiga. Mordi o lado de dentro da bochecha, me controlando para não retrucar.

Sim, eu zerei a prova por sua culpa, se lembra, idiota?

Garcia pensou um pouco enquanto distribuía novos shots para nós.

— Eu nunca traí meu parceiro.

Algumas pessoas beberam, mas América, não. Dei uma risada pelo nariz.

Uma outra garota aleatória de quem não fiz questão de lembrar o nome disse, meio bêbada:

— Isso está básico demais... Eu nunca transei com alguém que eu odiava ou com raiva mesmo, sabe?

Uma pessoa bebeu.

Como transar com quem você odeia? Quer dizer, tem como? Não que eu não tenha transado com pessoas por quem não tinha sentimento — sexo casual até que é divertido —, mas não é assim que a repulsa funciona.

Havia chegado a minha vez, e talvez fosse a hora de tirar uma dúvida em nome do meu grupo de amigos.

— Eu nunca me interessei por alguém do mesmo gênero — disse, já virando minha própria bebida. Me sacrificaria em nome da fofoca completa.

Observei com expectativa quando América brincou com a bebida nas mãos, mas não bebeu. Ela me pegou encarando, então franziu o cenho.

Desviei para Funil, que era o próximo, recomeçando a rodada.

— Eu nunca quis transar com alguém dessa roda.

Ele sorriu para mim logo em seguida antes de beber. Bebi também, afinal de contas, nós quase transamos na primeira festa da atlética.

América estava batendo o próprio copo na perna quando voltei para encarar o resto das pessoas. Ela tinha bebido o shot?

Mais algumas rodadas se passaram, e àquele ponto eu passei a mentir algumas vezes. Não queria ficar bêbada, tinha que dirigir no dia seguinte, foi para isso que eu vim. E além do mais, ninguém me conhecia direito, quem diria que eu estava mentindo ou não?

— Eu nunca fui A Outra, ou a amante, como vocês preferirem! — bradou a garota de cabelos loiros, e observou atentamente a reação das pessoas na roda.

Imediatamente olhei para América, que não bebeu o próprio shot. Cruzei os braços, sem deixar de encará-la.

— Você devia beber — disse para ela.

Pietra nos encarou com um pouco de preocupação. Os outros estavam bêbados demais, então apenas riram e começaram a provocar.

— Ihhhh, você é talarica, é, América? — Funil riu alto, totalmente bêbado.

América não respondeu, mas não desviou o olhar de mim. Ela estava fazendo uma careta horrenda para um rosto tão bonito. Problema dela.

— Acho que esse jogo já deu — Pietra comentou, batendo palmas. — Vamos dar uma dispersada?

— E se a gente jogar Sexto Sentido? — sugeriu Funil, já de pé. — Um de nós fica sentado na cadeira, de olhos vendados. A gente usa um sorteador no celular e o nome que sair precisa beijar quem está sentado, aí o objetivo é descobrir quem te beijou.

— A gente tem chance de começar uma nova doença viral assim — América disse, rindo. — A Cacau com certeza não vai participar, já que ela tem uma moral tão alta, tão pura.

Dei uma risada fraca, com um pouco menos de paciência do que o normal.

— Larga de ser pau no cu, América. Eu vou participar, sim.

— Agora sim! — Funil bradou, feliz. Ele tirou a própria camisa e colocou uma das cadeiras da mesa de jantar no meio da sala. — Já que a Cacau ficou tão empolgada, ela pode começar, né?

Dei de ombros e me sentei na cadeira, sentindo o coração bater forte. Funil prendeu a própria blusa ao redor dos meus olhos e só se afastou após passar com a mão levemente pela minha nuca. Me aprumei no assento, sentindo um arrepio percorrer meu corpo. E ele ainda era cheiroso.

— Vamos lá, já temos as duas primeiras pessoas! — Funil gritou.

Ao meu redor, eu ainda ouvia a música alta e algumas risadinhas bêbadas. Estendi a mão para frente, confusa.

— Espera aí, duas? — perguntei.

— Aham, uma de cada vez. E você não pode usar a mão pra sentir.

Houve um momento de silêncio, quando não pensei mais na música nem nas outras vozes. Éramos apenas eu, meu coração batendo acelerado e a expectativa em receber o beijo de um desconhecido.

O primeiro beijo veio com tudo, mão na minha nuca e boca com gosto de cerveja e vodca. Inclinei a cabeça, aproveitando aquela mistura característica. Eu conhecia aquela boca. A pessoa se afastou sem dizer nada.

— Você só vai adivinhar quando beijar os dois — Pietra anunciou em voz alta.

Assenti e aguardei.

Pareceu uma eternidade.

Esse beijo foi mais tímido, chegou devagar. Senti a respiração no meu rosto, o toque lento dos lábios, uma mão gelada na minha bochecha. Aprofundei o beijo, que, com toda a certeza do mundo, eu gostaria de repetir. Querendo vencer aquele jogo, só consegui presumir que era alguém com lábios maiores e muito cheiroso. Uma mulher, talvez?

Quando a pessoa se afastou, quase me levantei da cadeira para continuar. Senti minha perna levemente bamba. Sim, com certeza iria terminar aquilo com quem quer que fosse a dona daqueles lábios.

Tirei a venda logo em seguida. Havia uma roda ao meu entorno, então passei os olhos ao redor, olhando para cada um daqueles rostos em busca do último beijo.

— Os beijos foram ótimos, obrigada. — Uma onda de risadas se seguiu. — O primeiro foi o Funil — disse, sem problemas. Ele sorriu e piscou. — O segundo... não sei...

Olhei com calma para cada pessoa ali. Não era a loira. Acho que nem Pietra. Meu olhar pousou na América, mas passei rapidamente.

— Pietra? — chutei, mesmo achando que não fosse acertar, mas era a melhor tentativa.

Meu sorriso sumiu conforme o de América aumentava. Seus olhos brilhavam com uma alegria inigualável enquanto ela levantava a mão.

— Feliz que tenha gostado do meu beijo, Cacau.

Comprimi os lábios em uma linha fina e me levantei, dando um sorriso amarelo para Funil.

— Gente, eu acho que vou na churrasqueira pegar um queijinho e ficar de boa. Podem continuar o jogo aí.

Saí sem olhar para trás, pedindo licença para alguns casais se atracando bem na porta. Caminhei pelo quintal até a churrasqueira desligada, mas com alguns pedaços de carne, frango e queijo que sobraram do dia. Olhei ao redor, garantindo que estava sozinha, e toquei os lábios com os dedos.

América beijava bem daquele jeito?

Era injusto que uma pessoa totalmente imbecil como ela pudesse ter recebido o dom das divindades do beijo na boca. Sério. Por que o dom não tinha caído nas mãos de um garoto legal que eu beijei e tinha gosto de flúor, no primeiro ano da faculdade? Ele era lindo, cheiroso, dançava bem, mas tinha gosto de flúor.

América Figueiredo deveria ter gosto de flúor, não ele!

Limpei a boca num guardanapo e o joguei no lixo. Precisava me livrar daqueles resquícios.

Será que América tinha gostado do beijo também?

Eu precisava ter elogiado a porra da garota na frente daquela roda inteira?

Pelo amor de Deus. Ela ficaria insuportável dali para frente.

Babaca.

E com um beijo tão bom...

Respirei fundo, frustrada. Talvez estivesse mesmo na hora de ir dormir e descansar. Eu tinha tomado alguns shots. Era isso. Álcool. Poucas doses foram o suficiente para me deixar com tesão no beijo da garota mais idiota que o Brasil já teve o desprazer de abrigar. Claro.

— Você *realmente* não gosta de mim. — Ouvi a voz de América atrás de mim.

Me virei com o punho cerrado sobre a tábua de comida.

Ela estava parada ali, com os braços cruzados e recostada no balcão de mármore.

— Eu estou aqui há um minuto inteiro vendo você resmungar que nem uma velha caquética. E se eu entendi bem, e tenho certeza de que entendi, porque eu e você sabemos que eu sou muito inteligente, você odiou saber que eu te beijei.

— Não é nenhuma surpresa, é? — perguntei enquanto tomava um gole imenso de água. Talvez aquilo tirasse o gosto dela da minha boca. — Em que mundo eu ficaria feliz com um beijo ruim daqueles?

— Ruim? — repetiu América com uma risada. — Você disse que foi um beijo ótimo. Não bom, nem mediano. Ótimo.

Cruzei os braços, dando de ombros. Que nem uma criança.

— Só não queria magoar ninguém, foi uma mentirinha.

América riu com a cabeça jogada para trás. Seus olhos castanhos em meia-lua estavam com o delineado intacto. Ela ainda usava o biquíni de hoje cedo, mas estava de shorts jeans de novo. Maldita. Deixei que meu olhar caísse para sua boca.

95

Maldita, maldita, maldita.

— O que custa você admitir que gostou do meu beijo? Não é como se você fosse a primeira e nem a última pessoa a dizer isso. — Ela se aproximou do balcão para pegar um copo de água também. — Só não sabia que você era mentirosa.

— Ah, por que você falou a verdade lá dentro, né? — Comprei briga, me aprumando no lugar. América desviou o olhar da tábua para me encarar, os olhos cerrados.

— De novo esse papo chato? Supera.

— Você mentiu sobre mais alguma coisa hoje? — comecei, deixando toda a irritação e falta de paciência me preencherem por completo.

Virei para o lado e tomei o resto da água. Aquela conversa estava me deixando de boca seca.

— Você é uma idiota irritante, Cacau — ela disparou. — Não sabe porra nenhuma sobre mim! Fica arrastando essa picuinha há dois anos. Quer saber? Você é uma mimada petulante e...

— Acho que isso já deu uns dez reais no nosso pote — cutuquei.

— O nosso problema é que você não aceita quando alguma coisa sai do seu controle. Você fica com esse joguinho idiota, não aceita uma provocação, mas acha que pode me provocar também. Você pode me atacar num jogo estúpido de Eu Nunca, mas *eu* não posso falar sobre o quanto você é orgulhosa por não admitir que gostou do meu beijo? Qual é a sua, garota?

Pisquei, atordoada. Eu não sei qual é a minha. Eu realmente...

— Boa noite, América — respondi, como uma covarde. Passei por ela, pronta para dormir no carro e esperá-la no dia seguinte. Nossa, que papelão. Toda aquela noite havia saído do controle.

Por que eu não conseguia aguentar as provocações da América se eu era tão boa em provocá-la de volta?

Estagnei no meio do caminho e me virei para trás. Ela estava parada perto da churrasqueira, apoiada contra o batente e de braços cruzados, me observando ir embora.

Voltei em passos duros, sem qualquer ideia do que falaria.

O que eu poderia dizer?

Diante de mim, América me observava com divertimento puro nos olhos castanhos. Ela cruzava os braços musculosos, como se não se importasse com nada, e o cabelo loiro preso num rabo de cavalo caía sobre o peito. Merda, merda, merda.

— Eu gostei do beijo — admiti. Uma fagulha de surpresa surgiu nos olhos dela, mas não a deixei falar. — Isso não significa nada, mas você estava certa. Eu não sei levar nada na brincadeira. Nem suas provocações. E você continua sendo uma idiota.

América piscou algumas vezes, sem responder. Meu coração batia com força. Eu não sabia como lidar com aquela nova dinâmica. Nunca tivemos um instante de conversa parecido com aquele. Com o mínimo de honestidade mesclado à mesma raiva de sempre, com a qual me acostumei por muito tempo.

— Cala a boca, Cacau — ela finalmente disse, uma fagulha de frustração em sua voz. — Cala a boca, porra.

Estava prestes a retrucar, a falar qualquer coisa que fizesse parte daquele vocabulário vasto de xingamentos que eu tinha reservado apenas para América Figueiredo, mas não consegui. Porque ela atravessou a curta distância que nos separava e parou na minha frente antes de me pegar pela nuca e me beijar.

Fui tomada pela surpresa, mas me rendi imediatamente, sem pestanejar. Inclinei a cabeça para trás, agora sem a venda e podendo usar as mãos. Me agarrei ao pescoço dela, sentindo seu perfume se embrenhar por todo o meu corpo.

A música de dentro da casa, do outro lado do jardim, ditou o ritmo de como ela tomava minha boca na sua, como segurava minha cintura com a outra mão e me prendia à bancada atrás de mim.

Não havia qualquer carinho naquele beijo, eu estava desesperada. Sentia meu coração batendo em todas as partes do meu corpo, minhas mãos tremiam e eu não deixava de me perguntar se aquilo era real.

Mas América nos afastou, e o olhar dela deixava claro que aquilo era tão inesperado para ela como para mim.

Eu ia passar mal.

Seu cabelo estava um caos, com a boca vermelha e úmida, o peito subindo e descendo descontroladamente, e, acima de tudo, seus olhos tremeluziam o tesão provavelmente refletido nos meus.

Eu já havia tido momentos como aquele antes, quando a excitação faz com que tudo pareça um borrão de corpos, pele e bocas, mas eu queria me lembrar daquilo.

Olhei para o biquíni dela, o tecido havia se movido um pouco para o lado entre os toques desesperados, mostrando parte do peito escuro de América. Engoli em seco, sem respirar direito. Aquilo não era real. Porque eu não estava tremendo de tesão por América Figueiredo.

Sem pensar duas vezes, voltei a ela, sem conseguir me afastar, e enterrei o nariz em seu pescoço. Aquela droga de perfume ficaria na minha cabeça por dias.

Mordisquei sua orelha, segurando com força seu cabelo preso em um rabo de cavalo. Ela insistia em balançar essa porcaria de um lado para o outro, e ali, na minha mão, precisei me refrear em puxá-lo para trás, em deixá-la totalmente exposta a mim.

— Mais forte — sussurrou ela próxima ao meu ouvido, roçando o lábio na minha pele, seu corpo inclinado sobre o meu enquanto ela segurava minha bunda, me puxando para ainda mais perto, como se pudéssemos nos fundir em uma só.

Arrastei a ponta da língua pelo pescoço dela até o queixo, ouvindo-a suspirar baixinho, chorosa. Sua pele tinha gosto de maresia. Me esqueci de outros corpos, de outras sensações, perdida em como a pele dela se arrepiava com meu toque, sensível à minha boca a provando por completo.

— Apaga a luz, pelo amor de Deus — ela pediu, e aquela voz era nova. Diferente. Quase lamuriosa. Me afastei somente para desligar o interruptor, mergulhando a área da churrasqueira no breu. A brisa fria da maresia deixava minha pele mais sensível, mais sedenta pelo corpo de América próximo de novo.

Atrás de nós duas, a casa permanecia iluminada, um ponto de luz com algumas pessoas no jardim, afastadas o suficiente para não sermos flagradas descaradamente ali.

Vendo somente o contorno e as sombras do corpo de América, percebi o quanto não queria ter apagado a luz. Queria ver o rosto dela enquanto pedia bem baixinho para beijá-la mais.

— Senta aí — murmurei, sem conseguir tirar a mão de seu corpo.

Guiei América até a bancada de mármore e a ajudei a subir, repousando minhas mãos em sua cintura.

— Eu sou mais alta que você, não deveria ser ao contrário? — ela resmungou ao me puxar para perto. Seu cabelo roçava meus ombros, ela baixava a cabeça para me beijar de novo, e de novo, sem parar.

— Você é baixa pra caralho, já falamos sobre isso — retruquei, atrevida. América segurou meu queixo com a mão, passando os dentes de leve pela minha pele em uma promessa velada.

Eu não conseguia largar o corpo dela, nem queria.

Desci os beijos para seu colo exposto, me esbaldando no gosto salgado. A pele tão quente, tão gostosa... O pensamento me fez aproximar as pernas, explodindo dentro de mim mesma.

Puxei o tecido da parte de cima do biquíni para o lado, mas América foi mais veloz em simplesmente desatar o nó da parte de trás, se expondo totalmente diante de mim.

Eu me afastei, apoiando as duas mãos na bancada ao lado de suas coxas, observando-a por completo na penumbra.

— Eu te odeio tanto, tanto e tanto, América — murmurei, sem conseguir encará-la nos olhos.

— Eu também te odeio, estamos quites. Vai ficar me encarando assim ou vai me beijar?

Mordi o canto da boca, sentindo-a encher de água ao vê-la tão perto, tão deliciosa. Levantei a cabeça para encará-la, perdida em como sua boca estava aberta diante do carinho que comecei a fazer em sua cintura, com os ombros tensos e o castanho dos olhos derretendo a cada novo arrepio.

Me inclinei para frente, arrastando a língua pelo meio de seus seios, e soltei um gritinho de surpresa quando ela me prendeu entre suas pernas e se inclinou para trás, balançando o cabelo loiro, a cor contrastando com a pele escura e macia.

Mordisquei o bico de seus seios, desenhando cada contorno de sua pele amarronzada. A respiração de América se intensificava a cada segundo mais, e não teríamos muito mais tempo até que algum curioso viesse.

— Alguém pode chegar — anunciei. — Isso é um problema pra você?

América pensou por um instante.

— Se alguém aparecer, você me avisa, ok? — pediu ela, hesitante, então pendeu para o lado enquanto abria as pernas, o quadril totalmente entregue a mim. Deitei a cabeça para trás em uma risada e desci o shorts jeans que mal cobria sua pele por suas pernas grossas.

Dei um sorriso vitorioso ao ver umidade marcada na calcinha do biquíni de América, e ela acompanhou meu olhar, curiosa.

— Eu entrei na piscina — justificou, mas me detive em beijá-la de novo, engolindo sua risada, aproveitando o gosto de sua boca na minha. Soltei um suspiro quando ela levou a mão ao meu pescoço, aplicando uma leve pressão. — Posso fazer isso?

Assenti devagar, roçando o nariz no dela e aproveitando a sensação de pele com pele. Conseguia ouvir meus próprios batimentos zunindo em minha orelha, e estava tão consciente de cada movimento de América que, se desviasse o olhar, talvez a perdesse por completo. Aproveitei a sensação de seus dedos contra a lateral do meu pescoço e afastei mais suas pernas, levando meu polegar até a parte de baixo do seu biquíni minúsculo. Ela passou o dia inteiro desfilando de um lado para o outro, com a bunda empinada e os peitos praticamente pulando para fora do biquíni. Mas sentir era ainda melhor do que ver, eu não queria ir embora dali nunca mais.

Arrastei a ponta da unha por todo o tecido, segurando as pernas de América cada vez que ela tinha um espasmo leve, então dei uma mordida um pouco mais forte em seu queixo, me deleitando com o gemido que escapou de sua boca atrevida. Me inclinei, puxando a cintura dela para frente. Peguei cada perna dela e coloquei ao redor dos meus ombros, sentindo o peso afundar em minha pele.

América praticamente se deitou na bancada, apoiada nos cotovelos para me enxergar. Não desviei o olhar dela ao esfregar de leve a ponta do nariz em sua coxa, absorvendo tudo que podia. O cheiro. Os olhos derretidos de tesão praticamente se fechando. O gosto de sua pele.

Puxei o tecido para o lado, com a boca pairando sobre seus lábios antes de prová-la por completo. América deitou a cabeça para trás e suspirou. Fechei os olhos, deliciada por completo. Porra, que diabo de mulher gostosa.

América arquejou, espalmando o mármore. O gosto por torturá-la era mais forte do que eu.

— Por favor, Cacau... — América gemeu mais fino, mordendo a boca desesperadamente para não falar muito alto. Ela libertou uma das pernas, apoiando-a no balcão. Minha outra mão ficou livre para foder América do jeito que eu queria.

— Pede direito, senão eu paro — ordenei, beijando de leve sua barriga e brincando com o dedo em sua entrada, sentindo-a se contorcer, melando meus dedos.

Aquilo era melhor do que qualquer sessão de xingamentos.

Era difícil demais explicar o que aquela cena fazia comigo, o que América aberta, totalmente exposta diante de mim causava à minha mente tumultuada por nossas brigas naqueles dois anos.

Ela me encarava em uma mistura de raiva e tesão que me fez entender completamente por que aquele era um tipo incrível de sexo. Um dos melhores.

— Eu quero que você me faça gozar, tá legal? — ela bufou, irritada. — Termina o que você começou, ou eu vou fazer da sua vida um inferno.

— Você é quem está pedindo que nem uma puta pra eu te chupar, eu seria mais gentil se fosse você — cantarolei, mas não era verdade. Eu faria o que ela pedisse.

América levou a mão ao meu queixo, arrastando o polegar pela minha boca. Dei uma mordiscada na ponta de seu dedo, sem desviar os olhos. Ela sorriu, piscando lentamente, e abriu as pernas por completo, me dando a visão inteira de seu corpo.

Eu estava perdida, tão perdida.

— Por favor... — pediu. — Ok, você quer um incentivo? Você é boa, não, você é ótima nisso. Pronto?

Aquilo com certeza faria muito bem ao meu ego, e eu faria questão de relembrá-la até o fim de seus dias que ela havia dito isso, mas naquele momento eu só queria mergulhar nela de novo, sentindo-a molhada contra minha boca, escorrendo por meus dedos. E foi o que fiz.

A barriga de América subia e descia e sua voz vacilava. O som de sua própria excitação preenchia o ar, mesclado aos gemidos baixos, cada vez mais audíveis, mais desesperados. Ela agarrou meu cabelo, que estava preso em um rabo de cavalo frouxo, e o puxava com força, guiando meus movimentos.

Eu mal respirava, mas não poderia me importar menos. América Figueiredo estava rebolando contra meu rosto, implorando para gozar, desesperada por algo que somente eu poderia dar naquele momento.

Cruzei as pernas, sentindo o tesão explodindo de dentro para fora, rastejando por minhas coxas. Soltei um gemido surpreso ao sentir a pressão na boca do estômago, se esgueirando por minhas pernas, a tensão gostosa que me dizia algo claro: eu ia gozar sem que América sequer me tocasse, somente ao vê-la ali, gemendo baixo e xingando.

— Boca gostosa do caralho, Cacau — ela disse, exasperada, movendo o quadril para cima e para baixo, o corpo ardendo em espasmos.

Ela fechou as pernas ao redor da minha cabeça e pendeu completamente para trás, puxando meu cabelo junto, absorta em seu próprio mundo, e eu não seria a pessoa a trazê-la de volta para essa realidade. Continuei a mordiscar sua pele, dando beijos por todo seu corpo, sem conseguir parar. Sem querer parar.

Levei minha própria mão para dentro da parte de baixo do biquíni, suspirando de alívio ao sentir meus dedos encharcados no meu próprio tesão.

— Me deixa te ver gozar, por favor, Cacau — ela disse, o peito subindo e descendo com a respiração pesada, os seios balançando com cada movimento. O orgasmo derretia toda a sua noção de realidade; ela sorria para o teto, com a boca aberta em suspiros baixos e contínuos.

América se sentou devagar, me puxando para perto, me beijando enquanto eu me fodia com os dedos, prendendo meu clitóris entre os dedos, acariciando em círculos.

— Eu quero fazer isso. — Ela desceu da bancada, e precisei segurá-la quando seus pés alcançaram o chão, meio trêmula. Ela me recostou contra a bancada de novo, mas sua mão tomou o lugar da minha, o toque meio tímido se tornando cada vez melhor, mais destemido.

Deitei a cabeça para trás, gemendo em seu beijo. Seus dedos se moviam dentro de mim sem pressa, ao contrário de nossas bocas. Levantei uma perna ao redor de seu quadril, facilitando o contato.

América encostou a testa na minha, sorrindo.

— Eu sempre imaginei que você fosse gostosa assim, mas é muito melhor do que eu esperava.

— Isso é bom, bom demais — respondi em um fio de voz. América se afastou, olhando por cima do meu ombro e voltando a me encarar com os olhos provocativos.

— Tem alguém vindo, Cacau — sussurrou ela em minha boca, prendendo meu lábio inferior entre os dentes. —, ou quer que vejam você aberta pra mim, implorando pra gozar. É isso que você quer?

— Porra, pior que sim — murmurei, exausta, querendo logo que aquela tensão se esvaísse, me deixasse em paz.

— Ah, você gosta que te vejam assim, então? — perguntou ela, passando a ponta da língua sobre meu lábio inferior. — Toda melada, prestes a gozar nos meus dedos...

Jesus, que mulher é essa?

Me segurei contra seu corpo quando a tensão ficou insuportável de sustentar e me perdi em sua boca. América engoliu meus gemidos exasperados, e o alívio me acertou como um soco. Ouvi ao longe seu suspiro quando mordi sem querer sua boca com mais força do que esperava, então joguei a cabeça para trás, tremendo por completo. Minha perna ardia de tensão, e mesmo assim América me sustentou ali, me sentindo apertar seus dedos dentro de mim.

Ela beijou meu queixo, diminuindo o ritmo do toque, sem me deixar vacilar.

Respirei fundo, emergindo aos poucos do véu entre o real e o mágico que surge quando o orgasmo é forte o suficiente a ponto de te fazer ver estrelas. E então comecei a gargalhar desesperadamente da situação.

O que aconteceu ali?

América não riu de volta, parecia ainda mais atordoada do que eu. Mas a minha risada se tornou uma gargalhada estrondosa, completamente maluca diante do absurdo daquela situação.

Eu nunca... Não, aquela cena nunca havia passado pela minha cabeça. Eu precisava contar para alguém aquilo, ter certeza de que não estava totalmente pirada e que aquilo não era um sonho de muito mau gosto.

América se afastou completamente, pegando a parte de cima do biquíni e o shorts do chão e colocando a roupa em silêncio.

— Eu tenho que... — ela disse, meio travada.

— Aham. — Assenti, sem jeito, e observei que meus dedos ainda estavam úmidos pela sessão de foda com a última pessoa no universo que eu cogitaria.

O que eu faria agora? Não éramos amigas. Não éramos namoradas. E mesmo assim, América me deu um dos melhores orgasmos da minha vida no quintal de uma casa de praia, em um fim de semana qualquer de início de abril.

Observei, consternada, ela arrumar o cabelo em um rabo de cavalo perfeito de novo e me encarar, confusa.

— Eu vou voltar lá para dentro.

— Eu já vou, só preciso de um minutinho.

— Ok — respondeu e virou de costas, indo com aquela bunda gostosa para dentro da casa, longe da minha visão.

— Merda — xinguei baixinho.

Aquilo definitivamente não estava nos meus planos.

15. Transa boa é que nem cachorro magro: come e vai embora

AMÉRICA FIGUEIREDO

Eu já fiz muita burrada na vida. Do tipo que não conto nem para Pietra, aquele tipo de burrada que às vezes surge na sua mente sem aviso e seu corpo inteiro se retrai com a mera lembrança.

Aquela noite definitivamente não me deixaria dormir por muito tempo. Naquela, em específico, porque Cacau estava deitada ao meu lado, roncando que nem um trator.

Não parecia em nada com os sons que ela fez rebolando nos meus dedos e... não.

Não.

Não.

Virei para o outro lado da cama.

NÃO.

Cacau roncou mais alto ainda. Ela e Pietra, que dormia em uma das camas também, tinham entrado em uma sinfonia, embora Pietra roncasse mais baixo. Parecia mais o ronco suave de um motor muito novo e caro, enquanto Cacau parecia um fusca nos últimos dias de vida.

Enfiei a cara no travesseiro, exasperada.

Como ela conseguia dormir depois daquilo? Quer dizer, ela *riu* depois de ter gemido que nem uma... que nem uma...

NÃO.

Passei a mão sobre o rosto. O calor me incomodava, Cacau dividindo a cama comigo também.

Se eu virasse para o lado, eu veria a mesma cintura, a mesma curva dos ombros...

Não.

Meu Deus, aquele era o meu inferno.

Bufei, resignada. Todos ali dormiam que nem pedra, e eu fui sorteada para ficar me revirando de um lado para o outro.

Aquilo tinha sido uma burrada imensa. Tremenda.

Quando Funil mostrou o aplicativo de sorteio com meu nome para beijar Cacau, pensei em mandar alguém no meu lugar, em dizer que estava doente, qualquer merda que me afastasse da boca daquela garota.

Mas eu queria saber como era. Se aquela boquinha descarada também servia para outras coisas além de me ofender o dia inteiro.

E servia. Servia *muito*.

Fiquei frustrada por estarmos com tanta gente ao nosso redor. Eu poderia me sentar no colo dela ali mesmo e beijá-la por mais algum tempo.

E o choque em seu rosto quando viu que era eu quem ela tinha beijado teria me deixado eufórica, mas naquela noite só me deixou confusa.

Eu me lembrava de pouca coisa com clareza depois dali. E não porque estava bêbada demais. Só parecia impossível que uma transa daquelas fosse possível. Flashes passavam pela minha mente; eu via o rosto de Cacau entre as minhas pernas, com a ponta da língua molhando os lábios antes de voltar a me torturar, de rebolar descaradamente contra seu rosto e depois...

NÃO.

Eu precisava muito dormir.

Mas só me revirei na cama de novo, e de novo, e de novo.

Nós precisávamos conversar sobre aquilo, não precisávamos? Quer dizer, era a solução adulta e óbvia. Mas também não significava nada. Nós bebemos e ficamos meio empolgadas, o tesão faz isso com a gente.

Não é?

Eu me revirei mais uma vez, espalhando o cabelo todo pelo travesseiro.

Fiquei daquele jeito até que os primeiros raios de sol passassem pela janela, despejando claridade nas brechas da cortina. Minha cabeça doía e meus olhos pesavam de cansaço, mas minha mente não me deu paz.

Talvez só ignorar fosse melhor. Nada havia mudado. E morávamos juntas... Aquela era a regra básica de qualquer pessoa que compartilha um lar: não se relacionar.

Mas aquilo não era uma relação.

Aaaaaah!

As coisas que eu fiz e falei... Será que ela havia gostado?

Não, não, não.

Quando ela começou a remexer na cama, me sentei em um salto. Tinha que dar o fora dali. Ainda de pijama, vestindo uma camisa imensa do Charlie Brown Jr. até a metade das coxas e muita força de vontade para evitar conflitos, fui devagar até a porta.

Na cama, Cacau estava com o cabelo jogado para todo lado, a boca aberta e babando. E o ronco. Ela precisava ir ao médico, vai que ela roncasse tão forte que o oxigênio fosse embora todo de uma vez?

É, todo o tesão foi embora, com certeza.

Desci as escadas e passei um bom tempo encarando os degraus, esperando que ela descesse e falasse "nossa, tive um apagão ontem, o que aconteceu?".

Covardia pura, totalmente burrice, eu sabia. Mas aquela era a garota que quase voou no meu pescoço quando viu o namorado me beijando.

E talvez Cacau também estivesse me evitando, porque ficou sozinha no quarto a manhã inteira. Da piscina, fiquei olhando para a janela do quarto em que dormimos, mas não vi nenhuma movimentação.

Ela só se levantou na hora do almoço, pronta para ir embora, com a mochila apoiada no sofá.

Não consegui encarar Cacau até a hora de voltar. Cogitei fingir que tinha outra carona, que ela podia levar meu carro, ficar com ele, até.

Como ficaríamos duas horas no mesmo carro? Uma ao lado da outra. Mas Cacau parecia especialista nesse negócio de fazer que nem cachorro magro, comer e ir embora. Porque ela agiu normalmente, deu bom-dia para todo mundo e me avisou que esperaria no carro para irmos embora.

Pietra me puxou de lado enquanto eu levava minhas coisas para o carro, manejando carregar caixas e ainda assim não derramar minha cerveja.

— Você vai me dizer o que fez ontem quando sumiu com a Cacau? — ela sussurrou, curiosa. — Não deu uma resposta atravessada sequer e ficou seguindo a menina com o olhar que nem cachorro abandonado. Aconteceu alguma coisa?

Bufei, encarando o teto. Eu era péssima nesse negócio de transar e ir embora, pelo visto.

— Eu transei com ela — disse, baixinho.

Pietra ficou congelada, os olhos arregalados.

— Eu sabia que era tesão acumulado! Você só precisava esbagaçar.

Franzi o cenho, indignada.

— Que tipo de palavra é essa?

— Que foi? — Pietra deu de ombros, o cabelo ruivo balançando junto. — Não vai me dizer que fizeram *amor*, né?

— Definitivamente nada disso — disse com uma careta.

— Esbagaçar, então.

— Transar, Pietra.

— Foder.

— Comer?

— Você é passiva... flex? Se bem que nem sempre esses termos encaixam, né? — ela perguntou, os olhos brilhando de curiosidade. — Meu Deus, me conta *tudo*! Ela parece ser toda travada e dura com você, mas pela sua cara...

— Ela não é nada travada — comentei, meio aérea.

Definitivamente não era dura também. Na verdade, tinha a pele macia, tão fácil de agarrar e... muito gostosa. Mas Pietra não precisava saber disso.

— E vocês moram juntas... — Minha amiga juntou os pontos, a boca se escancarando. — Já conversaram sobre isso?

— Não. — Caminhei para fora da casa em direção ao carro. — E nem vamos, pelo visto.

— Mas... — ela tentou argumentar, mas Cacau apareceu da parte de trás do carro.

— Eu tenho que voltar para estudar, América — ela decretou. — Agiliza aí, não vou ser sua motorista pessoal para sempre.

Encarei Pietra e dei de ombros, esperando que ela entendesse o que significava: "Viu só? Não precisamos conversar, tudo está exatamente igual a antes". Mas Pietra veio de uma família desestabilizada e fazia terapia havia dez anos. Ela estava muito à frente no quesito resolução de conflitos.

Me despedi dos meus colegas, prometendo que nos veríamos em breve. Pietra me encarou, séria, e apontou para o celular, e eu sabia que isso queria dizer que ela ia me mandar uma enxurrada de mensagens.

As cervejas que tomei no almoço e o resto de churrasco fizeram efeito com o carro em movimento — ou talvez fosse a noite mal dormida, mas capotei assim que o carro começou a andar.

Fui acordada por um som de buzina praticamente no meu ouvido. Estávamos na garagem do apartamento, e Cacau me encarava como se eu fosse um cão sarnento, do qual não queria se aproximar.

— Você me acordou buzinando? — perguntei, perplexa. Me ajeitei no banco, sentindo a coluna doer, estralando enquanto eu voltava ao normal. — Por que não me cutucou igual a uma pessoa normal?

— Porque você roncou o caminho todo — ela desdenhou. — É indelicado e atrapalhou minhas músicas.

Abri a boca para responder, prestes a enfiar minha própria mão na buzina, mas Cacau já estava fora do carro, descarregando as coisas.

Quando chegamos ao apartamento, ela apenas me ignorou e fechou a porta do quarto.

Eu estava sozinha, sem saber que droga fazer com aquele fim de semana.

16. LeBron James ou Michael Jordan?

AMÉRICA FIGUEIREDO

O ponto alto da minha noite foi a Cacau jogando a bola de basquete na cara de uma garota.

— Me perdoa! — ela berrou enquanto corria até uma das calouras da geografia que treinava com a gente.

Fiquei observando a cena patética de Cacau tentando ver se o rosto da garota sangrava, mas era só uma bolada. Por incrível que pareça, era algo muito normal de acontecer, só Cacau não sabia disso.

— Eu acho que ela vai precisar ir ao médico — comentei enquanto ela voltava para seu lugar no exercício do treino. Atrás de nós, a treinadora apitava e organizava as alunas para um jogo rápido, repassando os movimentos de defesa que havia ensinado. — E pode ser que tenha rolado uma concussão.

Cacau arregalou os olhos para mim e ficou imóvel, com a boca aberta em choque.

— E você joga isso?! É perigoso. E se ela me processar?

Comprimi os lábios em uma linha fina e dei de ombros, apontando para onde o jogo começaria.

— Você vai ter que lidar com isso. Bom treino. Vamos lá, sem corpo mole! — Levantei a voz, exatamente como a treinadora Fabi fazia. Ela sorriu para mim do outro lado da quadra, fazendo um sinal de joinha.

Ao longo do treino, eu observava o movimento das outras alunas, pegava as bolas que saíam da quadra, ajudava em alguns exemplos que a treinadora dava e fingia que Cacau não estava um caco enquanto aprendia a jogar basquete.

Duas vezes por semana, treinávamos com as calouras e as veteranas que ainda estavam aprendendo. Logo em seguida começava o treino mais avançado. Era uma forma de ensinar, mas não perder o gás das atletas que já tinham condições para avançar de categoria, jogando em estaduais e passando para peneiras federais. Algumas garotas inclusive eram chamadas por olheiros gringos que tinham contato com a faculdade.

Nunca levei a sério a opção de viver do esporte, apesar de amar. E vi algumas amigas irem jogar em faculdades nos Estados Unidos com a bolsa de basquete. Era inegável que as oportunidades por lá eram infinitamente maiores que no Brasil, o país do futebol. Ainda assim, era o esporte que me rendia uma graninha como treinadora mirim durante as férias escolares.

— Cuidado para não cavarem falta sem necessidade — Fabi orientou, passando o olho pelas alunas. — A marcação é individual, não deixe que elas passem.

Cacau estava no time de defesa do jogo curto de três minutos. Seus olhos estavam cheios daquela fúria competitiva que assolava todo e qualquer atleta. Era um ótimo começo. E ela sabia marcar bem, não deixava a garota na frente dela sair e pegar a bola. Boa.

Cacau realmente queria aquela bolsa de estudos para o intercâmbio.

Às vezes, mesmo sem querer admitir, admirava o quanto ela era teimosa. O quanto não cedia quando não via necessidade em aceitar a derrota. Infelizmente, eu me tornava alvo desse gênio cabeçudo às vezes.

Ainda mais na última semana.

Desde que voltamos da praia, tentei evitá-la a todo custo. Acordava mais tarde do que ela e chegava quando sabia que Cacau estaria trancada no quarto. Só limpava a casa quando ela não estava, dentro daquele esquema de pontos que seguíamos à risca.

Confirmava aos poucos que a rotina dela era muito bem-estabelecida, era difícil que Cacau saísse dela. E por um instante me esqueci disso e só me recordei quando avisei que tinha chamado uma pessoa para limpar a casa e fazer uma faxina mais pesada. Levou um tempo até Cacau parar de acompanhar a mulher de um lado para o outro, conferindo se estava limpando tudo da sua maneira. Antes que eu pudesse pedir desculpas, Cacau já tinha se trancado no quarto de novo.

De volta ao treino, me questionei quantas atitudes minhas afetavam o dia a dia de Cacau.

— Bom treino, garotas! — Fabi gritou, me puxando de volta para a quadra.

Me preparei para pegar as bolas, guardando-as no saco para a turma que viria logo em seguida. Algumas colegas já estavam ali, aquecendo na lateral da quadra enquanto as calouras tomavam água e pegavam as próprias mochilas.

Cacau conversava com algumas meninas, sorrindo e balançando o cabelo preso em um coque frouxo no topo da cabeça. Precisei desviar o olhar quando percebi que havia algumas gramíneas na perna de Cacau, logo abaixo do shorts justo de treino.

Balancei a cabeça e me voltei para conversar com a treinadora, que se aproximava.

— Elas estão melhorando bastante — comentei com um sorriso.

— A Pietra me falou que você tem dado aulas particulares para uma delas, qual é o nome mesmo?

— Cacau — respondi, me agachando para pegar o saco com as bolas e levar até a outra ponta da quadra para o aquecimento de lances livres. — Ela mora comigo e quer muito aprender a jogar.

A mentira saiu com facilidade, mas me parecia errado dizer o verdadeiro motivo de ela estar treinando. Não era da conta de ninguém.

— Legal, ela tem potencial na defesa — comentou, distraída. Já acenava para as outras veteranas, que deram continuidade ao aquecimento, agora com as bolas que eu jogava na direção delas. — Você também.

Encarei-a de soslaio, pigarreando.

— Obrigada, treinadora.

— E você faltou nos nossos últimos dois treinos. O que está rolando, América?

Engoli em seco, querendo fugir dali a qualquer custo. Mas Fabi era persistente e prestava atenção nas alunas que estavam lá há mais tempo. Convivemos três dias por semana, era difícil que não criássemos uma relação mais próxima.

— Eu vou me formar no fim do ano que vem — respondi, também me preparando para jogar. — Preciso começar a procurar um emprego que não seja dar aulas de reforço de português e basquete pra crianças.

— Você tem potencial não só como jogadora, mas como treinadora. Ainda é nova. Mal completou vinte e um anos. Se você focar...

— Minha época já passou — retruquei a contragosto. — Além disso, eu não quero ser atleta pelo resto da vida. O que eu tenho a oferecer?

Fabi respirou fundo e tirou os óculos, me encarando com atenção.

— Você tem tudo a oferecer. É a profissional mais dedicada que conheço. Você se entrega totalmente quando está na quadra e já é uma atleta de alta performance, só precisa se dar uma chance de aceitar isso. E você não precisa ter um único futuro, tem outras opções. Você pode jogar e dar aulas, pode ser treinadora de times. É o que você ama, não é?

Assenti, sentindo meus ombros caírem a cada instante. Aquilo era uma decisão grande demais, pesada demais para tomar. Uma decisão que eu jogava para o fundo da mente toda vez que aparecia. Como eu poderia decidir meu futuro inteiro em um dia?

Cacau conseguiria, com certeza.

Bufei, irritada. Óbvio que conseguiria.

— Tá fazendo o que aí parada? — Pietra gritou assim que me avistou. Ela havia prendido o cabelo ruivo em um rabo de cavalo alto, usava nosso uniforme da atlética e tinha um sorriso imenso no rosto. — Aquecimento, agiliza aí.

Fabi me dispensou com um movimento de cabeça e comecei a correr de uma ponta à outra da quadra, sentindo meu coração acelerar com o movimento, meu corpo esquentando a cada aumento de velocidade. Pietra estava me acompanhando, respirando pela boca enquanto voávamos de um lado para o outro.

— E aí, o que vai fazer na semana do saco cheio da Páscoa? — ela perguntou quando mudamos de exercício, começando o circuito de sempre com as outras meninas antes do jogo.

Na USP, tínhamos duas semanas sem aula no meio do semestre, que chamávamos de semanas do saco cheio: a primeira na Páscoa e a segunda no feriado da Independência. Os alunos que vinham de outras cidades aproveitavam esse período para voltar para casa e visitar a família.

— Visitar meu pai no Guarujá e minha mãe em Arujá, e você?

— Vou ficar por aqui. Não quero ver a família da minha mãe este ano — ela explicou, arfando entre os exercícios.

— Nem me fala... Vou passar três dias com minha mãe, depois vou pra casa do meu pai. Fico me sentindo um boneco de pano todo feriado. Minha avó disse que quer fazer um jantar pra reunir a família e chamou meu pai. Ele negou, claro, mas foi muito menos grosseiro do que ele seria normalmente, acho que ele está começando a perdoar minha mãe aos poucos — resmunguei, também arfando. — Não sei se estou pronta pra cozinhar kimchi com meu pai; é gostoso, mas fico com o cheiro impregnado no nariz por um tempão.

— Inclusive, agradece seu pai pelo kimchi que ele me deu da última vez, comi tanto que quase passei mal.

Dei um sorriso de lado, trotando pela quadra. Sentia meu peito expandir a cada instante, a sensação de ar em excesso entrando no pulmão me enchia de vida.

— Cara, deixa eu te perguntar... — Pietra pigarreou, dando uma olhadela ao nosso redor para ver quem nos escutava, então se virou para mim, o rabo de cavalo ricocheteando na bochecha. — É verdade que aquele vereador acusado de corrupção é seu primo? O Daniel Figueiredo?

Torci o nariz, mas assenti. Minha família por parte de mãe era muito reservada, por isso foi o maior escândalo do ano quando meu primo caiu na boca do maior jornal paulista com acusações de lavagem de dinheiro e uso de laranjas na Câmara de Vereadores.

— Menina, pois é. O aniversário da minha avó este ano vai ter o maior climão... — confidenciei, mas, no fundo, não me importava.

Minha família sempre foi um tópico delicado. Meus pais haviam se conhecido na faculdade, por meio de amigos em comum. Minha mãe era herdeira de uma empresa dividida entre três irmãos, e meu pai, um bolsista que trabalhava meio-período na fábrica de uma das *ajummas* da igreja e sonhava em ser um grande advogado. Bom, ele conseguiu. E dentro desse ciclo, cresci presa entre o que meu pai me ensinava e o que a família da minha mãe gritava no meu ouvido. Pareciam duas realidades diferentes coexistindo dentro de mim, em abismos de lógica e discurso.

— Inclusive, eu bati um papo legal com a Cacau lá na praia semana passada e pedi ajuda para a Festa do Trabalho em maio, tudo bem por você?

Dei de ombros, assentindo. Era exatamente o que eu queria.

— Sim, faz isso. Se ela se adaptar, pode participar com você nessa parte de organização dos eventos.

Pietra concordou, com a respiração errática. Recomeçamos o circuito com os burpees, seguindo para agachamentos com saltos, uma corrida na escada de solo e, no fim, polichinelos.

Amava treinar porque me impedia de pensar. Não havia nada além de jogadas planejadas, adrenalina no pico e nenhuma ansiedade pela visita à minha mãe no dia seguinte.

Os pais de Cacau ficariam no apartamento, e se o que aprendi sobre ela no último mês morando juntas (nossa, já fazia um mês?) estivesse certo, ela estava maluca, indo de um lado para o outro, deixando a casa nos trinques.

Já eu estava adiando ao máximo arrumar minha mala para pegar o carro e viajar até a casa da minha mãe. Ela ficaria o tempo todo perguntando do meu pai, com aquele rosto de quem se sentia mal por ele. E eu precisaria fingir que ele não a odiava. Depois, tinha a casa do meu pai. Um apartamento de frente para a praia normalmente seria o meu sonho, mas eu sabia o que me aguardava. Dois dias completos falando mal da minha mãe e da nova esposa dela.

Só de pensar nisso, meu coração já batia na base do estômago. Aqueles seriam dias difíceis.

Ao voltar para casa depois do treino, esperava que Cacau já estivesse trancada de novo no quarto, cumprindo aquele acordo silencioso de nos evitarmos, de fingir que nada havia acontecido.

Mas ela estava sentada na sala, assistindo ao documentário de basquete do Michael Jordan, com um bloco de notas sobre as coxas fortes. A ponta da língua estava para fora, totalmente concentrada no que assistia.

— Você é uma aluna dedicada — comentei assim que fechei a porta atrás de mim.

— Aham, isso aqui é incrível! Olha só tudo o que o Michael Jordan fez pelo basquete. Como as pessoas têm coragem de dizer que o LeBron é maior que ele? — disparou ela, quase sem piscar.

Dei um sorriso de lado, me sentando à mesa. Não questionaria o motivo para Cacau não estar me ignorando, mas eu poderia seguir aquele jogo.

— A época era diferente, mas o LeBron já está com quase quarenta anos e ainda assim é um dos maiores jogadores da história — discorri. — Além disso, ele é o maior pontuador da NBA.

Cacau assentiu, anotando isso no próprio caderno. Dei um sorriso, meio a contragosto, porque era muito divertido ver alguém aprendendo sobre um dos meus esportes favoritos daquele jeito.

— Eu assisti a um jogo hoje — ela comentou, se ajeitando no sofá. — E vai ter um outro já, já, mas começa tão tarde.

— Os jogos da conferência oeste são tarde mesmo — expliquei, indo para a cozinha pegar algo para comer. — Eu prefiro acompanhar os da leste por isso.

Cacau ficou em silêncio por um tempo. Até imaginei que tivesse voltado a assistir ao documentário, mas quando olhei para o lado, ela estava parada, com uma camisola do Gilberto Gil e o controle da televisão na mão.

— Quer assistir um jogo comigo qualquer dia desses? — perguntou ela, mudando o peso de um pé para o outro. — Sabe, aí eu posso te fazer umas perguntas e...

— Claro — respondi rapidamente, passando meu olhar por qualquer canto da cozinha que não a Cacau.

— Ah, ok, bom, combinado.

Droga, aquilo era muito estranho.

Burra, burra. A gente não devia ter transado. Que maldição.

Outro assunto, qualquer outra coisa para tirar a gente daquele limbo desconfortável.

— Seus pais vêm amanhã, né?

— Sim, mas você já sabia disso — retrucou ela, confusa. — Precisa que eu repasse as informações?

Neguei com a cabeça, preparando minha salada.

— Você parecia meio nervosa e a casa tá brilhando, só isso.

Cacau assentiu e passou a mão pelo braço. Ficou em silêncio por mais alguns instantes, abrindo e fechando a boca.

— Desembucha, criatura — resmunguei ao me virar para encará-la de vez, cruzando os braços na frente do peito. — Que foi?

— Não gostei que você chamou uma pessoa pra limpar a casa sem me avisar — ela desabafou, gesticulando. — Eu ando meio... estressada. Ainda mais nos últimos dias. E a minha rotina é o que me dá um pouco mais de calma, sabe?

Inclinei a cabeça, um pouco mais curiosa.

— Tem mais alguma coisa que eu faço que te deixa meio fora do eixo?

Ela me encarou com seriedade e deu de ombros.

— Sua existência me deixa fora do eixo, América. Mas, por enquanto, só me avise quando for chamar alguém pra limpar a casa.

Então voltou a assistir ao documentário, como se eu não estivesse ali.

17. Senhor Mar

AMÉRICA FIGUEIREDO

Eu sempre amei dormir com o som do mar. É um lembrete da passagem do tempo. Quando eu era pequena, a imensidão era tão grande que mal podia ver por cima das ondas que os adultos pulavam. Depois, sentia a água na metade da coxa e já enxergava um pouco por cima das ondas. Mais pra frente, passei a nadar sobre elas, mas o horizonte continuava o mesmo: longe e distante, inalcançável.

O tempo passaria para mim, mas o mar continuaria o mesmo.

Por isso sempre gostei de ficar de olhos fechados, sentindo o balançar da rede e da maresia logo no entardecer. Meu pai também era assim, e se mudou para o Guarujá justamente para ter na rotina o gosto do mar e o som das ondas. Mas naquele dia em especial, uma nuvem de tempestade pairava sobre as marolinhas na areia, prestes a desabar na minha cabeça.

— Podemos jantar naquele restaurante de frutos do mar — comentou meu pai, enumerando nossas opções para a noite enquanto eu repousava na rede, com os olhos quase fechados, em um estado de calmaria que São Paulo jamais seria capaz de proporcionar, nem se tentasse.

— Onde você quiser, pai — respondi, sentindo minha voz se afastar um pouco mais da realidade. Poderia desmaiar de sono ali mesmo.

— Tem aquela franquia do chef italiano que é especialista em ostras. Elas vêm direto de Florianópolis.

— Eu fui lá em Arujá com a mamãe e a Marisol mês passado.

Merda, coisa errada a se dizer. Abri os olhos, olhando para meu pai um pouco hesitante. Marisol e minha mãe eram um tema proibido, e a traição da minha mãe tinha sido um segredo que assombrou nossa família durante um tempo.

— Hum, mas podemos ir — continuei rapidamente, tentando contornar a situação com a voz mais suave que podia, aquela que apaziguou meus pais durante toda a separação. — Quero ter essa memória com o senhor também e...

— A Marisol que indicou? — ele respondeu, a voz um pouco mais dura do que antes.

— *Aigo*, pai! — reclamei baixinho, sabendo o quanto era fácil mesclar o coreano com o português quando estava com ele.

Meu pai era um homem bonito, com uma voz de locutor que fez com que minha mãe se encantasse por ele. Ele já foi chamado na rua para fazer parte de uma agência para homens mais *maduros*. Meu pai ficou tão ofendido com o convite que passou horas e horas reclamando sobre o que significa ser maduro ("Por que não me chamam de velhote logo?", disse ele umas trinta vezes).

Mas, naquele momento, dois anos depois do divórcio, ele era mais a sombra daquele homem bonito que eu conheci a vida toda. Os pais dele eram imigrantes coreanos, mas ele nasceu no Brasil e sempre se identificou mais com a cultura brasileira, de qualquer maneira. Ele se casou com minha mãe, uma mulher negra, e o resultado foi uma filha que sentia que não pertencia a lugar nenhum, porque nunca era completamente abraçada nem pelos brasileiros nem pelos coreanos. Quando me inseri no meio coreano, algumas pessoas me encaravam, viam o formato do meu rosto, ou dos meus olhos e do meu nariz e tinham um choque momentâneo. Não sabiam se me tratavam como uma *deles* ou *dos outros*. Era exaustivo viver como um fantasma entre dois mundos. Mas, ao mesmo tempo, eu olhava para meu pai e ficava feliz em dizer que era parecida com ele. Por isso doía tanto vê-lo daquela maneira.

E quando as senhorinhas da igreja descobriram que minha mãe havia deixado nossa família para se casar com uma mulher... Foi quando decidi me afastar o máximo possível daquele ambiente que meu pai gostava tanto. Ele, ao contrário de mim, estava tão imerso que não percebia o que eu percebia, não entendia o incômodo que eu sentia ao vê-lo sendo feito de gato e sapato por pessoas que não tinham nada a ver com nossa vida.

Mas eu precisava reconhecer que o divórcio foi difícil, não era uma situação comum. Eu não tinha outras amigas com pais divorciados porque a mãe se entendeu lésbica depois dos quarenta anos. Me lembrava das brigas, meu pai chorando pelos cantos, sem conseguir disfarçar sua tristeza. Em quase duas décadas de vida, eu nunca o tinha visto chorar, mas, depois que minha mãe foi embora, parecia que as lágrimas acumuladas caíam todas de uma vez.

Meu coração partido doía dia e noite ao ver meu pai sofrendo daquela maneira, magoado. Me dividia entre a raiva da minha mãe por não ter sido honesta antes, por ter traído meu pai por muitos anos antes de conseguir admitir para ele que, na verdade, não era o que ela queria. Mas, por outro lado, compreendia que não era fácil. Crescer no lar que vovó moldou a rédeas curtas e muito homofóbicas deve ter sido o inferno pessoal da minha mãe.

Não há como abraçar uma realidade se ela nunca foi uma opção. Mamãe nunca teve um vislumbre de que algum dia na sua vida poderia se relacionar com uma mulher.

Tentava pensar nisso cada vez que a raiva me enchia, quando eu via meu pai de coração partido, quando meu próprio coração doía de saudade da nossa família, da estrutura que tínhamos até pouquíssimos anos atrás. Aqueles tempos nunca mais voltariam, e por um lado isso era ótimo, porque parte era falsa. Não duvidava que meus pais tenham sido felizes por um tempo, mas por quanto tempo fingiram porque queriam me poupar? Eu amargava o ressentimento, porque do que adiantava me tratar como criança somente para, durante o divórcio, decidirem que eu deveria ouvir um falando mal do outro? Como um pombo-correio do drama que eles não conseguiam resolver sozinhos. Era exaustivo, para dizer o mínimo. As coisas seriam mais fáceis se todos os segredos permanecessem escondidos, enterrados, mas minha mãe provavelmente não seria tão feliz como a via depois do divórcio.

Como seria estar na pele do meu pai e ver sua ex-esposa sorrindo mais do que nunca e você não ser o motivo daquele sorriso depois de tantos anos?

— Foi mal, não devia ter falado da Marisol. — Me levantei da rede, subitamente sem sono. Precisava distraí-lo, exatamente como faria com uma criança. — Que tal a gente ir numa hamburgueria vegana? Eu ouvi falar de uma que abriu por aqui e...

— Não, tudo bem — interrompeu. — Podemos pedir comida por aqui mesmo e assistir a um filme. Você decide. — Ele apontou com a cabeça para o corredor vazio e deu um sorriso triste. — Vou tomar um banho, já volto. Pode pedir no meu cartão.

E eu estava sozinha, com o som das ondas quebrando lá na praia.

Respirei fundo, passando a mão pelo rosto.

A parte mais difícil da separação era ver meus pais, que a vida inteira se esforçaram tanto para serem invencíveis, finalmente quebrarem. E porque nunca estive acostumada a isso, era uma sensação sempre estranha e agridoce.

Mas me doía demais ver meu pai daquele jeito enquanto minha mãe vivia a melhor vida possível. Parecia injusto. E era mais injusto ainda que eu precisasse ser o ioiô daquela situação toda.

Porque quando estava com minha mãe, apenas dois dias atrás, ela sorriu e, fingindo ser muito casual, se virou com um sorriso branco imenso e olhos brilhantes, perguntando:

— Nunca mais falei com seu pai, tem notícias dele?

O que era uma mentira, porque eu sabia bem que a discussão mais recente deles foi para decidir quem ficaria comigo por mais tempo durante a Páscoa, como se eu tivesse dez anos.

Mas eu apenas sorri, fingi que não sabia e ela fingiu que eu não estava fingindo.

Simples.

— Bem, eu acho. Ele comprou um carro semana passada de uma *ajumma* da igreja dele. A mãe da Carolzinha, lembra?

E era isso.

Sem conflito, sem me meter no meio, porque não valia a pena. Era muito mais fácil preservar energia, guardar fôlego para algo verdadeiramente importante. Aquela picuinha já vinha acontecendo havia dois anos, e não seria resolvida se eu simplesmente gritasse com os dois, implorasse para que agissem como adultos e me tirassem do meio.

Ali, no sofá do meu pai, no entanto, senti meu peito doer, doer tanto que parecia que tinha uma bigorna em cima dele. Tanto a ponto de quase chorar, não sabia se de dor ou desespero.

Eu tinha vinte anos, não deveria sentir dor pelo divórcio dos meus pais, que não se amavam.

Não deveria sentir dor, porque minha mãe estava feliz, aproveitando sua liberdade para dizer que era lésbica por aí, sem qualquer receio. Não deveria sentir dor, porque meu pai já chorava demais.

E isso só fez com que a dor piorasse.

— Filha, já pediu a janta? — gritou meu pai do quarto, mas eu quase não ouvi.

A dor no meu peito só piorava. Será que estava prestes a morrer?

— Vou pedir! — gritei de volta, imaginando que fosse a coisa certa a dizer. E acho que acertei, porque meu pai voltou com um sorriso.

— O que você quer assistir? Tem algum jogo passando? Ou podemos ver O *poderoso chefão*.

Eu havia procurado na internet e vi que hoje passaria um dos jogos da NBA que Cacau queria assistir. Será que ela estava assistindo com os pais em casa? Ai, será que ela fechou a janela da cozinha? A previsão era de chuva em São Paulo e...

— Eu já volto, decide o que vamos ver — pedi para ele, então saquei o celular do bolso, digitando rapidamente.

Ei, você fechou a janela da cozinha? Parece que vai chover, digitei, tentando controlar um pouco a dor no peito.

Óbvio, você acha que eu sou algum tipo de bárbara sem consciência sanitária?

Dei uma leve risada da mensagem ao entrar no meu quarto. Abri outra aba no navegador e digitei "dor no peito significado".

Só tava checando... Tá aproveitando o feriado com seus pais?

Abri a outra aba novamente, descendo os olhos pelos resultados. Ataque cardíaco. Problemas de hipertensão. Crise de ansiedade. Derrame. Talvez eu realmente fosse morrer.

Sim, mas eu fico maluca perto dos meus pais. Eu amo eles, mas... pais.

Tô ligada, pelo menos tem jogo da NBA hoje, ratinha do basquete, respondi, mas não voltei para a outra aba do celular de novo. Talvez fossem só gases.

Ah, sim! Meus pais não gostam, vão assistir ao Jornal Nacional na hora do jogo. Mas assisto outro dia. Você vai ver hoje?

Uma batida na porta do quarto desviou minha atenção do celular. Meu pai estava ali, me encarando com preocupação.

— Tudo bem, querida?

Bloqueei a tela, assentindo.

— Claro, por que não estaria?

Ele avaliou meu rosto, então deu um sorriso breve e apontou para a sala.

— Vamos assistir ao filme?

Mas não prestei atenção ao filme, apenas nas ondas do mar lá fora e como elas quebravam, sem medo de arrastar quem quer que estivesse ali e fosse desavisado o suficiente para ignorar a força da natureza.

18. O chuveirinho salva-vidas

CACAU RODRIGUES

Segredos existem por um motivo. Podem ser uma moeda de troca, servir para proteção, para ferir. Às vezes são esquecidos e deixam de ser segredos. Os meus eram mantidos a sete chaves, porque eu não queria que fossem esquecidos ou se tornassem armas fora das minhas mãos.

Eu preferia não contar meus desejos para outras pessoas, porque doeria menos se não precisasse dizer aos outros: "Ah, sabe o maior sonho da minha vida? Deu errado! Obrigada pelas palavras de consolo, eu com certeza não estou me sentindo um pedacinho de merda no asfalto". Isso incluía meus pais. Eu ainda não tinha contado para eles do intercâmbio, e só contaria se desse certo, para não precisar ouvir o discurso de "sentimos muito, filha, mas te amamos mesmo assim".

Jasão havia me mandado uma mensagem após discutir com a mãe, então aproveitei que meus pais haviam voltado para casa e fui me encontrar com ele para tomarmos sorvete, aproveitando o silêncio em paz.

Era bom ter alguém ao meu lado que entendia quando falar e quando se calar. Eu me sentia menos sozinha toda vez que Jasão só me chamava para ficarmos nos encarando e suspirando como dois coitados.

E eu estava muito acostumada com silêncio desde que meus pais foram embora. Passar a Páscoa com eles foi divertido e só um pouco sufocante. O embate com minha mãe era sobre como eu organizava minhas roupas. Ela conseguiu criticar até como eu guardava a louça. Enquanto isso, meu pai decidiu que seu projeto pessoal seria trocar todas as lâmpadas do apartamento, porque "tudo aqui é escuro demais, filha, você vai precisar aumentar o grau dos óculos desse jeito".

Passar alguns dias sem América foi mais estranho do que eu imaginava.

Quando o relógio batia às seis da manhã e eu me levantava para praticar yoga, preocupada em fazer o máximo de barulho possível para acordar América, me lembrava de que ela não estava ali e que meus pais estavam dormindo no meu quarto, e eu, na sala.

Coisa estranha essa tal rotina.

Quando voltei para casa depois do meu passeio com Jasão, abri a porta e o silêncio me recebeu. Aproveitei a oportunidade para fazer algo que não fazia desde que América se mudou para o apartamento, botei uma playlist na televisão, fui para o banheiro, acendi uma vela aromática e aproveitei a quietude misturada à música abafada na sala para relaxar.

A água tocava meu corpo com carinho, e fechei os olhos instantaneamente, sentindo minha pele arrepiar até a sensação se transformar em leves pinicadas.

Segurei o chuveirinho, aproveitando a água escorrendo em cascatas por minhas costas, lambendo minha pele.

Quando América voltasse, precisaria falar com ela sobre o que aconteceu na praia. Esclarecer que foi apenas uma noite que ficamos meio excitadas e é isso. Acontece. Ela entenderia, com certeza tinha passado por aquela situação algumas vezes.

E não se repetiria, claro. Mas eu ficava feliz por pelo menos ter transado pela primeira vez em *muito* tempo. Meu pobre vibrador já estava cansado de olhar para meu rosto solitário. Talvez eu estivesse um pouco cansada dele também. Precisava dar uma inovada.

E América foi, contra todas as expectativas, uma ótima distração.

Fechei os olhos, lembrando do gosto da pele dela, do cheiro de seu perfume. Eu tinha acertado quando disse que ele ficaria comigo por muito tempo. Toda vez que ela saía do banho enrolada na toalha, deixava um rastro de si ao qual eu nunca tinha prestado atenção até aquele dia.

A água do chuveirinho atingiu o bico do meu seio, que já estava sensível a qualquer vento que entrava pela fresta da porta do banheiro naquele friozinho de fim de tarde.

Encostei a testa no azulejo frio, suspirando com o contraste da água quente com a superfície gélida. Desci o chuveirinho, deixando minhas costas desprotegidas e à mercê dos arrepios cada vez mais agudos.

Hum, eu estava mesmo sozinha em casa.

Abri um pouco mais as pernas, sentindo a água acariciar minha pele, e virei o pequeno cabo entre minhas pernas. Deixei um gemido baixinho escapar e contraí as coxas ao sentir o primeiro contato gostoso da água no meu clitóris inchado e dolorosamente necessitado de um pouco de atenção.

Há quase duas semanas, não conseguia ligar o vibrador sem ver a imagem de América estampando cada tentativa de aliviar minha tensão. Então eu desistia. Porque foi algo de uma noite, não deveria se estender em meus pensamentos. Mas aquilo se provava um trabalho verdadeiramente hercúleo, especialmente quando ela desfilava pela casa só de camiseta e calcinha, ostentando aquele sorriso traiçoeiro. Aquilo só a tornava mais irresistível ainda. Ela insistia em usar o cabelo solto, e cada fio perdido que cobria seu rosto me frustrava; ela era bonita demais para ser tão intragável.

E ali, com minhas pernas abertas, imaginava como seria ver a água do chuveiro molhar o peito de América, cada gota escorrendo por seu corpo até se perder nela por completo. E eu me disporia a lamber cada uma delas, a rastejar somente para agarrar aquelas coxas imensas e amassá-las entre os dedos.

Abri a boca em um gemido silencioso quando a pressão da água aumentou. Levei a outra mão para ajudar, me abrindo ainda mais para aquela sensação absurda de boa, com o nome *dela* na ponta da língua.

— Porra, América — gemi mais alto, desistindo da minha própria tentativa pífia de fingir que não estava ardendo de tesão por ela desde aquela noite, desde que ela decidiu acabar com minha sanidade.

Prendi meu clitóris entre os dedos, afunilando a água para pressionar um ponto mais específico, e me deliciei quando o calor da água se misturou ao do orgasmo e meus gemidos se tornaram inevitáveis. O alívio foi instantâneo, me levando ao céu por alguns segundos. Aquilo era bom demais. Me apoiei na parede, sentindo minhas pernas tremerem enquanto eu me acostumava de novo à realidade gelada da minha situação.

Eu estava sozinha, me masturbando ao pensar na América.

Minha colega de apartamento.

A garota com quem meu namorado me traiu.

E com quem eu transei duas semanas atrás.

Fechei o chuveirinho e terminei o banho rapidamente, ignorando o cheiro gostoso de café da vela aromática e como a água quente me relaxava.

Me enrolei na toalha e saí, pronta para mandar uma mensagem para América dizendo com todas as letras que o que aconteceu na praia foi um deslize. Que eu estava bêbada. A droga que fosse para fazer esses pensamentos sumirem, evaporarem.

Mas quando saí do banheiro, dei de cara com América, que me encarava com um humor caótico. Antes mesmo que ela falasse, eu sabia o que estava prestes a vir.

— Liberou aí o banheiro? Ficou o maior tempão no banho, Cacau. Você vai pagar a conta de água sozinha este mês.

Eu poderia ter respondido aquilo de diversas maneiras, todas muito bem articuladas, dando início ao jogo de xingamentos que nos era habitual. Mas eu não sabia o que falar.

O quanto América ouviu? Se é que ela ouviu algo.

— Você não deveria estar em casa — respondi, falando a única coisa que minha mente genial conseguiu articular.

Ela arqueou a sobrancelha e esbarrou no meu ombro ao entrar no banheiro.

— Voltei mais cedo, senti saudades da minha cama.

Assenti, meio atordoada.

— Ok, bom banho.

Ela riu pelo nariz e começou a fechar a porta. Não tinha ouvido nada. A música estava ligada na televisão e... silêncio. América tinha desligado a televisão.

— Cacau! — gritou ela, abrindo a porta de novo. — E me avisa se você precisar que eu fique mais tempo no banho. Vai que você quer bater mais uma, não quero te atrapalhar. E se quiser aproveitar pra falar "América, gostosa", eu prefiro. E um papo meio sacana também. Gosto bastante disso. — Então ela piscou e fechou a porta, me deixando atordoada no meio do corredor, pingando no chão.

Aquilo era um pesadelo. Daqueles que eu tinha quando era mais nova, com Jimmy Neutron correndo atrás de mim e ameaçando raspar minha sobrancelha.

Entrei no quarto e fiquei parada, meu cabelo pingando nas costas. Eu precisava dar um jeito de resolver aquilo. Mas América ouviu tudo. Eu podia simplesmente fingir que... Não. Eu não fugiria de um confronto só porque não era confortável.

Ok, estava na hora da conversa.

Antes de pensar com calma, dei meia-volta e abri a porta do banheiro, agradecendo por América não ter trancado.

— Ei! — gritou ela do box. Eu conseguia enxergar apenas o contorno de seu corpo, o cabelo caído nas costas, a cintura e o quadril largo. E por mais que eu soubesse exatamente o que tinha por trás do vidro, senti a necessidade de desviar o olhar. — Isso é invasão de privacidade.

— Eu já vi tudo que tinha pra ver aí, garota — comentei, esperando que meu tom de voz saísse firme, e não pedante. — Nós precisamos conversar.

A água do chuveiro continuou a cair, mas vi América se virar, e agora eu podia enxergar perfeitamente o contorno dos seus seios pelo vidro.

Talvez eu precisasse esperar lá fora mesmo.

Mas já estava ali, e desistir só daria ainda mais poder a ela.

— Você não pode me esperar sair? — ela perguntou, com as mãos apoiadas no quadril. — Eu estou meio ocupada. Você já teve a sua vez com o chuveirinho.

Abri e fechei a boca, irritada.

Sério mesmo que a solução dela seria me constranger mais ainda?

— O que aconteceu na praia foi um erro, nós estávamos bêbadas — disparei.

América abriu um pouco o box e botou a cabeça para fora. A água escorria pelo rosto dela, respingando no chão.

— Concordo inteiramente — respondeu ela, meio atravessada. — Mais alguma coisa que alivie essa sua cabecinha depois de gozar mais uma vez chamando meu belíssimo nome?

— Você é intragável. Eu tô tentando ter uma conversa de verdade com você e...

— Espera aí, você está brava comigo por fazer piada? — ela provocou, incrédula. — Escuta aqui, não é mais fácil você simplesmente assumir que eu sou gostosa e você gostou do que viu?

— Não — respondi rapidamente.

América inclinou a cabeça ainda mais, a boca fechada em um bico de irritação.

— Ok, então, se você não liga, não vai se importar em conversar comigo com o resto do box aberto, né?

Ajeitei a toalha ao redor do corpo, empinando o nariz.

— Não, não ligo, se é o que você prefere.

Ela deu de ombros e deu um passo para trás, somente para deslizar a porta de vidro para o lado. Ali, exatamente como eu imaginei há poucos instantes, América estava inteiramente nua, com a água do chuveiro caindo no chão e respingando em mim.

Sem conseguir evitar, olhei para seu cabelo longo cobrindo parte dos seios, se perdendo em sua cintura.

Nossa senhora e toda e qualquer entidade que conheci a vida inteira. Ela *era* o diabo.

— Pode falar — continuou América, abrindo os braços. — O gato comeu sua língua, foi? Não é tão espertinha assim?

Antes que pudesse pensar demais, tirei minha toalha, jogando em cima da pia. América se calou por um instante, observando meu corpo minuciosamente.

— Eu te odeio muito — ela resmungou. — Muito.

Meu peito subia e descia violentamente, repleto de palavras e provocações que não conseguia dizer. Talvez por ver América ali, parada, com a água marcando cada centímetro de sua pele, tão próxima... Sem perceber, prendi o lábio entre os dentes, tentando me impedir de falar demais, de cobiçar a última garota no mundo que eu me daria o direito de desejar.

— A gente transou, não vai se repetir — disse, precisando buscar forças. América assentiu, catatônica, sem desviar o olhar dos meus peitos.

— Foi um erro imenso — ela concordou. — Você me causa repulsa.

— Eu não sou a sua maior fã também — retruquei, suas palavras entrando por um ouvido e saindo por outro.

Ela deu um passo para trás, e levei aquilo como incentivo para abraçar o caos. Invadi o box, segurando o rosto de América entre minhas mãos, beijando-a com tanto desespero que achei que fôssemos sumir a qualquer momento. Gemi contra sua boca, com saudades de como seu beijo era bom, tão delicioso.

Ali, pele contra pele, com nossos corpos se tocando por inteiro pela primeira vez, me senti febril. Quando os bicos de nossos seios se encontraram, gemidos invadiram o banheiro. América colocou o joelho entre minhas pernas ao apoiar minhas costas na parede. O contato gelado me fez arquear as costas, e ela se abaixou para abocanhar um dos meus seios.

Levantei a cabeça, gemendo exasperada, quando comecei a me esfregar contra a perna dela. América mordiscava meu peito sem qualquer carinho e cuidado. Segurei o cabelo dela entre os dedos, puxando-o com força.

— Você falou sério sobre falar sacanagem e essas coisas? — perguntei, meio perdida entre o real e o irreal enquanto América maltratava minha pele.

— Cada palavra, mas eu prefiro um pouquinho de dor — ela respondeu.

Engoli uma risada quando América mordeu com força o bico do meu seio, me fazendo agarrar seu cabelo.

— Eu gosto disso, muito — gemi, sôfrega. — Xingamentos, qualquer coisa que vai me dar vergonha no dia seguinte.

América riu, me beijando em seguida. A água nos molhava por completo, e eu já tinha desistido de qualquer clamor por misericórdia, principalmente quando ela segurou minha mão e a levou ao meio de suas pernas, sussurrando contra meus lábios, passando a me masturbar também.

— Sua boquinha atrevida não disse na minha cara o que eu mais gosto de ouvir — ela murmurou, arfando quando comecei a brincar com seu clitóris, sentindo-a imitar os mesmíssimos movimentos em mim.

— O quê?

Foda-se que transar no banheiro fosse mais difícil, pelo medo de escorregar. Aquilo era bom, muito bom. Prendi seu lábio com meus dentes de leve, lutando para permanecer de olhos abertos.

— Gostei de me sentir exposta daquele jeito, mas eu gosto mesmo é de quando você fala meu nome, toda mole na minha boca... — ela explicou a centímetros dos meus lábios, e ouvir América daquele jeito me derreteu. Aumentei a velocidade dos meus movimentos, a intensidade, sentindo-a tremer em minhas mãos. — E você pode fingir o quanto quiser que não gostou de rebolar nos meus dedos, mas eu quero mais, Cacau. Só aquela vez não foi o suficiente pra mim, foi pra você?

Ela levou a mão ao meu pescoço, arranhando minha pele. Gemi, surpresa, sentindo meu corpo entrar em colapso.

América fechou os olhos, apoiando a testa em meus ombros e abraçando meu corpo com o seu. Arqueei as costas quando ela prendeu um dos meus seios entre os dedos, beliscando minha pele, causando uma pontada de dor que se misturava perfeitamente ao prazer daquela insanidade.

— Olha pra mim — mandei, puxando o queixo de América, apertando-o entre os dedos. — Pensei nisso o feriado todo — continuei com o movimento, fazendo com que os olhos de América se vertessem em prazer. — Em você toda aberta pra mim, em te ter inteirinha pelo tempo que eu quiser.

Espalmei a mão, abrindo-a ainda mais para mim.

— Isso mesmo. — América suspirou, sorrindo.

Beijei o queixo dela, sentindo seus dedos descerem um pouco mais, me fodendo e sem parar de brincar com aquele lugarzinho maldito, fonte de todos os males e bens do universo.

Ela continuou a torcer o bico do meu seio e a dor se alongava, atingindo novos picos a cada instante. Contraí as pernas, envergando as costas contra a parede, nossos gemidos se misturando aos beijos.

Tomei sua boca na minha mais uma vez e aproveitei o orgasmo prolongado, o segundo do dia. Beijei América de novo, e de novo, completamente envolvida no gosto dela, na respiração entrecortada, em como ela abria a boca em gemidos silenciosos toda vez que eu chamava seu nome.

Ela deitou a cabeça na curvatura do meu pescoço, a respiração voltando ao normal aos poucos.

— Isso não deveria acontecer de novo — afirmou ela, sem fôlego. — Nunca mais.

— Concordo — respondi de olhos fechados.

Mas eu tinha uma única certeza: aquilo com certeza aconteceria de novo.

19. Para todas as garotas que eu já odiei

CACAU RODRIGUES

Eu nunca gostei da atlética porque sabia que era um desperdício estudantil, principalmente as festas. E provando mais uma vez que eu adorava cuspir para cima e o cuspe sempre caía na minha testa, era uma quinta-feira à noite e eu participava de uma reunião com Pietra, que fumava um baseado e soltava a fumaça pela janela.

— Festa à fantasia não é um tema meio batido? — Pietra questionou, apagando o cigarro.

— Sim, mas tem dois anos que a primeira grande festa do ano é à fantasia. Além disso, vocês conseguem lucrar fazendo concurso de melhor fantasia. Três reais pra participar.

Pietra assentiu, interessada, então passou a mão no queixo e se sentou no chão ao meu lado, anotando algumas coisas no caderninho.

— Que perspectiva legal, Cacau. Você é criativa.

Sorri, estranhando aquela sensação de contentamento com algo tão frívolo quanto organizar uma festa universitária.

América apareceu no corredor usando sua roupa de treino, que consistia em um shorts, camisetona laranja e o cabelo preso em um coque. Com um detalhe adicional: agora tinha um piercing no nariz dela, uma argolinha dourada que deixava seu rosto ainda mais bonito.

— E aí, a Cacau já sugeriu o fim de toda a instituição da atlética? — provocou América, passando por nós para ir até a cozinha.

— Não, mas está na agenda — comentei, fazendo com que Pietra desse uma risada.

Nós sairíamos para treinar na quadra do condomínio dali a alguns minutos, e eu não poderia estar mais empolgada. Havia assistido a algumas jogadas para iniciantes on-line e queria testar.

— Por que você detesta tanto a atlética? — Pietra perguntou, os olhos fixos na letra garranchada no papel. — Não é como se a gente fosse uma instituição política.

— Eu acho tudo meio idiota — admiti, dando de ombros. A garota ruiva piscou algumas vezes, aguardando algo mais. Era a verdade, não tinha mais o que dizer. — Mas tô gostando de fazer isso aqui com você.

O que não era mentira.

E meu comentário fez com que Pietra sorrisse e voltasse a escrever suas ideias no papel.

Eu me recostei no sofá, pensando em como as coisas estavam caminhando bem. Minha orientadora ficou feliz em saber que eu estava me embrenhando no meio da atlética, buscando referências de esporte e administração clubista. Ela disse, antes de começarmos a falar sobre minha pesquisa, que aquilo com certeza ficaria ótimo no meu plano de estudos.

Eu estava no caminho certo, dando o meu melhor para conseguir o que queria. No fim das contas, era o que valia a pena. E se eu precisava organizar festas e fingir que me importava com a atlética, que fosse. Estava garantindo o que era meu.

América apareceu da cozinha e nós fomos para a quadra. Algumas crianças brincavam, mas cederam metade do espaço para praticarmos. Me alonguei enquanto as meninas riam e falavam sobre fofocas da faculdade, com o som da bola quicando no chão fazendo eco e se estendendo para os outros blocos.

— Você está melhorando — Pietra elogiou quando comecei a fazer alguns arremessos. Ainda era difícil, mas acertava mais do que antes. — Podemos começar a treinar um pouco mais o movimento dos pés na marcação.

América estava colocando a caixinha de som próxima à cesta, e um rap qualquer começou a tocar.

— Estou me sentindo em um filme de basquete — comentei ao tentar outro arremesso, assistindo com prazer quando a bola caiu certinho dentro da rede. — Só falta um passado trágico e essas coisas.

— Você inteira já é trágica — América alfinetou, parando ao meu lado. — Ok, vamos tentar um pouco mais de movimentação nas pernas. Qual é o nome da jogada que você disse que queria tentar?

Encarei-a de soslaio, sentindo minha pele aquecer.

— *Backdoor*. Acha que dá pra fazer isso sendo iniciante?

— Iniciante, talvez. Você? Não sei — ela respondeu com tranquilidade.

— Você é baixa demais pra ficar me perturbando o juízo assim.

América revirou os olhos, displicente com aquela picuinha besta. Pietra segurou a bola e a encarou, dando de ombros. Lado a lado, elas pareciam armários prontos para me descer a porrada. Intimidador, para dizer o mínimo, mas eu sabia que Pietra era um doce de pessoa. América, bem... eu não reclamaria se ela me desse alguns tapas, ainda mais quando ela ficava com esse jeito todo competitivo e tensa sempre que trocávamos farpas.

Pensar naquilo fez com que minhas pernas tremessem de leve.

Não havíamos conversado sobre o que aconteceu pela *segunda vez*. Eu estava me cansando daquela dinâmica. Precisávamos de regras, entender a lógica por trás daquilo.

Transar com América de novo era uma opção? Eu normalmente diria que não, mas já tinha acontecido duas vezes. Isso significava alguma coisa. Eu queria aquilo. Duvidava que ela não quisesse também. Só precisávamos organizar aquilo tudo. Sempre odiei bagunça.

— *Backdoor* é quando você se livra da marcação, depois recebe a bola — América explicou, se posicionando com Pietra na quadra. — Geralmente você pode dar a volta por trás mesmo e receber a bola perto do garrafão, é bem comum.

— Igual o Curry jogando com o Suns naquele vídeo que você me mostrou — relembrei.

América sorriu, balançando a cabeça.

— Você é dedicada assim em tudo que faz?

Dei de ombros, como se fosse nada, mas sabia que estava lutando contra um sorriso. Eu adorava receber elogios. Era muito bom ser reconhecida.

— Não é nada demais. — Acenei com a mão, fingindo ignorar o comentário.

Pietra revirou os olhos, bufando em seguida.

— É pra hoje ou vocês vão ficar namorando?

Pigarreei e cruzei os braços, observando América, toda constrangida, me ensinar a jogada.

— Você vai tentar jogar a bola pra mim — orientou ela, lançando a bola na minha mão. — E eu vou vir por trás da Pietra, receber a bola na brecha da marcação e fazer a cesta.

Assenti, focada em como as duas mantinham os corpos próximos, mas sem realmente impedir o movimento, evitando uma falta. América se soltou do aperto de Pietra e se afastou por trás. Joguei a bola quicando no chão primeiro, e ela segurou meio de mau jeito o meu passe estranho, mas acertou a cesta com um sorriso convencido. Precisei controlar o ímpeto de revirar os olhos. Metida a besta.

Mas precisava admitir que ela era boa, e eu tinha muito a aprender.

— Vamos tentar o passe de novo — Pietra instruiu. — Vamos fazer um passe mais rasteiro, quicando primeiro. E não se esquece de controlar a força.

Fizemos pelo menos dez vezes o mesmo passe. A cada vez, meus dedos das mãos doíam um pouco mais, ainda desacostumados a como segurar a bola em diferentes posições. Quando foi minha vez de me livrar da marcação, América não me deu trégua. Ela não me deixava sair dali por nada.

— Porra, me deixa jogar! — exclamei com irritação ao perder mais uma bola de Pietra.

Estávamos naquele passe há quinze minutos, e eu só consegui sair da marcação uma vez, porque pisei com força no pé de América e ela se desvencilhou para me xingar.

— Você não vai receber tratamento de princesa só porque está começando — ela disparou. Talvez ainda estivesse ressentida por causa do pisão no pé. — Você não é dedicada? Então se dedica a sair da marcação.

— Como você consegue transformar um elogio em um insulto tão rápido? — perguntei, indignada. Àquele ponto, Pietra estava treinando arremessos, aguardando o fim daquela troca de farpas ridícula.

— Você é sensível demais — criticou ela. — Para de reclamar e faz a jogada. Dá seu jeito, você consegue.

Pietra voltou ao lugar inicial, quicando a bola no chão. América estava atrás de mim, eu podia sentir sua mão próxima à minha cintura, o tronco quase colado no meu.

Havia um jogador particularmente incrível que eu adorava, Dennis Rodman. Ele jogava no Chicago Bulls com o Michael Jordan, e sua principal maneira de irritar os jogadores e desconcentrá-los era dar em cima deles. Alguns ficavam tão putos que perdiam jogadas fáceis demais apenas por causa da conversa fiada do Rodman.

Quando Pietra fez o aceno para que começasse a jogada, percebi que América tentava me tirar do eixo. Ela me deixava irritada e nervosa, e eu estava caindo que nem um patinho.

— Quando acabarmos aqui, a gente pode subir e eu te fodo de novo, que tal? — comentei, torcendo para parecer casual.

— Oi? — América se afastou com a voz esganiçada.

Eu a empurrei com o corpo e corri por trás, recebendo um passe baixo de Pietra. Fiz um arremesso curto, acertando a cesta com um grito vitorioso.

— Isso aí! — Pietra comemorou, vindo me dar um high five orgulhoso.

América estava com a boca escancarada, piscando violentamente.

— O que você...

— Dei um jeito.

Aquilo era bom. A competitividade fazia meu corpo arder por completo, e eu queria esfregar a cara de qualquer oponente no asfalto e dançar em cima.

Talvez eu não devesse ser atleta, no fim das contas. Finalizamos o treino quase uma hora depois, já que Pietra precisava voltar para casa. Fizemos um jogo básico, e por mais que as duas fossem muito mais experientes, eu me diverti e fiz duas cestas.

Esperava chegar ao ponto de realmente conseguir jogar com elas de frente, sem pegarem leve comigo porque estava aprendendo. Mas aquele dia chegaria. Só esperava que fosse antes do fim dos meus seis meses, afinal, já estávamos em abril.

— Você deu uma de Dennis Rodman pra cima de mim? — América praticamente cacarejou quando chegamos em casa.

— Dennis Rodman? — repeti o nome, fingindo desinteresse. — Quem é? Não conheço.

— Para de ser dissimulada, eu ouvi você assistindo a uma entrevista dele esses dias, Cacau.

— Você presta atenção demais no que eu faço. Vai viver, América — resmunguei ao abrir a porta.

— Vai passar um jogo hoje, quer assistir? — ela perguntou da cozinha enquanto eu tirava a camiseta para tomar um banho, ficando apenas com o top e um shorts.

— Eu tenho aula amanhã cedo — respondi, sentindo meus músculos arderem após a injeção de adrenalina com o jogo. — E você também, né?

— Para de prestar atenção no que eu faço e vai viver! — ela gritou. Dei uma risada pelo nariz, balançando a cabeça.

América apareceu na porta do meu quarto, piscando os olhos castanhos em minha direção.

— Vou fazer a janta — anunciou ela, apoiando o ombro na soleira da porta. Já estava sem a camiseta, assim como eu.

— Ok, me avisa quando liberar a cozinha para eu fazer a minha — disse, separando minha roupa em cima da cama.

América ficou em silêncio, então me virei para ver se tinha caído morta no chão, realizando assim alguns dos meus sonhos nos últimos anos. Mas ela estava de braços cruzados, me encarando enquanto eu pegava minha calcinha confortável de dormir.

— Eu estava, hum, me oferecendo para fazer algo.

Larguei minha calcinha sobre a cama, sem conseguir esconder a surpresa.

— Você vai dividir comida comigo?

América revirou os olhos e entrou no quarto, observando minhas paredes decoradas. Engoli em seco, tentando compreender se aquilo no meu peito era desconforto por vê-la no meu espaço ou só nervosismo.

Não tínhamos esse tipo de relação, então por que América estava agindo daquele jeito?

— Você tem um pôster da Cecília Meireles — ela disse com um sorriso sagaz ao ver o pôster próximo à minha escrivaninha. Ao lado dele, havia algumas polaroids que tirei com meus amigos e minha família. América analisou cada uma atentamente.

— Eu sou fã de poesia — comentei, observando os movimentos dela.

— Obviamente.

— E você não é?

— Você vai me julgar se eu disser que prefiro contos de terror?

— Edgar Allan Poe? — sugeri, e América assentiu. — Obviamente — imitei sua fala, sorrindo um pouco.

Ela analisou cuidadosamente minha maquiagem na penteadeira e o lençol da cama, se detendo ali. Depois, se virou para me encarar, passando a mão na nuca, com a base do pescoço um pouco vermelha.

— Decidiu ficar tímida? — alfinetei.

— Cala a boca, Cacau. — Ela saiu sem jeito do quarto, me deixando bem-humorada. Decidi tomar banho e aproveitar o cheiro de comida gostosa vindo da cozinha.

Quando saí, América havia arrumado a mesa e me aguardava. Nunca havia chegado àquela parte. Nós comeríamos juntas? Eu não sabia se queria estar perto demais dela depois de todo o caos das últimas semanas.

Em silêncio, ela colocou uma travessa com risoto de pera e gorgonzola sobre a mesa, então se sentou em silêncio também e começou a comer. Não havia qualquer barulho ao nosso redor, mas eu não me sentia disposta a conversar.

O que diria? Não tínhamos intimidade para nada, e mesmo assim acabamos transando duas vezes. Pulamos algumas etapas de certos processos. Eu não precisaria passar por aquilo se fosse uma foda aleatória, mas eu morava com a garota.

Algo que me incomodava mais ainda era que ela se mostrava uma pessoa muito suportável. Pietra a adorava, e Babel adorava Pietra, e eu adorava Babel. Quer dizer, será que Pietra realmente seria amiga de alguém sem noção como América?

O perdão era um sentimento complicado para mim. Depois de crescer numa família em que eu via minhas tias sendo traídas pelos maridos e perdoando, somente para serem traídas de novo e saírem como loucas, eu não conseguia encarar relacionamentos da mesma maneira. As coisas pareciam mais... imperdoáveis. Mas toda vez que América se assemelhava minimamente a um ser humano comum, com lados bons e ruins, eu me sentia um pouco mais perdida. Eu deveria odiá-la o tempo inteiro, certo? Por que então ficava cada dia mais difícil carregar esse sentimento por completo?

Talvez fosse parte do charme dela. América era uma pessoa naturalmente agradável. Muito famosa na faculdade, ainda que não fosse extremamente rodeada de amigos. Ela sorria com facilidade, cumprimentava a todos, era boa nas matérias acadêmicas e nos esportes. Eu ouvi por aí, no ano passado, que ela fazia trabalho voluntário com crianças em situação de vulnerabilidade dando aulas de basquete.

Uma pessoa pode ser boa e ter ações duvidosas? Eu nunca fui muito de acreditar em zonas cinza, comigo era oito ou oitenta. Assim, as coisas ficavam um pouco mais fáceis de lidar. Odiar América por ser pivô da minha separação com Pedro era mais fácil do que absorver a possibilidade de que ela só tivesse cometido um... erro. Ou que talvez ela não se arrependesse, e ainda assim fosse uma pessoa boa para os outros ao seu redor.

— Meu Deus, tá com formiga na bunda por acaso? — América indagou após alguns instantes, olhando para mim. — Pra quem faz meditação, você é perturbada pra caramba.

— É justamente por isso que eu faço meditação — expliquei, aproveitando a deixa para falar. — Sabe, eu sei que não é da minha conta, mas...

— Se não é da sua conta, não precisa falar — ela retrucou.

Porém, nós duas nos irritávamos há tempo o suficiente para eu saber que se ela realmente não quisesse falar sobre o assunto, teria só ido embora. Aquilo era simplesmente América sendo América.

— Você sabia que o Pedro namorava comigo quando se beijaram, não sabia?

Após lançada no ar, a pergunta se condensou e virou fumaça diante de mim. América piscava várias vezes, com o garfo cheio de risoto próximo à boca.

— Você tem razão, não é da sua conta — soltou, desconfortável.

— Eu sei, eu falei isso antes de perguntar.

— Se você sabe que não é pra perguntar, por que pergunta?

— Porque você é inconveniente comigo, por que eu não posso ser com você às vezes?

— Mais do que já é? — disse com os olhos arregalados. — Eu não entendo por que essa pergunta agora.

— Porque a gente transou, porque moramos juntas, porque eu me sinto meio louca quando penso nisso — disparei. O que foi um erro.

Porque agora o elefante estava sentado em cima do meu risoto, pesando naquela janta deliciosa.

— Não, você está certa. Acho que é seu direito ficar confusa. E é meu direito não te responder.

— Ok — falei, meio sem jeito.

— Ok — ela respondeu, voltando ao seu prato como se não comesse há dias.

Quando ela se levantou, dei o papo por encerrado. Eu ainda estava insatisfeita com aquela conversa, mas já era alguma coisa. Fui surpreendida por América voltando da cozinha e parando diante de mim com os braços cruzados.

— Você percebeu alguma diferença desde que a gente transou?

Ih, que papo era aquele?

— Não... — comecei, cautelosa. — E você?

— Não tô falando de sentimentos, tá, umbigo do universo? — ela disparou, irritada. — É que a gente não tem brigado mais tão sério quanto antes. Só numa quantidade normal de vezes, o de sempre, sabe?

— Você acha que a gente não briga feio porque transamos? — perguntei e dei risada, sem acreditar. — Não sou tão disfuncional assim.

— Não, mas você parece bem feliz rebolando nos meus dedos, acho que isso torna nossa convivência um pouco mais suportável.

— Você está sugerindo que a gente continue a transar ou algo assim?

— Algo assim — ela confirmou. — A gente já disse duas vezes que não ia rolar, mas eu sei e você sabe que vai rolar, sim.

— Não sei, América... Você é cilada.

— De novo isso? — resmungou América, agachando até estar na altura da minha boca, com os braços me encurralando na cadeira. — Para de cuidar da minha vida, Cacau. O que importa é que a gente é boa nisso, tá legal?

— Eu sei que eu sou — respondi a contragosto, o que tirou um sorrisinho da minha colega de apartamento. — Você é ok.

— Ah, eu sou ok?

— Sim, exatamente. — Empinei o nariz, mas sabia que estava mentindo. América não era nada ok. Ela era incrível. Mas eu morreria antes de admitir isso. — Se formos continuar essa... coisa, precisamos de regras.

Ela revirou os olhos e não se afastou de mim, apenas deu um beijo lento em meu queixo e se inclinou o suficiente para observar meu rosto, passando os olhos castanhos por cada detalhe meu.

— Você fica uma delícia falando de regras. Parece uma professora toda engessada.

— Larga de ser sem noção — xinguei, mas minha voz começava a se tornar um pouco mais dengosa. Eu não me levava a sério, América com certeza também não. Estendi a mão para tocar a cintura dela, puxando-a para perto. Prendi a respiração quando América colocou cada perna ao redor de mim e simplesmente sentou no meu colo. — Essa reação toda é só porque eu te provoquei lá na quadra? Aposto que você ficou com aquilo na cabeça...

— Com certeza, pode usar aquela cena de inspiração pra você bater uma hoje à noite — disse ela, bem perto dos meus lábios, me cobrindo com seu tronco forte. — Quais são suas regras?

— Não podemos transar na cama uma da outra?

— Que regra imbecil — ela disse com uma gargalhada. Dali, conseguia ver perfeitamente algumas pintinhas em suas bochechas, o contorno dos olhos, o arco do nariz, com a pontinha redonda. — Parece coisa de comédia romântica. Eu não vou ficar te fodendo por aí em lugares desconfortáveis porque você quer bancar a Lara Jean.

Arregalei os olhos em indignação, me afastando o suficiente para encará-la a certa distância. América acompanhou meus movimentos com atenção, mas havia um vestígio de sorriso em seu rosto bonito.

— Bancar a Lara Jean? E quem você seria nessa história?

— Eu tenho a aura do Peter Kavinsky, é claro.

— Você não é *nada* igual ao Peter! Pra começar, ele é uma ótima pessoa. A única coisa que vocês dois têm em comum é o esporte.

América levou a mão ao rosto, apertando a têmpora.

— A gente está fugindo do ponto principal, mas você é totalmente o Josh, insuportável pra caralho.

— Eu acho que sou mais o John, mas ok, a gente pode transar na cama, mas nada de dormir juntas.

— Até que concordo. O que mais?

— Não podemos contar pra ninguém.

— Como se eu quisesse dizer pras pessoas que eu transo com você — retrucou América, fazendo careta.

— Não precisa esculachar também. Um real no pote.

— E você por acaso quer que saibam que a gente transa por aí? — provocou ela.

— Não, claro que não, eu tenho minha reputação a zelar.

— Que reputação, Cacau? — Ela riu, balançando a cabeça. Observei a contragosto como a pele dela ficava bonita contra a luz amarela da sala, deixando seu piercing novo em evidência.

— Não quero que imaginem que eu transo com qualquer um.

— Então quer dizer que você bate uma no chuveiro pra qualquer um? — América se inclinou um pouco, praticamente enfiando os peitos na minha cara.

— Sim, fiz isso pensando no Matuê esses dias — cantarolei, me divertindo com a careta de América.

— Caralho, o Matuê?

Cerrei os olhos, e assim que ela percebeu minha brincadeira, bufou e segurou meu cabelo da nuca, puxando minha cabeça para trás. Pisquei lentamente, contendo o ímpeto de levantar o quadril, em busca de qualquer fricção contra o corpo de América. Ela se moveu um pouco, achando uma posição mais confortável.

Aquilo com certeza era um erro, não era? Quer dizer, aquela era a garota que beijou meu ex-namorado. Mas fazia dois anos, ele era um merda e eu tinha a chance de transar quando quisesse.

— Olha só, a gente não vai ser amigas, no máximo colegas — ela argumentou, deixando um beijo de leve no canto da minha boca. — Eu não estou propondo um relacionamento. Só quero que você sente algumas vezes na minha cara até esse nosso acordo acabar. Pensa nisso como um tratado de paz.

— E se alguma de nós acabar apegada?

— Impossível.

— Não estou falando sobre se apaixonar, mas quando duas pessoas passam tempo demais juntas com envolvimento físico, é completamente normal que surja carinho e as coisas fiquem confusas — advoguei, sabendo que estava certa.

Não éramos adolescentes, e não dava para ignorar algumas possibilidades. Fingir que nada aconteceria podia funcionar em comédias românticas, mas a realidade é diferente. Eu só precisava de uma saída caso as coisas ficassem confusas.

— Se alguma de nós se envolver, então, tudo acabado. A gente tem história demais, isso em algum momento vai acabar, só é melhor ter essa saída no caminho — finalizei, observando-a. América assentiu e não se moveu mais. Fiquei quieta, absorvendo cada um de seus detalhes de perto, sobretudo a boca volumosa. Levantei a mão, contornando com o polegar o arco de cupido de seu lábio. Ela segurou a respiração, mas acompanhou meu movimento com calma. — Como você quer fechar esse acordo? Um contrato? Isso seria bem Lara Jean.

América ponderou, um pouco lenta, e se inclinou para me beijar, deitando minha cabeça para trás à sua mercê. Gemi contra sua boca, sentindo minhas costas pinicarem com o toque.

— É assim que se sela um contrato, Cacau.

— Se você quiser começar colocando em prática as atas do nosso acordo... — sugeri, prendendo seu lábio inferior de leve entre os dentes. Sentia a respiração de América no meu rosto, seu olhar mergulhado em tesão preso ao meu. — Eu tenho trinta minutos antes de ter que começar a estudar.

— Você quer cronometrar nossa transa? — ela perguntou, rindo e fazendo carinho na minha cintura.

— Eficiência, América — brinquei, roubando um beijo dela em seguida.

20. Aquela cena com o psicólogo em *Pânico VI*

AMÉRICA FIGUEIREDO

— Por que você decidiu procurar ajuda na terapia? — perguntou a mulher sentada diante de mim. Ela usava óculos de zebra que combinavam com os sapatos.

— Acho que tive um ataque de pânico enquanto visitava o meu pai — esclareci, engolindo em seco. Não falei de novo pelos segundos seguintes, e Florisbela, a psicóloga que achei por indicação em um grupo do Facebook, também permaneceu em silêncio, paciente. Eu podia ouvir o som do ar-condicionado ligado para nos livrar do calor lá fora, e também a risada da recepcionista no outro cômodo. — Senti muita dor no peito, achei que fosse ter um ataque do coração, fiquei pensando e remoendo muito questões que me deixam estressada. Acho que foi a pior experiência da minha vida. Eu... — Desviei o olhar para minhas mãos úmidas sobre o colo — Eu achei que fosse morrer de verdade.

Florisbela assentiu, anotando algo em seu caderninho com estampa de flores laranja. Ela me encarou por cima dos óculos e apoiou o queixo sobre a palma da mão.

— Você consegue identificar o gatilho dessa crise?

— Acho que sim.

— O que aconteceu antes de sentir o peito doer?

— Eu mencionei a minha mãe perto do meu pai. Ela só se descobriu lésbica durante o casamento, acabou traindo meu pai algumas vezes e... Eu senti raiva dela durante um tempo por isso, mas eu também entendo que ela não vem de uma geração em que você simplesmente se entendia homossexual e lidava bem com isso. Ela tomou algumas decisões ruins, e eu não sei o que pensar. Só que eu entendo muito meu pai também. Ele tem o direito de sentir raiva. Eu odeio precisar ficar no meio deles.

— Por que você *precisa* ficar no meio? — perguntou ela sem qualquer traço de julgamento na voz.

— Eu... eu... não sei? Só sei que odeio ver meus pais sofrendo, sinto que preciso fazer algo pra resolver isso e deixar tudo bem.

— Você já conversou com eles sobre isso? Sobre como você se sente nessa disputa toda?

Rá, conversar.

Como se isso fosse adiantar alguma coisa.

— Não, nunca conversei — admiti, me aprumando na cadeira.

Olhei ao meu redor, observando os quadros com frases motivacionais sobre a parede azul-bebê. Aquilo deveria me acalmar, mas no momento só me deixava mais ansiosa para ir embora dali.

— É possível que sua crise tenha sido seu corpo querendo dizer algo? — Florisbela indagou com interesse.

— Não sei, mas, parando pra pensar, eu já senti isso antes. No ensino médio, quando me perguntavam o que eu queria *ser*. E eu ficava desesperada achando que não era ninguém. Acho que senti também quando meus pais se sentaram pra me contar o verdadeiro motivo da separação deles.

— O que você sentiu quando eles se separaram?

— Eu pensei que precisaria dar meu melhor pra cuidar deles e não atrapalhar...

— E no ensino médio?

— Senti que atrapalharia a vida dos meus pais por não saber o que queria cursar. Na época, eu já sabia que eles tinham problemas, não queria ser mais um.

Florisbela ficou em silêncio enquanto eu encarava a porta de madeira branca, que se mesclava ao azul-bebê da parede. Formavam uma cor nova por causa das lágrimas que embaçaram minha visão. Dei uma fungada, irritada por ser tão chorona e por estar agindo daquele jeito na frente de uma psicóloga logo na terceira consulta com ela. O que Florisbela acharia de mim?

— No que você está pensando? — ela perguntou, me encarando com mais atenção. — Quer compartilhar?

— Não — respondi rapidamente, limpando as lágrimas dos olhos com força. — Não quero, estou odiando isso.

— A sessão?

— O que eu estou sentindo.

Ela assentiu, respirando fundo.

— Podemos falar de algo mais tranquilo, então — desconversou ela, fazendo um gesto com a mão como se jogasse o assunto sobre o ombro.

— Você comentou na sessão passada que fez um acordo com a sua colega de apartamento, a Amélia.

— Isso, ou Cacau, que é o apelido dela.

— Você se sente mais confortável pra dizer o que exatamente foi esse acordo?

— Acho que prefiro falar dos meus pais de novo.

Florisbela sorriu, balançando a cabeça.

— Por que você não diz sobre o que quer falar, então?

Eu não queria muito, na verdade. Passei o dia ensaiando o que falaria naquela sala, e parecia que tudo estava indo pelos ares. Eu vim preparada para conversar sobre os treinos de basquete e sobre as festas da atlética, agora estava chorando ao falar sobre os meus pais.

Até agora, em todas as sessões, Florisbela me perguntava por que eu busquei ajuda na terapia. E nos três dias eu tive respostas diferentes. Talvez eu tivesse muitos motivos. O primeiro foi porque minha mãe me obrigou depois que meu pai disse a ela que eu agi meio estranho quando o visitei na Páscoa. E o segundo porque eu estava morrendo de raiva de uma professora da faculdade.

Mas a verdade é que era meio libertador e ao mesmo tempo sufocante falar para uma estranha o que eu estava sentindo. Achei que as pessoas dissessem que fazer terapia era ótimo. Até agora, só me rendeu choros compulsivos quando chegava em casa e olhos inchados ao acordar de manhã.

— A Cacau parece ter a vida sob controle o tempo todo — comentei, meio pensativa. — Eu sempre me perguntei como ela faz isso, sabia? Comecei a pensar um pouco mais sobre isso.

— E chegou a alguma conclusão?

— Ela não tem controle de nada, mas sabe o que quer e vai atrás.

Eu não sei o que eu quero. E eu acho que ela é bem mais livre do que eu também.

— Isso é algo que te incomoda? — Florisbela já havia se recostado contra o estofado de sua poltrona e balançava o pé. — Essa diferença entre vocês?

— Honestamente? Não. Eu não gosto muito de admitir isso, mas ela me motiva bastante. Eu que dei a sugestão do nosso, hum, acordo. Não teria feito isso anos atrás, me posicionado e dito o que eu quero.

— O que te fez querer se posicionar?

— A Cacau se posicionaria — admiti sem titubear. — Ela fala o que sente, e eu acho que me sinto um pouco mais... confortável em dizer como me sinto sabendo que ela é assim.

— Ela te passa segurança em questões em que você normalmente é insegura?

Eu nunca tinha pensado dessa maneira, mas em quase dois meses morando com a Cacau, sim, eu poderia dizer que a conheço um pouco melhor a ponto de não sentir que piso em ovos o tempo todo.

— Um pouco...

Florisbela esperou que eu continuasse, mas, diante do meu silêncio, se ajeitou na poltrona novamente e sorriu.

— Eu acho que é bom que a Cacau tenha esse efeito em você, mas é válido que você aprenda a se posicionar por si própria. Podemos trabalhar um pouco disso nas próximas sessões, o que acha?

— Gostei. — Fiz que sim com a cabeça, sorrindo um pouco. — Eu... acho que cansei de não me posicionar. Estou um pouco cansada de fugir o tempo todo.

— Em que sentido?

Por um segundo, me lembrei de Mafê. Passei a mão pelo rosto, sentindo meu estômago revirar somente com o pensamento.

— Podemos deixar isso para a próxima sessão? Acho que não aguento o tranco de mais um baque emocional hoje. — Dei uma risada fraca, totalmente sem humor.

Florisbela concordou e se despediu de mim, dizendo que estava ansiosa para a semana seguinte.

Eu voltei para casa com o coração pesado, lágrimas que me invadiam sem que eu desse permissão. Não me lembro do trajeto até abrir a porta do apartamento e dar de cara com a sala vazia e escura.

Há uma semana, eu estava selando meu acordo com Cacau com um beijo ali mesmo. Antes de dormir, imaginei como seria simplesmente chegar nela e dizer "e aí, bora?", mas decidi optar pela naturalidade.

O problema foi que não a vi fora dos treinos desde então. Treinávamos e ela ia embora, sem trocar mais do que duas palavras comigo. Não quis perguntar por mensagem como ela estava, afinal de contas, não éramos amigas. Pietra me disse que elas estavam conversando sobre a festa que aconteceria na semana seguinte, mas só isso. Cogitei perguntar a Jasão após vê-lo em um dos treinos, mas seria estranho.

Então apenas tomei um banho, me sentei na sala e peguei meu livro largado sobre o rack. Enquanto as páginas de *Orgulho e preconceito* preenchiam os minutos, acabei me deixando levar pelos pensamentos.

Será que Cacau estava arrependida? Será que ela estava me evitando de propósito? Droga, e se eu estivesse incomodando?

Fechei o livro, passando a mão pelo rosto.

— Você não está incomodando — repeti para mim mesma. — Cacau decidiu isso com você, ela não foi obrigada. Você quer isso, América. Respira fundo. Vai dar tudo certo. Um passo de cada vez.

Quando estava prestes a abrir o livro novamente e tentar ler, ouvi o barulho da fechadura. Cacau entrou no apartamento com o cabelo bagunçado, uma calça jeans e um moletom da Realidade Paralela. Carregava vários livros na mão e soprava cabelo para longe dos olhos.

— Quer ajuda? — ofereci, meio desconcertada.

— Pra você jogar um livro na minha cara? Claro que não.

— Para de ser boba — resmunguei e me levantei em um pulo, pegando os livros da mão de Cacau e apoiando sobre a mesa.

— Eu mal parei quieta essa semana, tenho tanta coisa pra fazer que nem estou dormindo direito — Cacau confessou, respirando fundo. Ela se ajeitou, com os fios de cabelo ainda no rosto de um jeito caótico. Levantei a mão, me retraindo antes que pudesse eu mesma ajudar. — Por que está sendo gentil? — perguntou Cacau, sem desconfiar do meu conflito interno.

— Por que você acha que eu vou te atacar o tempo todo?

— Porque você ataca.

— Não — desmenti, balançando o dedo de um lado para o outro. — Eu revido o tempo todo. Às vezes começo uma discussão ou outra, mas boa parte do tempo eu só reajo às brigas que você começa.

Cacau semicerrou os olhos.

— Você está fazendo *gaslighting* comigo, né?

Revirei os olhos, bufando.

— Ai, garota, para de ser assim.

Voltei para o sofá e peguei meu livro. Ótimo, toda a minha ansiedade foi pelo ralo. Cacau estava simplesmente sendo a mesma idiota de sempre. Enquanto ela se refugiava no banheiro e depois andava de um lado para o outro na casa como se estivesse com formiga nos pés, consegui me concentrar na leitura.

Ela era cabeça dura e arisca como o Darcy. Impressionante.

Eu me identificava, ainda que a contragosto, com Jane. Só parei para pensar nisso quando minha mãe assistiu ao filme comigo e disse: "Você às vezes é assim, guarda tudo e não fala nada, nem quem te ama consegue enxergar direito". Então, voltou ao normal como se não tivesse lançado uma bigorna em cima do meu peito.

Desde então, me tornei mais amigável à personagem.

Mas na vida real, nem todo mundo tinha uma irmã como a Lizzie que insistia para Jane ir atrás do próprio amor. Eu, na verdade, me veria facilmente perdendo o amor da minha vida por minha própria necessidade exasperada de não falar.

As linhas do livro borraram diante dos meus olhos, estava completamente perdida dentro dos meus pensamentos.

Cacau passou pela sala cantarolando alguma MPB aleatória e se sentou à mesa, cercada por milhares de livros e seu notebook.

Abri a boca, querendo falar muita coisa, mas não sabia por onde começar. Depois de dois meses morando juntas, o que Cacau pensava sobre mim? Ela ainda destilava veneno ao me ver, mas será que já havia perdoado o ex-namorado? Será que eu seria o bode expiatório de toda a raiva dela para sempre?

— Quer comer? — perguntei, indo contra todos os meus pensamentos, e minha voz saiu meio esganiçada, o que chamou a atenção de Cacau.

— O quê? Você?

— Não! Quer dizer, pode ser — disse meio rápido, já de pé. — Eu não jantei ainda, ia fazer alguma coisa. Quer?

— Eu estou sem grana pra minha parte do mercado no mês, então pode ser. — Ouvi a voz dela vindo da sala. Enquanto isso, eu já estava na cozinha, abrindo os armários. Aquilo parecia ser algo constante para Cacau. Sua parte do armário era sempre menos abastecida e eu a peguei algumas vezes trabalhando de madrugada, em reuniões sobre freelas diversos. Em uma delas, a ouvi conversando com a prima sobre escrever cartas eróticas. Não quis me meter nisso, mas acho que Cacau se sairia bem. — E você tá me oferecendo comida demais ultimamente...

— O segredo da minha comida é um pouquinho de veneno por vez, aí você não percebe o destino final chegando — brinquei e soltei uma gargalhada quando Cacau mostrou o dedo para mim pela porta da cozinha.

Cantei enquanto cozinhava, pensando em muita coisa e nada ao mesmo tempo. Tinha algumas responsabilidades da faculdade, precisava montar o próximo treino do meu grupo mirim de basquete. Muita coisa.

E enquanto minha mente vagava e eu simplesmente me deixava envolver pela torta de frango assando no forno, observei Cacau vindo até a cozinha com o cenho franzido.

— Você cozinha bem mesmo.

— E você cozinha mal, então acho que somos boas roommates.

— Boas roommates não fazem acordos pra transar — ela brincou, abrindo um sorriso grande.

— A gente nunca se contentou em corresponder às expectativas — respondi, mas Cacau balançou a cabeça, reflexiva.

Quando a torta ficou pronta, peguei o meu pedaço e me tranquei no quarto. E enquanto eu a ouvia recitar em voz alta os textos acadêmicos que lia, me peguei sonolenta, quase fechando os olhos ao som de sua voz declamando o que era um arquétipo de heroína romântica.

21. Mulherzinhas

CACAU RODRIGUES

América Figueiredo estragou meu dia — de novo. De manhã, antes de sair de casa naquele sábado, eu estava determinada a apenas ler um pouco, assistir *Modern Family* e mofar até me tornar quase parte do sofá.

O plano ruiu assim que botei os pés na sala e vi que América tinha esquecido a mochila com o almoço em cima da mesa. Eu a ouvi falando na noite anterior com Pietra que não iria a uma festa qualquer porque daria treino de basquete no sábado para algumas *mulherzinhas* lá no centro esportivo.

De manhã, ela fez uma barulheira enquanto procurava potes para pôr sua comida fedida de pessoas que treinam bastante. Ela precisava manter os coxões com algo além de cerveja e do nosso sexo.

E somente quando ela saiu foi que decidi sair do quarto, para finalmente tomar meu café em silêncio, ouvindo os passarinhos lá fora e sem o caos imenso de América. Foi quando vi a mochila. Então aguardei alguns minutos. Ela voltaria, né?

Trinta minutos.

Quarenta.

Peguei meu celular, mandei uma mensagem perguntando se ela tinha caído da cama e deixado um furacão na casa, só para provocá-la, mas ela nem recebeu.

Dez horas da manhã. Ela sentiria fome logo, já que comia que nem uma desesperada o tempo todo. E as pobres *mulherzinhas* lidariam com a América com fome... Uma vez, eu a vi gritar de frustração igual uma criancinha e *chorar* quando o entregador de aplicativo errou o caminho da nossa rua e o pedido dela atrasou mais quinze minutos.

— Ai, que inferno! — esbravejei e marchei para dentro do quarto, vestindo uma camiseta da Realidade Paralela de qualquer jeito. — Maldita, o que custa lembrar da merda do almoço? — continuei xingando ao pegar a porcaria da mochila e as chaves. — Do que adianta ser esfomeada e não lembrar de comer, hein?! — Desci de elevador e cumprimentei o porteiro, maldizendo América durante todo o caminho até o ponto de ônibus que iria até o centro esportivo da USP. — Droga de garota! — exclamei em voz alta ao finalmente descer no ponto certo.

Era uma manhã quente de sol, e diversos times da atlética jogavam por lá. Algumas outras pessoas só aproveitam o bom clima para passear e fazer piqueniques. A pista de atletismo se estendia até perder de vista, com alguns alunos correndo e saltando sobre obstáculos.

E ao longe, observei a porcaria do ginásio de basquete. Atravessei o caminho lutando um pouco para permanecer irritada, mas era *quase* impossível com o sol brilhando, ouvindo a risada de crianças aproveitando o dia com os pais e alunos gargalhando enquanto fugiam de abelhinhas inofensivas.

Entrei no ginásio pronta para xingar América, para despejar todo o caos que costuma ser tão tipicamente nosso, mas tropecei em minhas palavras diante do que se desenrolava ali.

Diversas meninas faziam passes de basquete tão bonitos que me deixaram envergonhada com minha performance. Faziam uma fila, treinavam arremessos, simulavam fintas e se divertiam muito. Algumas eram mais velhas do que outras, mas todas tinham em comum o óbvio dom de quase nunca errar o aro.

Será que eu estava no lugar errado?

Passei os olhos pela quadra mais uma vez e me detive em América, que estava agachada amarrando o cadarço de uma criança de uns oito anos enquanto dizia que o coelhinho passava pela toca.

Aquilo só podia ser brincadeira.

Ela sorria para a criança, com os olhos castanhos brilhando de animação e a pontinha da língua presa entre os dentes, como ela fazia quando eu embarcava nas suas provocações. Eu odiava aquele sorriso. Mas ali, para uma menininha negra com o cabelo preso em dois pompons no topo da cabeça, percebi que era até *bonitinho*. O máximo que América poderia ser fazendo qualquer atividade mundana.

— Ei, tia, pega a bola aí! — gritou uma garota no instante em que uma bola de basquete imensa passou ao lado da minha cabeça. América levantou o olhar e seu sorriso sumiu, dando lugar a confusão e choque.

Me virei para pegar a bola e arremessei da melhor maneira possível enquanto segurava a bolsinha de marmita na outra mão. Com certeza não precisava apertar a alça de velcro com tanta força. Atravessei timidamente a quadra, sob o olhar atento de pelo menos quinze garotas curiosas, que cochichavam entre si e davam risadinhas. Será que eu estava com o cabelo feio? Ah, aquilo era um pesadelo.

A criancinha aos pés de América arregalou os olhos, que ficaram parecidos com bolinhas de gude, quando me aproximei.

— Quem é você? — ela perguntou, dando um sorriso adorável com alguns dentes faltando.

— Ela é minha colega — América respondeu, me atropelando. — Bia, volta lá com o pessoal, já vou.

A garotinha Bia passou voando, sem pestanejar.

América se voltou para mim com curiosidade, e um sorriso sutil surgiu no canto dos lábios dela.

— Não acredito que você já está com saudades de mim, Cacau.

Pisquei lentamente, sentindo o ardor nas costas se arrastar por todo meu corpo. Eu deveria ter ficado em casa. Ter deixado que ela morresse de fome e desse piti na frente dessas crianças.

— O que te faz pensar que eu sinto saudades de você em algum momento do meu dia? — retruquei, fingindo curiosidade. — Se é justamente quando você está distante que enfim tenho paz?

América negou com a cabeça, o sorriso aumentando um pouco mais.

— São dez da manhã, espero que não tenha vindo atrás de mim pra pedir uns beijos. Estou meio ocupada. — Ela apontou para as meninas, que agora haviam desistido dos passes e estavam correndo umas atrás das outras. — Além disso, preciso controlar esse lugar, calma aí. Fica sentada aí no banco.

América correu para o centro da quadra, reorganizando as meninas.

— Bora, pessoal! — gritou ela, batendo palmas. — Vamos começar o jogo 3×2, ok? Meio de quadra. Façam as filas atrás dos cones. Quarenta segundos pra defesa, aí o time que estava defendendo vai pro ataque.

Não voltem pra mesma fila, vamos alternando as posições. — América gesticulou, apontando para cada local enquanto falava. Tinha um apito pendurado no peito, o rosto sério de uma treinadora pronta para motivar suas atletas. E ela estava explodindo de gostosa com uma bermuda folgada e uma camisa preta dizendo "treinadora".

Talvez o meu tesão não fosse nas atletas, e, sim, nas treinadoras.

Cobri a boca com a mão e precisei apertar minhas bochechas para me trazer à realidade. América andou de um lado para o outro, relembrou alguns passes e acertou a cesta todas as vezes. Parecia flutuar na quadra, como se aquela fosse a coisa mais fácil do mundo.

Ela apitou e o jogo começou, então veio caminhando de costas na minha direção até se sentar ao meu lado, sem tirar os olhos das crianças.

— Você esqueceu em cima da mesa. — Estendi a mochila para ela, pigarreando em seguida. Eu estava ficando vermelha, pelo amor de Deus!

— Nossa, nem percebi. — Ela desviou o olhar rapidamente para a marmita, colocando a mão por cima da minha, a fim de segurar a alça. — Não colocou veneno de rato na minha comida, né?

— Seria fácil demais, eu gosto do desafio.

América deu um sorriso de lado e apitou quando o relógio no pulso marcou quarenta segundos. As meninas trocaram de posição.

— Bom, eu vim aqui só pra isso mesmo. A gente se vê depois. — Fiz menção de me levantar, mas América segurou meu pulso.

— Você saiu de casa só pra entregar minha marmita?

Dei de ombros, fugindo de seu olhar.

— Você fica um saco quando está com fome, não queria que as pobres *mulherzinhas* sofressem. E qual é a desse nome, hein? É pra ser uma paródia?

Assim que me denunciei, desejei ter ficado quieta. Em casa. Porque o sorriso quilométrico no rosto de América era idêntico ao que eu odiava. E eu sabia o que estava por vir.

— Estava ouvindo minha conversa com a Pietra ontem? O que mais você ouve por trás das portas, hein, Cacau? E se te deixa feliz em saber, é uma homenagem ao livro *Mulherzinhas*. A cada time que eu pego por ano, deixo as meninas escolherem o nome de um livro pra representar o time. Eu estranhei quando elas pediram *Mulherzinhas*, mas elas se divertem.

Assenti, envergonhada e tentando ignorar o fato de que a mão de América ainda estava ao redor do meu pulso, me segurando no lugar, com um aperto que eu sabia ser muito gostoso em diversas outras posições e situações.

— Passou um minuto. — Indiquei com a cabeça o relógio no pulso. América soltou o meu braço e apitou mais uma vez. — Eu não fico espionando você, isso é bizarro.

— Pena que você não ficou espiando um pouquinho mais tarde. Acho que teria gostado de ouvir o que eu estava fazendo.

Engoli em seco, balançando a cabeça em seguida.

— Não preciso saber das estranhezas que você faz no seu quarto, América.

Ela sorriu e balançou o cabelo preso no típico rabo de cavalo.

— Dessa você ia gostar, eu tenho certeza. Posso te mostrar mais tarde, se quiser.

Me senti um pouco atordoada.

— Eu... hã... — balbuciei, sem jeito.

América apitou mais uma vez, agora se levantando para me encarar de perto.

— Bebe bastante água e fica com roupas confortáveis, a gente vai suar bastante.

Meu Senhor.

América apitou mais uma vez antes de sair correndo para o meio da quadra, me deixando parada e sem qualquer reação senão passar o sábado inteiro ansiosa, esperando-a voltar para casa.

22. Tia Méri recebe muitas visitas num dia

AMÉRICA FIGUEIREDO

Cacau havia desestabilizado completamente o que eu tinha planejado para aquele treino de basquete. As crianças ficaram ensandecidas com ela, queriam que participasse do treino, que avaliasse qual delas era melhor no passe.

— Todas vocês são boas, meninas. Vocês estão aprendendo — eu precisei dizer, tendo que interrompê-las em certo momento.

Cacau sorria, tímida. Como ela aguentava ser marrenta com qualquer pessoa no mundo, menos com crianças de dez anos?

Ela acabou indo embora em determinado momento, mais por perceber que estava distraindo as crianças. Eu não queria que ela fosse. Uma parte minha, não tão ínfima assim, gostaria que ela me visse no meu ambiente natural, ensinando, treinando, guiando.

No fim do treino, eu já estava quase subindo pelas paredes para voltar para casa e me encontrar com ela de novo. No vestiário, corri o máximo possível. Coloquei um moletom por cima da roupa e quando estava prestes a sair, fui interceptada por Mafê, que parecia decidida.

— Meu Deus, é muito difícil te achar por aí, América! — brigou ela, então passou por mim, entrando no vestiário. Arrumei a mochila nas costas e desviei o olhar para a parede atrás dela.

— Você tem meu número — argumentei, tentando ganhar tempo para meu coração parar de bater tão forte. — Não é tão difícil assim.

— Eu não queria conversar com você pelo celular. E não é como se você respondesse às minhas mensagens, né?

Mafê piscou os olhos grandes em minha direção, se inclinando para ver melhor meu rosto cabisbaixo.

— A gente pode conversar ou você vai correr de novo? — ela perguntou, direta. — Essa é minha última tentativa, América.

Enfiei a mão no bolso do shorts, impedindo que qualquer pessoa além de mim visse o quanto estava suada e tremendo.

— Por que você fugiu da república? — continuou Mafê, cerrando os olhos. — Não acredito que tenha sido coincidência eu me mudar e você sair com o rabo entre as pernas poucos dias depois.

— Você sabe por quê, Mafê. — Olhei para cima, sentindo o nervosismo ser substituído por ansiedade pura. — Não adianta fingir que não sabe.

— Eu já te falei que não me mudei pra república por sua causa, tinha uma vaga lá e meu quarto na outra república ia pra outra garota.

— Eu não duvido disso — menti, porque uma parte minha, a paranoica, acreditava um pouco na minha teoria. — Mas ver você tentando me expor de propósito na frente das meninas não era muito confortável, né? O quê? Achou que eu ia ficar tranquila com você me fazendo perguntas constrangedoras na frente delas?

— Você não admite que pode gostar de garotas, América. Eu só estava tentando te ajudar. Começar aos poucos. Te perguntar se você alguma vez já tinha beijado uma mulher naquele jantar da república foi uma brincadeira pra sentir como as meninas responderiam. Queria mostrar que você podia só falar.

— A sua noção de ajuda é dizer que eu precisava contar logo pros outros na marra? — disparei, irritada. — Eu disse pra você, Mafê! Falei que minha situação era complicada. Você aceitou, eu não impus *nada*. Eu te pedi pra respeitar meu tempo e você me encurralou.

Ela pareceu um pouco atordoada.

— América, eu não entendo! Sua mãe é lésbica, por que você não pode admitir que é bissexual? E a Pietra sabia, ela só fingia que não. Hoje em dia ninguém mais liga se você é bi ou não, cara, não é pra tanto!

Desviei o olhar para o chão, respirando fundo.

— Não é da sua conta, Maria Fernanda. A gente ficava, era muito bom, mas eu nunca te dei abertura pra agir dessa maneira comigo. Você não é uma justiceira, eu não preciso que você diga o que é melhor pra mim.

Meu coração batia tão forte que podia senti-lo nos ouvidos. Sentia minha voz tremer, desacostumada a passar tantos minutos seguidos retrucando em uma discussão.

— Eu juro que não falei nada daquilo por mal, cara — ela se defendeu, chegando mais perto de mim. — Só queria ajudar. Achei que você só estivesse sendo covarde e...

— E se eu estivesse, porra? — esbravejei, levantando a voz. — Você não entende que isso continua não sendo da sua conta? A gente não namorava, só ficava às vezes. A gente nunca teve exclusividade, nunca chegamos a conversar sobre ter um relacionamento.

Maria Fernanda suspirou.

— Você tem razão, foi mal.

— Foi mal?

— É, desculpa.

Dei uma risada fraca e olhei para cima, passando a mão pelo queixo em incredulidade.

— Eu acho que só... — ela suspirou, cansada — Fiz e falei tudo isso porque eu senti que você não gostava tanto de mim só porque não tinha se assumido, ok?

— Você fez tudo isso pra dizer que gostava de mim, Mafê? — sondei, porque aquilo só podia ser loucura. Não era possível. — Não tinha nenhuma outra forma? Uma carta? Um buquê de flores, sei lá?

Mafê riu baixo, negando.

— Eu fiquei com medo de falar que gostava de você e... você simplesmente me jogar de escanteio porque não sabia lidar com a própria sexualidade.

Engoli em seco, sem resposta diante daquela teia de aranha se formando entre nós duas.

— Eu teria retribuído — confessei, olhando-a nos olhos. — Meses atrás, eu teria dado uma chance pra gente.

— E não é mais uma possibilidade?

Havia um pouco de esperança ali, somente o suficiente para deixar a voz dela um pouco mais alta, o suficiente também para me fazer suspirar de tristeza.

— Não. Você jogou isso fora quando começou a achar que podia me manipular, Mafê. E isso bem antes de você dar as caras lá na república.

Eu realmente não tinha ideia de que você gostava de mim, e se você acha que eu ia te dispensar como se fosse qualquer coisa... Eu jamais faria isso com você ou com qualquer pessoa.

— Você nunca diz o que sente, parece que nunca quer falar sobre seus sentimentos! Eu não sabia *como* falar com você, América. Às vezes só parece que você não se importa com nada nem ninguém, então por que eu acharia que você se importava comigo?

Eu estava acostumada a lidar com os baques emocionais depois de muito tempo que aconteciam. Enquanto Mafê proferia palavras que habitariam minha mente por muitos meses depois dali, não pude fazer nada além de ouvir, de sentir cada uma delas perfurando meu coração como um milhão de pequenas agulhas.

Gostaria que ela soubesse o motivo, mas nem eu sabia. Queria que alguém me desse as respostas para simplesmente parar de me sentir daquela maneira, de ser incapaz de demonstrar por completo o meu amor.

— Se você nunca confiou em mim, por que insiste em dizer que gostava de mim, Mafê? Tudo que você diz e faz parece contraditório. Não confia em mim, mas diz que gostava de mim? Imaginou que eu te deixaria de lado e achou que me tirar do armário seria uma maneira de me fazer gostar de você? — Balancei a cabeça, dando uma risada sufocada. Engoli em seco e passei a mão pelo rosto, me sentindo cansada.

— América... — começou ela, mas a interrompi com o dedo levantado.

— Se queria um relacionamento comigo, se você me quisesse de verdade, teria me perguntado, teria falado comigo, teria sido honesta. Não teria me constrangido desse jeito.

Mafê assentiu, olhando para o chão com o semblante fechado.

— Acho que você tem razão.

— Simples assim? — questionei, curiosa. — Não vai mais jogar nada na minha cara? Eu ainda tenho quinze minutos antes do próximo time vir aqui usar o vestiário. Se quiser aproveitar, a hora é agora.

— Eu não preciso do seu sarcasmo agora, América — ralhou ela, me encarando com os olhos atentos.

— Ah, sim, sinto muito, Vossa Alteza. Você pode falar esse tanto de porcaria sobre mim, mas eu preciso aguentar calada e ser a criatura mais racional do mundo? Ah, vai pra porra, garota.

Arrumei a alça da mochila nos ombros e dei as costas, batendo os pés, sem olhar para trás. Eu não tinha problema em estar indo embora. Não era covardia. Eu só estava cansada de ouvir e de falar. Nem todo encerramento é pacífico. Aceitei que talvez minha questão com Mafê nunca ficasse bem-resolvida, ainda mais depois desse show de horrores.

Voltei para casa a pé, precisando descontar no asfalto toda a frustração que me enchia em um redemoinho infindável. E se ela contasse para mais alguém só de raiva? E se decidisse falar para todo mundo na república? E se... Estagnei no lugar, respirando entre as pontadas de dor no peito e as lágrimas se esgueirando pelo canto dos olhos. Respirar fundo seis vezes. Certo. Eu não poderia controlar as atitudes de Mafê. Fiz o certo. Não fugi como fiz das outras vezes. Eu não fugi.

O caminho até em casa foi um grande borrão. Mal me lembrava dos semáforos de trânsito, se havia muito barulho ou não naquela metrópole caótica. Meus pensamentos eram numerosos demais para que eu sequer conseguisse contá-los antes que se metamorfoseassem em novos.

Cacau estava no banho quando larguei a mochila no sofá e fui para meu quarto, me afundando no colchão. Fiquei encarando o teto até que a cor clarinha perdesse o sentido. Minha vista embaçou mais uma vez e funguei, coçando os olhos com as costas da mão.

— Você está em casa! — exclamou minha colega de apartamento à porta do quarto, se apoiando na soleira. Ela estava só de calcinha, sem qualquer vergonha em desfilar pela casa. Eu já estava acostumada àquele ponto. — Tudo bem? Tá com a cara péssima, América.

Voltei a encarar o teto, suspirando.

— Só cansada — menti, dando de ombros. — As crianças me deixaram meio exausta.

— Ah.

— Por quê? — Me apoiei nos cotovelos. Cacau não precisava saber sobre minha história com Mafê. Para ela, eu provavelmente era só uma grande hétero confusa com minha própria sexualidade. Não havia nada entre nós duas. — Você parece decepcionada.

— Não, é só que você falou...

— Ah, sim! — exclamei, rindo. — Vai se trocar, falei que você ia suar.

— Me trocar? — indagou, curiosa. — Mas...

Seu semblante caiu imediatamente ao olhar mais atentamente para meu quarto e parar no canto extremo. Meu sorriso aumentou proporcionalmente à sua frustração crescente.

— Mais forte, Cacau. Tá com pena, é? — perguntei alguns minutos depois. Ela estava de volta ao quarto, eu estava quase sentada em sua cabeça.

— Faz você então, babaca. Acha que consegue fazer melhor do que eu?

— Com certeza. Abre direito essas pernas e agacha, não alcanço aí embaixo.

— Aaaah, para de ser mandona assim, loira do inferno! Eu tenho escoliose!

— Isso aí vai pro pote do xingamento, viu? E você que topou me ajudar a reorganizar minha estante, Cacau.

Ela segurou os livros pesados com a mão e se agachou para encaixar as lombadas imensas na estante recém-montada. Eu estava limpando os nichos de cima, colocando os livros aos poucos, enquanto ela penava, agachando o tempo inteiro. Bem feito. Isso era pelo elevador quebrado quando me mudei.

— Não topei organizar nada! Você me enganou com segundas intenções! — ela exclamou com raiva.

— Você tem uma mente depravada, eu não tenho culpa *nenhuma* disso.

Me inclinei para pegar um livro com muitas marcações e rabiscos no fundo da estante e analisei a lombada de *Gay de família*. Um dos meus livros favoritos.

Cacau se levantou, alongando as costas, então olhou para o livro na minha mão e o pegou para si.

— Vou pegar esse emprestado — anunciou, colocando o livro ao meu lado.

— Quem deixou?

— Você me enganou, eu achei que ia finalmente transar e recebi uma faxina. Eu até botei minha calcinha bonita. Você acha mesmo que eu vou sair daqui sem uma recompensa?

— A calcinha não faz diferença nesse cenário, você sabe disso, né?

Ela não me respondeu, claramente irritada. Não, não irritada. Só no seu estado natural comigo, sem saber se queria me estapear ou me beijar. Eu gostava dela assim na maior parte do tempo.

— Cacau — chamei, fazendo com que ela levantasse o rosto para me encarar —, eu não te enganei.

Ela encaixou o último livro e me encarou de baixo.

— Eu não estou implorando por migalhas suas — retrucou a contragosto, com aquela leve faísca de indignação e orgulho se tornando uma labareda. — Eu só entendi errado, tá ok? Agora me ajuda a acabar isso aqui, quero sair pra dar um passeio.

— Já são oito da noite.

Ela bufou alto e enfiei mais um livro na pilha.

— Me deixa, criatura.

Para onde Cacau poderia ir àquele horário? Talvez fosse apavorar criancinhas. Ou ela viraria um lobisomem. Honestamente, eu acreditaria em qualquer possibilidade.

Observei com divertimento como ela olhava para a estante, vendo se havia deixado algum pedaço sem limpar. Me enchia de empolgação que a cada dia com Cacau eu pudesse entender melhor como a cabecinha inteligente dela funcionava. Às vezes, queria dar uma olhadinha lá dentro, ver como as engrenagens giravam, se às vezes ela também sentia calor na boca do estômago toda vez que a gente se encarava por tempo demais, se ela já havia perdido alguns segundos de sono pensando quase com culpa se seria uma boa ideia ir dormir comigo no meu quarto.

— Vamos sair — anunciei, limpando o suor da testa com as costas da mão.

Cacau deu uma risada falsa, e seus cabelos castanhos compridos se moveram junto com ela, atraindo minha atenção para cada fio que acabou grudando no rosto dela.

— Eu não vou sair com você — ela desdenhou.

— Vamos assistir a um jogo de basquete num bar de esportes.

Ela fechou a boca, parecendo meio desgostosa por estar empolgada para sair comigo. Controlei um sorriso largo, mordendo o cantinho da boca. Mimada e teimosa.

162

— Ok, mas você paga o Uber — ordenou Cacau com o nariz empinado antes de sair do quarto.

Balancei a cabeça, dando risada comigo mesma enquanto me trocava para levar Cacau para conhecer um dos meus lugares favoritos do mundo.

23. Ouvidos absolutos e times rivais

CACAU RODRIGUES

Sem nenhuma surpresa, América torcia para o time rival ao meu.

— Como você torce para o Bucks podendo ser torcedora do Boston Celtics? — perguntei, indignada.

— Você escolheu literalmente o pior time possível para torcer, Cacau.

Tomei um gole do suco de laranja enquanto o jogo se encaminhava para o intervalo do penúltimo quarto. Estávamos ali havia quase uma hora, e dava para entender por que América gostava tanto daquele lugar.

Havia mesas de sinuca espalhadas, com televisões enormes acima delas, mostrando diferentes jogos. Naquele dia, no entanto, estava rolando os playoffs da NBA, e aquele parecia ser um novo clássico surgindo, ainda mais com Jrue Holiday, antigo jogador querido do Milwaukee Bucks, passando para o Celtics. Por isso, o bar inteiro estava assistindo esse jogo. Estávamos cercadas por fãs de basquete, que gritavam e riam enquanto bebiam, jogavam um pouco e assistiam ao jogo do time.

— Eu te imagino aí, sabia? — apontei com a cabeça para a televisão enquanto passava uma propaganda da WNBA, a competição feminina de basquete. América me encarou com curiosidade, se recostando contra o estofado da mesa reservada que pegamos. — Jogando e tudo mais. Você é boa.

Ela pairou com o polegar sobre o lábio, contemplativa. Então voltou a encarar a televisão quando o programa começou a mostrar o destaque de outros esportes.

— Eu queria muito ser treinadora — ela confessou com um sorrisinho que se esgueirava para o canto dos lábios, como se ela estivesse se controlando para dizer o que queria de verdade. — Desde criança, eu sempre adorei esportes, mas pensar em esquemas táticos, treinar pessoas... Ah, é disso que eu gosto.

Encarei o tampo da mesa de madeira, circulando a base do copo.

— Sabe — comecei, chamando sua atenção —, eu pesquisei bastante sobre o intercâmbio. A Universidade Duke renovou contrato com a USP este ano.

América juntou os lábios numa linha fina, claramente fisgada pela nova informação.

— Eles são uma ótima universidade pra esportes — ela concluiu, e eu assenti.

— Sim, eu sei. Você devia se inscrever. Não tem nada melhor do que começar a carreira em uma das universidades que mais leva mulheres pra WNBA, né?

— Cacau... — ela alertou, receosa. — Eu não conseguiria a bolsa.

— Você não conseguiria ir sem ela? Eu só acho que se é um sonho tão grande que você tem e seus pais podem te ajudar financeiramente, por que não tentar?

América se ajeitou no banco estofado, então se aproximou mais de mim, me encarando por cima com a boca levemente aberta.

— Pode admitir que se importa comigo, Cacau, prometo só usar isso contra você umas dez vezes por ano.

Gargalhei, jogando o cabelo para trás dos ombros só para poder fazer algo que não encarar a boca de América. Ela deu um sorriso de canto, se demorando a voltar para meus olhos. Foquei nos lábios pintados de gloss amarronzado, no delineado que realçava sua astúcia toda vez que ela cerrava os olhos para me explicar alguma coisa muito difícil sobre basquete.

Ela assentiu de forma tão sutil que eu não perceberia se não tivesse tão concentrada nela e em como seus olhos estavam voltados para mim. O silêncio se estendia entre nós duas, mas não era desconfortável, e sim cheio de estática. Minhas palavras derretiam antes de chegar à boca, e eu estava inteiramente perdida no olhar certeiro de América, como se ela me quisesse ali com ela para sempre, como se minha presença fosse importante.

— Eu me importo com você, é? — provoquei, a voz sumindo aos poucos.

— Aham — sussurrou ela, com a boca quase sobre a minha, então o bar inteiro comemorou uma cesta e ela se afastou, dando um sorriso constrangido.

— Eu só quero te mandar para outro país o mais rápido possível. — Estalei a língua no céu da boca, mas América não pareceu se importar com aquilo.

— Você sabe que Duke fica no mesmo país que a Notre Dame, certo?

— Isso é só um detalhe — desconversei, sem jeito com a risada dela tão perto de mim.

O jogo voltou a passar, e a câmera focou em uma tatuagem de tartaruga na perna de um dos jogadores.

— Fiz uma tatuagem porque amo baleias, sabia? — comentei enquanto rodeava a borda do copo com a ponta do dedo indicador. — Gosto muito do oceano.

América acompanhou atentamente quando eu levantei o cabelo e mostrei uma tatuagem pequena na nuca, uma cauda de baleia.

— Eu também. — Ela sorriu, tomando mais um gole tímido de sua caipirinha. América bebia devagar demais. Estávamos naquele bar há uma hora e ela não saiu daquele copo. — Meu pai se mudou pra praia depois do divórcio, então sempre que estou por lá, faço o possível para não sair de perto do mar.

O olhar de América se perdeu no copo de vodca com morango. Foi bom que ela estivesse distraída, porque eu tentava (porcamente) esconder a surpresa em descobrir algo sobre a vida dela daquela maneira.

O que restava entre nós duas além das provocações e da raiva que nutri nos últimos dois anos? Havia um gosto agridoce em reconhecer que América poderia ser uma pessoa amigável. Talvez fosse a parte mais difícil de todas, na verdade.

— Eu tenho uma pergunta — comecei, sem me dar a chance de voltar atrás.

O pessoal do bar berrou quando um dos times fez uma cesta, mas eu não desviei os olhos de América por um segundo sequer.

— Você em algum momento se arrependeu de ter beijado o Pedro naquela festa? — questionei num fôlego só. Talvez, eu tivesse medo da resposta. Medo de América validar o próprio caráter de maneira negativa.

Ela desviou o olhar do meu por um instante, me deixando sem ar.

— Sim, o tempo todo. Sem parar.

— Sério?

— Eu não sou sem caráter como você pensa, Cacau — ela murmurou e passou a mão pela nuca, parecendo cansada.

— Acho... que acredito — confessei. América arqueou a sobrancelha, desconfiada. — Quer dizer, eu não sei. Eu só... Já passou. Acho que fiquei guardando tanta mágoa de você porque achei que seria mais fácil te odiar do que responsabilizar o Pedro como ele merecia.

América assentiu silenciosamente.

— Desculpa por aquilo, Cacau. De verdade. Eu queria poder mudar tudo o que rolou, mas não dá.

Meu estômago quase deu um nó ao vê-la tão séria. Era a primeira vez em dois anos que conversávamos sobre o que havia acontecido. Não nos conhecíamos direito, e a única coisa que eu sabia sobre ela na época é que era uma idiota sem noção que pegou meu namorado numa festa em que eu estava presente.

Muito a contragosto, eu estava perdoando América conforme os dias passavam enquanto a conhecia melhor.

Engoli em seco, subitamente sentindo a necessidade de me defender, de me segurar um pouco para confiar em América. Mas ao mesmo tempo... valia a pena guardar rancor daquilo?

— Eu gosto quando você usa camisa de times de basquete — despejei, querendo de qualquer maneira impedir meus pensamentos de voltar para lugares íntimos demais nos traumas geracionais que assolavam minha consciência.

América olhou para a própria roupa e voltou a levantar o rosto, deixando os cabelos loiros tingidos caírem sobre os olhos. Estiquei a mão, tirando uma mecha da frente, sentindo sua pele macia na ponta dos meus dedos.

— Eu usei hoje porque você disse semana passada que tinha gostado da cor.

— Fica bem em você — reforcei o elogio.

Peguei o copo de suco e tomei mais um gole generoso, tentando refrescar a quentura que percorria minhas costas.

O jogo continuou por mais alguns minutos. Eu já estava à beira do banco, gritando junto com um cara chamado João que havia se apresentado como fã número um do Celtics. Eu me diverti com suas piadas, com o jeito como ele falava mal do Bucks e como América vez ou outra revirava o olho para ele, puramente tomada pelo espírito competitivo.

— Vocês não querem vir pra minha mesa? Tô com uns amigos aqui, eles também são da USP, igual vocês. — Ele apontou para a mesa, retomando a conversa que tivemos quando nos apresentamos.

Eu me virei para encarar América. Ela deu de ombros, mas eu não queria estar com ninguém além dela naquele momento.

— Não vai dar, minha namorada — apontei para ela — está triste porque o time dela vai perder pro nosso. Lamentável, né? Vou ficar aqui pra consolar ela depois.

América me encarou com atenção, desacreditada daquele teatrinho.

— Amor, você sabe que eu não me importo com seu time — ela retrucou, desafiadora. — Valeu, cara, a gente vai ficar por aqui. Minha *namorada* aqui não sabe ganhar. Vamos ter uma DR depois.

João assentiu, desconfortável, e disse que ia pegar uma cerveja. Quando ele se afastou, me virei para América gargalhando.

— Sério? Eu não sei ganhar?

— Não. Você é uma péssima perdedora e uma vencedora pior ainda, Cacau.

— Mentira.

— Você quase voou no pescoço daquele palestrinha insuportável que tirou uma nota maior que você na aula de poemas hesiódicos.

— Não é por causa da nota — me justifiquei diante da sua provocação risonha. — Ele é um babaca, ok?

— Você está certa, namorada.

Desviei o olhar para a televisão, determinada a ignorar a sensação gostosa ao vê-la sorrir e continuar aquilo com a maior naturalidade do mundo.

— Você vai pegar no meu pé por quanto tempo por fazer essa brincadeira? — sondei, um pouco exasperada demais.

— Até você parar de ficar vermelha e envergonhada.

Ignorei América, implorando ao meu corpo que parasse de arder em chamas e só ficasse quieto.

— Sabe... — Não me controlei, incapaz de ficar quieta. — Você topou rápido demais eu te chamar de namorada.

— Imaginei que fosse porque você sentiu uma vibe meio estranha do cara e não sabia como deixar claro que não tinha interesse.

Bingo.

— Você acha que eu fui precipitada? Vai que ele não queria nada e era só coisa da minha cabeça — ponderei, cogitando por instantes se eu era só defensiva demais.

— Eu acho que é sempre melhor não pagar pra ver — ela respondeu, sucinta. — Você não tem problema em dizer não, Cacau, eu te conheço. Se você sentiu necessidade de mentir pra esse cara porque sentiu que ele flertou e você não queria retribuir, eu sou a última pessoa a te julgar por isso. Você não se sente completamente segura num bar de esportes cheio de homens. Ok. A gente nem sempre consegue dizer não, mesmo quando quer.

Me afundei no assento acolchoado, fazendo que sim com a cabeça e tentando ignorar a sensação desgostosa que me puxava para baixo, para mais dentro das minhas próprias paranoias.

Não duvidava que ele fosse gente fina, mas percebi que estava flertando, e eu só não queria. Simples assim. Se só tivesse me afastado, dito que não estava interessada, seria diferente?

Voltei a assistir ao jogo, tentando espantar meus pensamentos aleatórios, que com certeza me levariam numa espiral de caos até o pior cenário possível.

O último quarto do jogo havia começado quando uma movimentação vinda de perto do bar chamou minha atenção.

— Caras, tô falando, elas são um casal e são rivais. A mais legal torce pro Celtics, claro... Elas são super gente fina, bora lá.

Reconheci a voz de João, nosso novo amigo de bar, antes que pudesse ver quem o acompanhava.

— Cacau?

Vindo em minha direção, Pedro estava acompanhado de seus amigos, com um sorriso confuso. Ele continuava o mesmo de sempre, cabelo enrolado e castanho e o piercing no canto da boca que me conquistou facilmente. Ele olhou de mim para América, sem entender.

— Ih, vocês se conhecem? — João apontou para nós. Me voltei para minha colega de apartamento, buscando em seu rosto algo que me ajudasse naquela situação.

— *Essa* é a Amélia — explicou Pedro, e João fez um "ah" prolongado antes de coçar a nuca.

— Porra, foi malzão.

Silêncio. Os outros amigos de Pedro e João ficaram para trás, analisando aquela situação desconfortável.

— Não sabia que você estava bandeada pro lado da América agora, Cacau... — Pedro comentou num tom casual.

— Ah, por favor! — América se levantou da mesa, olhando com raiva para o meu ex-namorado e depois para mim antes de simplesmente se virar de costas. — Eu vou ao banheiro e pagar a conta, cansei de basquete por hoje.

E me vi sozinha com Pedro, porque João deu um jeito de sair dali. Decidida a ignorá-lo, fui na direção que América havia seguido poucos instantes atrás.

— Ei, eu não acredito muito em destino, mas acho que esse é um sinal pra gente conversar, Cacau — disse ele entre a música alta e jogos passando em uma das outras televisões do bar. — Eu tô com saudade da nossa amizade, de verdade.

Aquilo simplesmente parecia falso, uma tentativa de reafirmar o próprio ego. Porque meu ex era esse tipo de pessoa, e eu só me ressentia por ter demorado tanto tempo para largar aquele navio encalhado na areia.

— Saudade o caralho, garoto — respondi, curta e grossa. — Some daqui.

— Espera aí, cara, tô falando contigo — Pedro me interrompeu mais uma vez, segurando meu pulso. Me desvencilhei do toque, olhando com raiva para o ponto em que ele havia me segurado. — Qual foi, Cacau? Vai guardar mágoa até quando?

— Eu sei lá, Pedro Henrique — retruquei, frustrada. Estava ansiosa. Queria sair logo dali, encontrar América e voltar para casa. — Talvez até você parar de encher a merda do meu saco. Já falei que não quero papo com você.

— Você consegue perdoar a América, mas não a mim?! — ele exclamou, irritado. — O que ela te disse pra te convencer de que eu sou um monstro e ela é uma coitada?

— Ah, por favor, você quer mesmo que eu fique mais brava com ela do que com você? Quem tinha um compromisso comigo era você, ô, Pedro Henrique. E eu preciso mesmo te lembrar que você me traiu com meio mundo?

Ao nosso lado, uma mesa cheia de caras usando camisa de hóquei nos encaravam descaradamente, entretidos. Me virei para eles, fuzilando-os com os olhos, e foi o suficiente para que voltassem a pelo menos fingir que não estavam ouvindo. Mal-educados.

— Eu já disse que me arrependo daquilo — reforçou Pedro, um pouco mais frustrado. — Você não pode me perdoar? O que diferencia a América de... — Ele pareceu ter compreendido alguma coisa. — Vocês são um casal agora?

— Não — afirmei prontamente.

— O João chegou falando de um casal de namoradas... Ah, sim, você realmente consegue ser uma hipócrita quando quer, né? — Os olhos dele se inflamaram de irritação, um provável reflexo dos meus naquele instante.

— Eu não acho que seja da sua conta com quem eu namoro ou não depois que a gente terminou. Você perdeu totalmente o direito de opinar quando eu precisei ir na porra do CAPS fazer testes de ISTS por sua causa! — Enfiei o dedo no peito dele, pressentindo que eu estava falando mais alto, não que o volume ao meu redor estava diminuindo.

— E você acha que a América é muito diferente? — provocou ele, se inclinando para me encarar mais de perto, diminuindo o tom de voz. — Por que você acha que eu fui atrás dela? Porque ela é um exemplo de pureza e castidade?

Puxei o ar com força, cerrando os punhos ao lado do corpo para não explodir na cara dele.

— Você continua tentando justificar o que fez comparando a sua merda com a de outra pessoa. Isso não vai aliviar sua barra, cara, já te falei. *Você* era meu namorado, *você* me devia respeito e *você* é o culpado por isso, ninguém mais.

Nos olhos de Pedro, observei cada uma das emoções que eu havia aprendido a reconhecer. Raiva. Tristeza. Melancolia. E, no fundo, culpa. Mas ele não era inocente ou bobo para poder justificar suas ações com aquele olhar.

— Cacau... — lamuriou, passando a mão pelo rosto.

— Tchau, Pedro.

Me virei de costas e cortei o mar de pessoas para chegar até América, que estava pagando nossa comanda. Ela me viu chegar, mas passou a olhar para o próprio celular, obviamente sem querer falar comigo.

Apontei para a saída com a cabeça. A porta era coberta por um LED vermelho, mergulhando nossas expressões em sombras. Isso até atravessarmos para a noite gelada. Me aprumei no casaco, balançando para frente e para trás com os pés.

Ela chamou o Uber depois de me convencer de que não tinha problema e que compensaria a noite fracassada. Normalmente não me incomodaria com o silêncio, porém passei o caminho inteiro para casa inquieta, sentindo a garganta pinicando de um jeito familiar. Acontecia muito quando eu pensava na América e naquela situação desastrosa de dois anos atrás.

Foi em uma festa durante as férias. Eu só queria buscar um lugar para sentar depois de dançar, mas dei de cara com América e Pedro se beijando contra uma parede. Não me orgulhava do que tinha feito em seguida. De ter perdido a noção, de ter estapeado meu namorado. América simplesmente saiu correndo, sem olhar para trás.

— Por muito tempo, eu achei cômodo te odiar — comecei em certo momento, sem encará-la, com a coragem esvanecendo a cada instante. — Dividir a raiva entre você e o Pedro foi mais fácil do que lidar com a mágoa e a tristeza que eu senti por ele.

Passei a mão sobre a boca, sentindo a ardência de colocar aquilo para fora pela primeira vez para outra pessoa além da minha psicóloga.

— Eu acho que você só foi um bode expiatório pra todas as garotas com quem o Pedro me traiu, sem que eu soubesse quando ou quem eram.

Tentei observar a expressão de América de soslaio, mas não consegui decifrá-la enquanto o Uber cortava as ruas. As luzes dos postes alternando com a escuridão completa me impediam de ver o rosto dela por inteiro.

— Isso não é justo — respondeu América, finalmente.

— Eu sei que não é. Mas não foi justo você beijar meu namorado também.

América ficou em silêncio, encarando a janela.

— É, eu devia ter dito não.

— Chegamos — o motorista anunciou, enquanto sua tela apitava, perguntando quantas estrelas merecíamos pela viagem. Só pelo drama, talvez cinco.

Saí do carro, batendo com os sapatos na calçada no mesmo instante em que América fechou a porta do outro lado. Ela enfiou as mãos nos bolsos do moletom, caminhando de cabeça baixa ao meu lado pelo hall de entrada até o nosso apartamento.

— Boa noite, Cacau — ela murmurou antes de se trancar no quarto.

América precisava do espaço dela, e eu, do meu. No dia seguinte nós poderíamos conversar e voltar ao normal.

Pelo menos era o que eu esperava.

América, porém, me evitou pelos dias seguintes.

24. Dia 1º de maio é o Dia do Trabalhador, dos bêbados e dos universitários

CACAU RODRIGUES

Havia chegado o dia que eu jamais imaginei viver em toda a minha vida universitária. Eu estava oficialmente participando de uma festa — não como uma aluna qualquer dançando por aí, e sim *trabalhando*.

Pietra e eu passamos as duas últimas semanas totalmente focadas em conversar com os times da FFLCH, montar uma escala de trabalho ao longo da noite e organizar as vendas. Aquela festa específica era feita junto com a atlética de Comunicação e Artes. Isso justificava o espaço inteiro apinhado de jovens de diferentes cursos, todos fantasiados. Alguns com fantasias mais elaboradas, outros, um pouco mais simples.

— Essa festa está um sucesso, Cacau — Pietra comemorou ao me dar um abraço apertado.

— Graças a você! Que trabalho incrível — comemorei com ela, dando um abraço rápido por cima das folhas da fantasia que espetavam meu rosto.

Ela estava vestida de Hera Venenosa, com o cabelo ruivo caindo em cascatas pelo rosto. Estava quase sem roupa e a admirei muito por confiar tão cegamente em folhas falsas para se cobrir. Tem gente muito corajosa no mundo.

— A música está ótima, os DJs são bem legais e até agora ninguém quebrou nenhum patrimônio da faculdade — ela celebrou com um riso alto demais. Estava bêbada, com certeza. — E você tá uma delícia nessa fantasia, hein?

Eu dei uma voltinha, mostrando minha fantasia completa de Xena, a princesa guerreira, também conhecida como a primeira mulher que me fez questionar o que era aquela sensação estranha no peito sempre que via a atriz fazer piruetas pelo ar e sorrir para Gabrielle, sua ajudante. Eu nunca tive dúvidas de que elas eram um casal.

Meus pais desconfiaram do meu jeito "diferente" quando perguntei para eles se eu podia fazer duas Barbies se beijarem. Só entendi muito mais tarde que as reuniões de oração com minhas tias eram motivadas pela minha ignorância em saber que Barbies beijavam o Max Steel, não outras Barbies (ou Bratz).

No começo, meu pai achou que eu era lésbica. Acho que nem passava pela cabeça deles que eu podia ser bissexual, eles pensavam que só existiam gays e lésbicas.

Minha mãe nunca chegou a conversar diretamente comigo sobre isso, sempre agindo por baixo dos panos. Só descobri bem mais velha que meu pai levou um pouco de tempo para aceitar que sua filha não gostava tanto assim do Ken namorando a Barbie, e que foi minha mãe que o ajudou a chegar ao ponto de hoje em dia perguntar: "E quando você vai trazer uma namorada pra casa?".

Nem todo mundo tinha a mesma sorte de ter uma mãe como a minha, mas, caramba, como eu amava meus pais por tirarem pelo menos esse trauma da lista imensa com que quase todo jovem precisa lidar enquanto cresce.

Infelizmente, eles não me prepararam para lidar com pessoas como a América. Estávamos há duas semanas sem nos falarmos direito, só dando bom-dia e boa-noite, quando necessário. Talvez motivadas em parte pelo desconforto da nossa última conversa ou por não saber como dar o primeiro passo.

Só não esperava que aquelas duas semanas me fizessem sentir falta de ouvir a voz irritante de América por aí. Quer dizer, eu tinha me acostumado a sentir o cheiro de comida fresca toda noite enquanto eu assistia a alguma porcaria na televisão, e a ouvir América falar por telefone com a mãe, com a voz mais rígida e cautelosa, ou com Pietra, com quem passava horas conversando, mesmo a tendo visto há pouco tempo no treino. Um dia desses, jurei ter ouvido algumas falas de *O poderoso chefão*.

Mesmo nas reuniões da atlética, de que eu havia começado a participar a pedido da própria América, trocamos poucas palavras e pouquíssimos olhares. Ela continuava acordando mais tarde do que eu e voltando ainda mais tarde depois da faculdade.

Percebi que a situação estava séria mesmo quando ela cancelou nossos treinos. Continuei indo pelo menos no das calouras, aproveitando para me enturmar com algumas meninas do time.

E culpei a nossa Guerra Fria por sentir meu estômago embrulhar ao vê-la chegar para seu turno da noite na barraca de bebidas, junto comigo e Pietra. Eu não sabia qual seria a fantasia dela, mas definitivamente não esperava a Britney Spears no clipe de "Baby One More Time".

Fiquei levemente atordoada com a imagem de América Figueiredo usando pompons rosa na cabeça, com trancinhas loiras.

— Cara, eu falei que você ia ficar gostosa demais na minha fantasia do ano passado! — Pietra soltou um gritinho quando América se aproximou.

América mal me encarou antes de sorrir para a amiga e lhe dar um abraço rápido.

— Eu acho que a saia ficou meio curta.

— Tá ótima — Pietra desconversou, dando uma analisada no tecido da saia na parte de trás. Ela somente balançou a cabeça e fez um sinal positivo com o polegar. — Bem coberto, ninguém vai ver nada. — Então bateu palmas e sorriu para nós duas. — Vamos ao trabalho!

Cumprimentei as meninas do handebol que estavam escaladas até o horário da uma da manhã e estavam praticamente implorando para ir dançar os hits dos anos 2000 que explodiam ao longe na caixa de som.

Dei uma olhada novamente nos preços das bebidas na tabela e comecei a atender os bêbados desesperados com calma. Era uma horda deles. Eu pegava as canecas, enchia com bebidas tão tóxicas para o fígado que somente o cheiro delas me causava repulsa, então entregava a eles com um sorriso imenso e dizia: "Boa festa e beba com moderação!". Uma garota chegou a gargalhar e responder algo como "você é muito fofaaaaa!".

Passei a noite com receio de que o clima ficaria estranho com América, mas eu não tinha tempo sobrando para observá-la, já que minha atenção estava voltada unicamente para diminuir a fila que parecia nunca acabar.

— Ei, Xena! — gritou um cara da fila. — Posso pagar a minha cerveja em beijos?

Franzi o cenho, o ignorando.

— Qual foi, nem um beijinho? — ele insistiu, e aquilo fez meu coração bater um pouco mais forte.

— Se você quiser, pode pagar a cerveja me deixando dar um socão na sua boca, que tal? — gritei por cima da música, de cara fechada.

O garoto fantasiado de pirata saiu sem a bebida, praguejando. Dei de ombros e fui para a pessoa seguinte.

— Tudo bem? — Eu me virei para trás a tempo de ver América parada perto de mim, parecendo preocupada. — Ele fez alguma coisa?

Neguei com a cabeça, sentindo as batidas erráticas no peito irradiarem para a cabeça, para os ouvidos, rugindo com força enquanto América levava a mão ao meu ombro.

— Eu tô bem, era só mais um idiota que acha que pode beber e fazer o que quiser.

América assentiu e se afastou de novo, sem dizer mais nada. Pelos minutos que se seguiram, eu a acompanhei pelo canto do olho enquanto ela sorria para todos, cumprimentando colegas da atlética e contando piadas o tempo inteiro. Ela jogava as tranças de um lado para o outro, piscava para seus amigos ao entregar as bebidas e tinha uma sombra daquele sorriso que perturbava minha vida. Mas ele não era completo. E aquilo causou uma nova sensação estranha. Eu gostava que América tivesse seus sorrisos e respostas mais atravessados para mim.

— Cara, foi mal — comentei, após quase derrubar a bebida de uma garota vestida de Albert Einstein. — Não sei o que rolou, eu...

— Tá de boa. — Ela ignorou a situação com um sorriso. — Quando você acabar aqui, se quiser ir dançar um pouco...

Abri um sorriso descarado, dando de ombros.

— Valeu, mas vou trabalhar mais um tempinho. Aproveita a festa.

A garota foi embora balançando os quadris, e meu sorriso não morreu. Era bom me sentir desejada. Um flerte ou outro me divertia.

— E aí, Cacau! — berrou Babel ao meu lado, junto com meus outros amigos. Jasão e Paiva acenaram, sorridentes e muito bêbados. — Quando você vai acabar esse trabalho não remunerado?

Pietra apareceu, abraçando meus ombros, então cumprimentou meus amigos.

— Sinto muito, roubei sua amiga pelo resto da noite. Se ela der bobeira, vai virar presidente da atlética logo, logo.

— Ah, a América me mataria antes disso acontecer — comentei com uma risada, me afastando do seu enlace.

— Vocês duas já sobreviveram mais de dois meses sem queimarem o apartamento ou deixar um vizinho maluco — Paiva brincou, gargalhando. Ele estava vestido de Chorão, do Charlie Brown Jr., mas eu sabia que era só uma desculpa para usar as próprias roupas, além de mostrar sua tatuagem do estádio do Morumbi no braço para conquistar as garotas vestidas de qualquer coisa relacionada a futebol.

Pietra e Babel se inclinaram sobre as grades do bar e deram um beijo rápido, fazendo com que eu e meus amigos soltássemos gritinhos numa comoção infantil.

— Quando você vai sair com a gente como namorada oficial da Babel? — bradou Jasão, balançando a cabeça em negativa. — Vão viver em pecado por muito tempo?

— Cala a boca, idiota — repreendeu Babel, com as bochechas coradas de vergonha. Ou era a maquiagem vermelha, parte da fantasia de joaninha.

— Se eu puder levar a América como apoio moral, vamos marcar isso daí — Pietra respondeu. — Tô doida pra saber que tipo de sordidez a Babel esconde de mim.

— Ela já te contou da vez que caiu de uma montanha? — Paiva confidenciou, fazendo com que Pietra o encarasse de olhos arregalados.

Eu me dispersei da conversa, vendo que agora poucas pessoas estavam na fila da bebida. O funk estava começando, e os alunos preferiam dançar a pegar bebidas. Uma raridade, eu diria, mas era justificável.

No outro canto do bar, América estava atendendo dois caras com o tirante da engenharia. Eles sorriram largo quando ela se agachou para pegar a caneca que um deles deixou cair, claramente de propósito. Cerrei os olhos na direção deles, atenta a qualquer movimento estranho. Ela não sorriu ao entregar a caneca de volta.

— Cacau, você acha que a Dua Lipa merece um Grammy pela nova música dela? — A voz de Babel me chamou de volta para a conversa. Relutante, me virei para eles, completamente dispersa.

— Hã? Ah, sim. Não sei. Ela é bonita e canta bem.

Me virei de novo na direção de América, mas os caras tinham sumido. Olhei ao redor, buscando por América, ela não estava mais no bar. Ao longe, vi uma cabeleira loira com pompons rosa ir em direção ao espaço aberto do morrinho, onde a galera ia fumar à tarde antes da aula.

— Vocês ajudam aqui, por favor? — pedi para meus amigos, mas sem realmente prestar atenção neles.

— Claro, o que foi?

— A América saiu meio rápido daqui, quero ver se está tudo bem. Pietra seguiu meu olhar, um pouco alarmada.

— Quer que eu vá junto?

— Alguém precisa cuidar aqui do bar — retruquei. — Qualquer coisa, te mando mensagem, ok?

— Dá notícias, por favor — Pietra pediu.

Assenti rapidamente antes de sair correndo entre as pessoas, aproveitando o espaço livre próximo ao bar.

A música alta foi sumindo ao fundo enquanto me afastava da festa, seguindo a Britney Spears errante. Ela parou no estacionamento atrás do morrinho, onde alguns universitários estavam se atracando.

Alcancei América, que parecia tremer de frio. Ao me aproximar, percebi que ela chorava baixinho, sacudindo os ombros. Ela estava apoiada contra o que reconheci ser seu carro. Ela cobriu os olhos quando me viu chegar, mas não conseguiu parar de chorar.

— América? — chamei, cautelosa. Ela me encarou, com o rosto inchado e a maquiagem um pouco borrada.

— Eu quero ficar sozinha, Cacau.

— Só queria ver como você está — argumentei. — Eles falaram alguma coisa pra você ou...

— Não, não é nada disso. Eu só... as últimas semanas têm sido difíceis.

Cruzei os braços na frente do corpo, sem saber se podia me aproximar mais ou não. Era a primeira vez que estávamos naquela posição de vulnerabilidade. Em todas as nossas brigas, me acostumei a formar uma imagem da América inabalável, o que só me incentivava a odiá-la ainda mais. Vê-la daquele jeito era humano demais, estranho demais.

— Você quer mesmo ficar sozinha? — perguntei mais uma vez e dei um passo para frente.

América soluçou e negou com a cabeça. Me aproximei devagar, parando ao lado dela. O cabelo loiro caía sobre seus olhos, e ela se agarrava com força ao cardigan cinza.

— Eu odeio isso — ela resmungou em certo momento, após minutos em silêncio. — Aqueles caras... Eu não queria vir com essa roupa, eu não gosto de ser olhada e desejada desse jeito, Cacau.

Ela tirou os pompons da cabeça e fechou o cardigan, bloqueando parte da barriga à mostra.

— América...

— É por isso que não uso essas roupas estúpidas em festas.

Então ela voltou a chorar compulsivamente. Desviei o olhar para o outro lado, sentindo meu próprio nariz arder ao vê-la naquela situação. América era jovem demais para lidar com aquela dor imensa.

Respirei fundo e parei na frente dela.

— Posso te tocar? — perguntei, um pouco surpresa com sua afirmativa logo em seguida. Segurei o cotovelo de América, fazendo carinho com o polegar. Sua pele gelada pela brisa fria se arrepiou com meu toque, mas ela não se afastou. — Eu sei que é mais fácil achar que a gente tem controle de alguma coisa, das roupas, de tudo, mas não é verdade. — América me encarou com os olhos vermelhos e inchados.

— Eu só... eu nunca sei quando estou sendo desejada ou assediada. Acho que nunca entendi bem a diferença entre essas duas coisas — ela murmurou, fungando, e aquilo partiu o meu coração. — Eu me sinto tão culpada por desejar outras pessoas também, como se... se desejar alguém fosse ruim, porque eu nunca vi como algo positivo.

— Hum, por isso você não quer ser vista comigo, hein?

Ao ouvir aquilo, América riu um pouco, então olhou para cima e limpou as lágrimas da bochecha. A maquiagem estava borrada, com o gloss rosado se mesclando às lágrimas.

— Você não conta e é bem diferente.

— Eu sei, mas pelo menos te fiz rir, não fiz?

Ela olhou para mim, o silêncio estático entre nós duas se prolongando pelo que poderiam ser segundos ou minutos, mas eu não seria a primeira a quebrar aquela bolha diferente e nova.

— Olha só... — comecei, roçando nossas mãos. — Eu sei que a gente leva tempo pra entender algumas coisas quando viramos adultos. Sentir desejo é normal. Eu te desejo, você me deseja, isso é *normal*. Não é algo ruim. Ser assediada, colocar a sua atração em um nível de abuso, isso sim é horrendo. Aqueles caras ficaram olhando enquanto você estava agachada pra pegar o copo e dando risadinhas. Aquilo é desconfortável, porque você nunca sabe o próximo passo.

América assentiu, passando a mão pelo rosto.

— Eu sempre espero o pior o tempo todo — ela murmurou. — E a sensação horrível de ser olhada daquele jeito... Eu me senti um pedaço de carne, não tem outro termo melhor pra descrever. Odeio sentir isso. Odeio ter que medir cada ação, cada fala, por medo de dar abertura pra qualquer coisa.

— Você devia usar o que te deixa confortável, mas eu seria hipócrita demais se dissesse que não entendo sua vontade de simplesmente não usar roupas mais curtas ou reveladoras só pra se precaver — suspirei, sentindo a brisa noturna arrepiar minha pele exposta pela fantasia. — Mas espero que aqueles caras não tenham te feito esquecer que você tá linda. Muito mesmo. Poucas pessoas além da Britney Spears conseguiriam fazer esse look dar certo.

Mordi o cantinho da boca ao vê-la sorrir olhando para o chão, balançando a cabeça em negativa.

— Obrigada, a Pietra me mostrou algumas opções de fantasia e eu achei que essa ficou uma gracinha. Às vezes eu gosto de usar algumas roupas mais curtas fora dos treinos, e eu me achei tão bonita com os pompons... — Ela suspirou, me fitando de lado. — A outra opção de fantasia era um cubo mágico.

Dei uma risada alta, sentindo o conforto ao ver nossos corpos se aproximando lentamente. Ela analisou meu rosto e deu um sorriso. Meu coração decidiu disputar uma corrida com meus pensamentos, extremamente acelerados e ensandecidos conforme eu observava os olhos castanhos de América se fixando em minha boca por um milésimo a mais do que o aceitável.

— O cubo mágico ia ficar legal — confessei num fio de voz.

— A fantasia não passou na minha bunda.

— Ou no seu ego.

América riu com força. Agora, com o cabelo solto e caindo sobre o rosto, tinha o ar de beleza natural que eu adorava secretamente. Tirei os fios de cabelo rebeldes que caíam em seus olhos, buscando algo para fazer com as mãos.

— Eu estava falando sério — sussurrei, com a música explodindo ao fundo. As pessoas gritavam e riam à vontade, mas eram apenas uma trilha sonora distante daquele momento estranhamente confortável —, não dá para controlar o que os outros fazem, mas você pode se proteger. Pode retrucar, pode bater os pés e fazer um escarcéu, usar as ferramentas que forem necessárias.

— Eu preciso aprender a me defender. Não sei se você já ouviu falar, mas existe um conceito de "minoria modelo" — ela resumiu, fazendo careta a cada fala. — Eu sinto que as pessoas acham que eu não vou me defender por causa disso, como se eu fosse um alvo mais fácil.

— Eu não tinha parado pra pensar por esse lado — confessei, de olhos arregalados. — Mas faz sentido.

— É. — Ela fungou. — Eu comecei a estudar isso um pouco este ano. Não é como se eu tivesse espaço pra *tentar* me defender ou qualquer coisa do tipo. É como se eu... não fosse levada a sério por ser quem eu sou.

— Escuta aqui, América — disse, chamando a atenção dela. — Eu não consigo apagar qualquer dor que você teve até hoje, mas eu prometo que, dentro do que estiver no meu poder, vou me certificar de que você não precise se defender sozinha, ok?

Aquela foi a primeira vez que vi América me encarar em silêncio por mais de cinco segundos sem um xingamento. Ela parecia atenta, mas nos seus olhos havia um brilho característico dela, o tipo de olhar que com certeza faria qualquer pessoa sair correndo e agradecendo aos céus por ter a chance de ter sua atenção por tanto tempo.

— Você também — ela garantiu, e não pareceu uma promessa vazia. — Eu posso jogar muitas bolas de basquete na cara dos outros. E eu... eu tô tentando entender o que é desejar alguém sem culpa, ou como me vestir mais livremente sem ficar o tempo todo acuada. Sinto que deixo de viver por causa disso boa parte das vezes. Mas eu estou melhorando aos poucos. Até usei o biquíni naquela viagem da atlética!

— E ficou lindo em você! — elogiei com sinceridade, abrindo um sorrisão. — Você fica maravilhosa na praia, é totalmente sua cara.

América sorriu também, mas com uma pitada maior de alegria, como se estivesse substituindo a memória de alguns segundos atrás por uma melhor.

— Obrigada, Cacau.

— Pelo quê, exatamente?

Ela segurou meu queixo entre o polegar e o indicador, aproximando nosso nariz com calma e delicadeza.

— Por ter vindo de Xena. Você pareceu uma princesa guerreira de verdade.

Ela engoliu minha risada quando me beijou. Um beijo leve, tenro, talvez o primeiro desde que havíamos começado aquele acordo. E era bom, diferente, e ainda assim igual aos outros. Mas havia intimidade ali, e me peguei com saudades de ter estado próxima de América nos últimos dias.

— Eu quero ir pra casa, Cacau — ela confessou, deitando a cabeça sobre meu ombro.

— E a festa? — perguntei.

— Eu estou passando mal, você está me levando pra casa de carro.

— Ok, eu vou pelo menos avisar que estamos indo, tá legal? Vai entrando no carro, já volto — pedi e saí apressada.

Encontrei Pietra e meus amigos se dando bem no bar, rindo enquanto davam bebida para bêbados sedentos. Ao me ver, Hera Venenosa veio rapidamente, preocupada.

— Ela está bem?

— A gente está indo embora, tudo bem? Vou dirigir, ela não está muito legal.

Pietra assentiu, e logo Babel estava por perto também, com os olhos atentos às novidades.

— Você está bem, amiga?

— Sim, mas acho que encerrei a noite por aqui, tranquilo?

Babel me deu um abraço e pediu para tomar cuidado. Porém, antes de ir embora, Pietra me puxou de lado e falou o mais baixo possível que aquela festa com som alto permitia.

— Olha só, a América vai me matar se souber que eu falei isso pra você, mas toda essa situação é bem mais comum do que você imagina. Ela não fala muito sobre o que sente. É difícil até pra mim, que sou amiga dela. Talvez você tenha um pouco mais de sucesso, mas hoje...

— É, eu percebi. Tem algo que eu possa fazer pra ajudar?

— Acho que o que você fez hoje foi um bom começo. Valeu por ter ajudado a minha amiga. Ela não merece nada disso... nem mesmo o *seu* ódio por todo esse tempo — ela murmurou, meio frustrada.

— Pietra, acho que isso foge um pouco do assunto.

— Não, não foge. É a mesma coisa — afirmou Pietra, com o lábio retorcido. — Vou voltar pro bar, mas me avisa como ela vai acordar amanhã, tá legal? Boa volta pra casa. Até mais!

Voltei pelo caminho até o carro com a mente ainda mais recheada de perguntas do que antes, mas me calei ao ver que América estava dormindo, com a cabeça apoiada no estofado do banco do carro.

Liguei o veículo e o aquecedor, dirigindo pelo curto caminho até em casa. Antes de acordá-la, permaneci algum tempo encarando a parede do estacionamento, ouvindo o som da minha própria respiração e o ronco baixo de América.

Pietra com certeza sabia muito mais sobre nossa rixa do que eu esperava. E América... O quebra-cabeças que se encaixava por completo diante de mim nas últimas duas semanas parecia cada segundo mais real. E eu tentei deixar de lado em prol do silêncio de América, mas não aguentaria por muito mais tempo.

— Ei. — Apertei de leve o joelho dela, para acordá-la. América piscou devagar, bocejando em seguida. — Chegamos.

Subimos o caminho inteiro com minha mente gritando as mais absurdas ideias, e cada uma delas era mais insana do que a outra. Enquanto isso, América desapegou inteiramente do próprio orgulho e me abraçou de lado, deixando a cabeça pender em meu pescoço.

— Quer tomar banho antes de dormir? — perguntei ao abrir a porta da casa, sem acender as luzes.

— Não, estou cansada. Vai me achar porca por isso?

— Um pouco, mas entendo. Vai dormir, vou tomar uma ducha.

América assentiu, um pouquinho mais desperta. Antes de fechar a porta do quarto, ela me encarou e respirou fundo.

— Obrigada.

— Você já falou isso.

— Estou falando sério.

Respirei fundo também, olhando para ela na penumbra antes de suspirar.

— E me desculpa — pedi, meio sem jeito.

— Pelo quê?

— Não sei ainda.

Ela franziu o cenho, então bocejou e deu de ombros logo em seguida.

— Tá bom, então, desculpas aceitas. Vou dormir.

— Boa noite, América.

— Boa noite, Xena. Eu já te falei que meu sonho era namorar a Xena?

Balancei a cabeça e dei uma risada.

— Para de besteira e vai dormir, Gabrielle.

Eu não dormi direito naquela noite, sentindo meu castelo de cartas ruir ao meu redor até que os sonhos se misturassem à realidade.

25. Como vencer na terapia?

AMÉRICA FIGUEIREDO

— Por que você decidiu fazer terapia?

— Porque eu preciso aprender quem eu sou. — A resposta saiu com muito mais facilidade do que eu imaginava.

Florisbela estava com um cinto imenso, que tomou minha atenção nos primeiros dez minutos de consulta. Ela usava óculos de oncinha e uma saia bufante amarela.

— E quem você acha que é, América? — repetiu a pergunta, batucando com a ponta da caneta sobre o caderno de anotações com estampa de flor.

— Sendo sincera? Acho que sou uma mulher que não tem orgulho de quem é.

Aquilo pareceu surpreender um pouco Florisbela, que se endireitou na cadeira e assentiu.

— Como você chegou a essa conclusão?

Encarei um dos quadros da sala. Era uma garota correndo num campo aberto, com um laço no cabelo preto, que esvoaçava ao redor do corpo. À frente dela havia um mundo vasto, um descampado verdejante, com árvores inclinadas e folhas balançando.

Não me lembrava da última vez que havia sentido um terço da liberdade que aquela aquarela representava.

— Você sabia que fazia anos que eu não usava uma saia curta até quinze dias atrás? Minha amiga, a Pietra, precisou me emprestar uma fantasia. Eu me senti bonita na hora que coloquei a roupa.

— O que era? — me interrompeu ela, com um sorriso.

— A Britney Spears em "Baby One More Time" — confessei como

quem confessa um crime, mas Florisbela apenas indicou que eu continuasse. — Bem, eu gostei do que vi no espelho, até tirei umas fotos. Mas eu fui pra festa o caminho todo desconfortável.

— Por quê?

Encarei a pintura da garota de laço mais uma vez e respirei fundo.

— Porque eu fiquei com medo.

Florisbela piscou lentamente e anotou algo em seu caderno. Eu não ficava mais ansiosa quando ela fazia aquilo, já tinha me acostumado um pouco.

— Você falou semana passada que tinha sido assediada, mas não deu o contexto. Foi essa a situação?

— Não, aquilo foi outra coisa.

— Ok... E como você se sentiu com relação às suas roupas depois da festa?

— Eu queria arrancá-las de mim, como se aquilo fosse a solução. Por um segundo, acreditei que, se tivesse com outra roupa, não teria recebido aqueles olhares. Eu sempre penso nisso. Tento fazer tudo que eu posso pra não ser um alvo, como se pudesse controlar isso. Talvez com uma bermuda, sei lá. Eu sei, e juro que sei, que isso não significa nada — suspirei, levando a mão ao rosto, cansada —, mas é muito mais fácil botar a culpa em mim mesma por algo que eu possa controlar, como minhas roupas.

Florisbela passou alguns instantes calada, e me perguntei se eu havia dito algo errado. Será que ela estava me julgando? Eu me endireitei na cadeira, um pouco mais atenta aos movimentos dela.

— Como você costuma lidar com o assédio? Digo, logo depois que acontece.

— Eu não sei revidar. Nunca soube. Minha mãe, quando eu era bem criança, dizia que estavam me *elogiando*. Ela recebia muitos elogios na infância e adolescência, e acho que ela também só entendeu que sofria assédio há pouquíssimos anos. — Inspirei o ar com força, sentindo o peito doer diante dos flashes de memória que cruzavam minha mente. As imagens surgiam mais rápido do que minha boca conseguia despejar traumas em cima da pobre Florisbela. — Quando eu cresci e comecei a me sentir ameaçada, percebi que os caras não continuavam se eu fingisse que não era comigo. Vez ou outra, sim.

Teria sido menos perturbador se Florisbela tivesse reagido com os olhos arregalados, ou até se ela tivesse anotado algo. Mas a normalidade em seu rosto só reforçou mais uma vez o que eu já sabia: toda mulher está absolutamente acostumada a ouvir algo do tipo. Ou por já ter passado por isso, ou porque alguma amiga foi assediada ou porque precisou absorver esse medo como instinto de sobrevivência.

— E quando... — Expirei, com a garganta doendo de tanto esforço para falar — Quando os ficantes das minhas amigas ou os caras da escola começaram a tentar ter liberdade demais comigo ou a me tratar de uma maneira diferente, percebi que ficar calada manteria minhas amizades. Que não reagir tornava as coisas mais suportáveis, porque eu podia fingir que elas nunca aconteceram.

Senti o nariz arder, e encarei meu punho fechado sobre a coxa. Tentei conter as lágrimas, mas elas acabaram vencendo. Funguei um pouco e continuei encarando minha pele, prestando atenção em uma manchinha que tinha desde criança até que as lágrimas parassem.

— É muito mais fácil lidar com a dor fazendo com que as outras pessoas se sintam bem. Por que eu incomodaria alguém com meus problemas se eu posso simplesmente não falar sobre eles?

Na hora que as palavras saíram da minha boca, percebi o quanto eram absurdas. Florisbela não precisou reforçar, também. Ficamos em silêncio, enquanto eu segurava uma bomba imensa nas mãos.

— Foi por isso que você veio com essa saia pra consulta hoje? — ela perguntou, apontando com a caneta para minhas coxas desnudas. A mesma saia que eu havia usado na festa.

— Sim.

Segurei o tecido com força, como se me segurar nele garantisse alguma reafirmação de que o que eu estava vivendo era real.

— Como você se sentiu tomando essa decisão?

— Como se eu estivesse no controle. Reagindo — disse após me aprumar mais na cadeira, corrigindo a postura. — Eu e a Cacau tivemos uma conversa sobre isso. Vejo ela e minhas amigas usando o que querem, quando querem. A diferença é que elas se defendem quando são assediadas. Eu deveria poder fazer isso, né?

— América, acho que precisamos organizar algumas coisas. Usar a roupa que quer é diferente de se defender de assédio. Ninguém é obrigado a saber se defender completamente, é uma situação de perigo, e é normal que cada pessoa reaja de uma maneira — ela explicou calmamente, me encarando com seriedade. — Acho muito bom que você queira se impor, que aos poucos esteja se preparando para reagir, mas não precisa colocar essa expectativa de atingir um patamar alto. Uma coisa de cada vez. Por exemplo, você mencionou que a Cacau chega falando alto e constrange a pessoa, certo? Outras pessoas buscam maneiras de fugir silenciosamente e procurar ajuda. São maneiras diferentes. Bom, você sabe se a Cacau sempre foi reativa assim ou se foi algo que ela aprendeu com o tempo?

Fiquei um pouco atordoada. Não, eu nunca havia pensado daquela maneira. Sempre presumi que Cacau fosse naturalmente explosiva, que ela fosse *livre* o suficiente para reagir como quisesse.

— Eu acho que aprendeu com o tempo — afirmei a contragosto, sentindo algo amargo na garganta. — Ela é explosiva e muito briguenta, pelo visto aprendeu isso com as primas, me lembro de ter ouvido ela falar sobre isso. Deve ter direcionado parte desse sentimento pra algo positivo, como saber revidar muito bem esse tipo de situação. Em outras, não é tão legal.

— Como assim?

Mordi o canto da boca, incapaz de saber o quanto eu confiava em Florisbela. Quer dizer, eu tinha muitos problemas. Será que aquele era realmente importante? Sim, se não fosse, não estaria naquela cadeira maldita em vez de estar em casa fazendo jantar.

— Podemos falar sobre isso outro dia? Eu prometo que vamos voltar ao assunto, mas acho que preciso de mais tempo. Pensei muito nessas duas últimas semanas e acho que eu estou quase lá, só preciso de tempo.

— Você que manda, América. — Florisbela sorriu, acenando com a mão. — Quer falar sobre mais alguma coisa?

— Bom, eu gostaria de falar do Funil, o cara da atlética. A gente tem tempo, né? Esse garoto é um pau no meu cu! Eu gosto dele, mas ele esqueceu de comprar algumas bebidas pra festa e a gente quase se lascou bonito.

Florisbela riu e ajustou os óculos no rosto.

— Quer começar do início?

26. O misterioso fenômeno de atletas que ficam sexy de shorts e camisetas largas

CACAU RODRIGUES

Pietra e Babel decidiram apresentar nossos amigos formalmente antes de um jogo de basquete do time feminino da FFLCH num domingo de manhã.

O lado bom foi que América fez café da manhã o suficiente para um batalhão, mas ela estava tão ansiosa que me deixou comer quase tudo à mesa.

Enquanto esperávamos na arquibancada, lá nas primeiras fileiras, América e Pietra se alongavam com o restante do time. Eu já estava acostumada com o uniforme preto e laranja, mas aquela parecia ser a primeira vez que eu entendia de verdade o apelo daquelas cores na pele de América.

— Quer se pintar? — Babel ofereceu, com os dedos cheios de tinta laranja. Minha amiga fez duas listras nas minhas bochechas e me entregou duas vuvuzelas em seguida. — Vamos ver as nossas meninas acabarem com as malditas da Poli.

— *Nossas* meninas?! — exclamei, meio engasgada.

Babel franziu o cenho, desconfiada.

— Eu quis dizer meninas do time, o que você entendeu?

— Será que hoje a Cacau vai torcer pela Poli só porque a América tá jogando pela FFLCH? — Paiva brincou ao meu lado, com o rosto metade pintado de laranja e a outra metade de preto.

Voltei a encarar a quadra para disfarçar o rubor nas bochechas. América estava concentrada na treinadora, que repassava algumas jogadas. Na noite anterior, ela havia dito toda a estratégia em voz alta enquanto eu estudava para a prova de literatura.

Nós vamos começar com um 2×1×2. Elas são fortes no ataque, então vamos fortalecer nossa defesa. Elas precisam se cansar no começo, gastar energia.

E quando o juiz apitou, foi exatamente o que nosso time fez. Elas estavam bem mais na defensiva, pareciam uma fortaleza quando o time das engenheiras crescia para cima delas.

Quando as rivais perderam a primeira cesta, soltei um grito junto com a torcida, sem conseguir me conter no lugar.

— Pra cima delas, time! — berrei, me esgoelando.

Paiva puxou um grito, levando a torcida da FFLCH junto. Ok, eram nove horas da manhã e já tinha uma galera fumando e bebendo cerveja, mas não dava para dizer que nossa torcida não era empolgada.

Me peguei rindo com meus amigos enquanto aprendia os cantos de ofensa a todos os outros institutos da USP. Sobrou até para o Mackenzie, que nem universidade pública era.

Pulei no lugar quando América fintou e fez a primeira cesta para a FFLCH.

— Boa, América! — gritei, despertando a atenção dela por um instante. Ela sorriu para mim, e por um momento entendi completamente por que existiam groupies no mundo.

Minha calcinha estava em chamas. Desfalecida. Sem qualquer chance de se recompor naquela manhã dominical.

No final do segundo quarto, Pietra encerrou o tempo com uma bela cesta depois da assistência de América. Babel apertou meu braço, sem se dar conta, e sussurrou:

— Vai dizer que ainda não entende o tesão por atletas, Cacau?

Talvez atletas tivessem até seu charme, mas a maioria deles não era a América usando shorts preto e regata folgada. O cabelo longo estava preso em um rabo de cavalo, e as bochechas vermelhas de calor e esforço denunciavam sua concentração total. Não tirava o olho da bola por nada, flutuava pela quadra como se fosse dona dela. Fintava as jogadoras, corria atrás como se sua vida dependesse disso e o ponto alto... Ah.

Pietra sofreu uma falta obviamente maldosa de uma adversária, e América foi tirar satisfação. Quando a rival cresceu para cima dela, eu já estava na ponta do banco, berrando impropérios para o juiz, que parecia uma maria-mole no meio da quadra. Até que América sorriu e mandou um beijinho na direção da outra somente para provocá-la.

— Pelo amor de Deus — sussurrei, sem conseguir acreditar.

Tomei um gole imenso de água, totalmente hipnotizada pelas coxas torneadas, os braços musculosos e os ombros fortes enquanto ela se afastava da garota, que pedia falta para o juiz, possessa. Ele negou e fomos para outro intervalo rápido.

— Caralho, a América é gata mesmo, né? — Paiva desabafou.

Dei uma encarada de soslaio, mas não disse nada. América era obviamente linda. E havia algo totalmente feroz e insano nos olhos dela enquanto jogava água no rosto para se refrescar. Tentei não apertar as pernas quando ela levantou um pouco a camiseta, mostrando a barriga.

— Você precisa fazer um trabalho melhor em esconder que tá comendo a menina com os olhos — brigou Babel.

Arregalei os olhos e levei algum tempo para conseguir desviar a atenção de volta para minha amiga.

— Não sei do que você está falando — desconversei, mas era óbvio que eu não conseguia disfarçar nada. — Só estou impressionada com a profissionalidade da nossa equipe, é isso.

— Ahaaam. — Paiva alongou a provocação, gargalhando em seguida. — Você acha que engana quem, garota? Pode só admitir que... Ih, o Jasão veio!

Olhei na mesma direção e meu amigo passava entre a torcida da FFLCH, sendo vaiado por estar com o uniforme da Politécnica.

— Você não devia estar do outro lado? — perguntei para ele, um pouco preocupada com o clubismo da nossa faculdade. Poderiam facilmente jogar uma lata de cerveja na cabeça dele. Sua pele amarronzada brilhava de suor, depois do treino de futebol ali ao lado.

— Consegui chegar a tempo. Quem está ganhando?

— A FFLCH, claro — me gabei, sorrindo. Jasão revirou os olhos e se colocou na minha frente, pedindo um beijo na bochecha. — E aí, o treino foi bom?

Ele deu de ombros no momento em que o jogo voltou a rolar. Consegui fitar América por tempo o suficiente para vê-la sorrir para mim antes de correr atrás da bola.

Até o fim do jogo eu já estaria morta e enterrada no meio do chão de tanto tesão.

Se América dissesse que ia limpar a casa inteira (inclusive as janelas), eu provavelmente só a deixaria sair do meu quarto depois de três dias.

Mais de duas semanas haviam se passado desde a festa da faculdade. América preferiu não tocar no assunto, então eu respeitei o espaço dela, apesar de ser muito difícil. Eu queria sentar para conversar, conseguir alguma resposta, mas sabia que não era assim que funcionava.

Nem todo mundo tinha o mesmo tempo que o meu. Eu preferia arrancar o band-aid rápido, mas América claramente não seguia a mesma lógica.

Então eu aceitei os beijos roubados no meio do dia ou a rapidinha quando ela me viu resolvendo o cubo mágico. Não conseguimos nem chegar no quarto.

Era um bom sinal que América gostasse de *nerdices*. Eu estava doida para contar a ela que havia aprendido os principais satélites e luas de Saturno. Esperava que aquilo levasse a mais um resultado satisfatório, como quando ela me ensinou com calma e paciência a física por trás do basquete e eu acabei fazendo um oral nela contra a janela e comprei uma caixa de chocolate pra dividirmos enquanto assistíamos *Modern Family*.

O que era aquilo? Tesão intelectual?

O jogo acabou com a FFLCH vitoriosa por apenas dois pontos. Até o fim, cada cesta e erro era digno de uma reação absurda. Eu acabei sem voz, me esgoelando desesperada por uma vitória que até semana passada pouco me importava.

Fui contagiada pela alegria das meninas do time quando elas fizeram um montinho no meio do ginásio em comemoração. América foi a cestinha da rodada, e se havia algum espaço em mim sobrando para ser preenchido por aquela sensação gostosa no peito, foi tomado naquele momento.

Ela e Pietra se aproximaram de nós depois de cumprimentarem as oponentes. Ambas tinham um sorriso imenso no rosto, e Babel correu para beijar sua não-mas-quase-namorada. Eu me contentei em acenar para América, que deu uma piscadinha e foi imediatamente abraçada pela galera da atlética.

— Você é tão dissimulada — comentei assim que ela se aproximou de mim. — Deu uma de Dennis Rodman pra cima da garota, não deu?

Ela deu de ombros, fingindo inocência.

— Tive uma boa professora na arte de irritar oponentes.

É, eu era boa mesmo. Não que nos últimos dias eu estivesse sendo arisca com América. Em uma das noites depois do treino de basquete na quadra infantil, quando acabamos largadas no tapete da sala, nossa respiração entrecortada e a garganta seca, ela falou um pouco sobre os pais. O pai morava no litoral e a mãe em Arujá.

Eu falei um pouco sobre o intercâmbio. Era como impedir um balão de ar de murchar segurando a pontinha, então deixar um pouquinho de ar passar, para em seguida o ar sair por completo.

América era uma boa ouvinte, eu tinha que dar créditos a ela por isso. Não fez nenhuma piadinha quando falei sobre minha mania de organização, ou como meus pais foram bem protetores até meus quinze anos, porque não queriam que a filha LGBTQIAP+ sofresse. Ou que eles achavam que eu fosse lésbica, porque ser bissexual não fazia muito sentido para eles. Meu pai ficou aliviado porque eu poderia me relacionar com homens, minha mãe não entendia como eu poderia gostar de mais de um gênero ao mesmo tempo. As memórias me causaram um leve incômodo no peito. Foram anos complicados em que eu tentava mostrar a eles que minha sexualidade era algo *real*, até chegarmos ao ponto tranquilo de hoje.

América estava fazendo um carinho meio sem jeito no meu cabelo quando eu perguntei sobre antigos relacionamentos. Ela deu uma risada amarga e balançou a cabeça.

— Você não quer saber sobre isso.

Fiquei um pouco confusa. O que ela achava que aquela conversa significava? Um monólogo?

— Eu quero saber, por isso perguntei. Não falamos sobre esse tópico antes.

— O que você quer saber, Cacau?

— Não sei, você é tão reservada sobre sua vida amorosa, fiquei curiosa.

Ela continuou com o carinho e fechei os olhos com o conforto de sua proximidade, o vento gelado de maio invadindo pela janela aberta. Considerei levantar para colocar alguma roupa, mas não queria me mexer.

— Eu não me apaixono muito, acho que sou mais na minha.

— Isso é óbvio. O que faz você se apaixonar por alguém?

Ela ponderou por alguns instantes, sem me encarar.

— Segurança. Eu sinto que vivo pisando em ovos.

— Igual comigo?

Ela balançou a cabeça, mas não negou. Ri pelo nariz, achando graça da careta que ela fez.

— Você até que fica suportável quando está me beijando — ela respondeu, por fim.

Gargalhei alto e dei um tapa fraco em sua coxa desnuda.

— Se liga, garota.

— Mas me diz aí, decidiu o que quer fazer depois que se formar?

Aquela era uma pergunta boa, apesar de saber que América estava desviando do assunto. Segurei a outra mão dela pendendo inerte ao meu lado e a apoiei no meio do peito. Ela entendeu o recado e começou a circular minha pele em carinhos ritmados, iguais aos que estava fazendo.

— Meus pais são ótimos. De verdade. Mas o que ninguém conta sobre ter pais que te apoiam o tempo todo é que isso às vezes pode ser ruim.

América franziu o cenho, meio cética.

— Você está caçando sarna pra se coçar, né?

Neguei veemente e segurei seu punho para chamar sua atenção.

— Calma, ouve. Quando a gente cresce ouvindo que pode ser qualquer coisa, que nada pode impedir a gente... Enfim, às vezes a gente vai receber um não. Todo mundo tem limitações. Ninguém pode fazer o que quiser, sabe? Amo meus pais por acreditarem em mim, mas eu queria ter aprendido com eles o que era um não, em vez de aprender com o mundo. É mais doloroso.

— Que tipo de não você recebeu?

— Não é culpa dos meus pais e eu sei que esse é um assunto delicado, mas eu acreditei que poderia mudar o Pedro ou qualquer coisa do tipo, que se eu me esforçasse o suficiente seria capaz de fazer aquele relacionamento dar certo. No fim das contas, é difícil entender que a culpa não era minha, porque se eu sou capaz de tudo, por que não sou capaz de controlar situações que me machucam?

Ao ouvir aquilo, América se calou. Fechei os olhos de novo, sentindo meu corpo relaxar sob o toque carinhoso dela.

— Eu saí da república onde morava porque me envolvi com uma garota que foi morar lá — ela confessou de uma vez, sem parar para respirar.

Olhei para cima, buscando seu olhar. Eu esperava ouvir qualquer coisa, menos aquilo.

— Como assim?

— A Mafê, da atlética.

Eu já havia conversado com ela. Fazia parte da administração da atlética da FFLCH e era muito bonita. Será que ela e América ainda tinham algo? Será que...

— Ela insistiu que eu deveria sair do armário. Essas coisas. Acho que é justo você não querer se relacionar com alguém que não assuma sua sexualidade quando você já é assumido. Entendo de verdade. Mas ela sabia disso quando a gente começou a se relacionar e...

— Vocês não conversaram sobre isso? Quando começou a ficar mais sério?

América negou com a cabeça, suspirando.

— Eu acho que eu via as coisas de uma maneira diferente dela e nunca conversamos sobre isso. Só fomos levando. Deu tudo errado, claro. Eu só...

— Gosto que a gente está numa trégua momentânea — pigarreei —, mas não precisa falar o que não quiser. De verdade.

— Essa sua bondade é só o tesão falando.

— Se você ainda não entendeu que eu realmente estou disposta a te entender melhor porque eu *gosto* de você, a culpa não é minha — falei, por fim, e me sentei, encarando América de frente. — Não é tesão, eu gosto de falar com você, gosto de quem você é. Eu só cansei de pisar em ovos, você não?

América não me respondeu, mas depois daquele dia ela nunca mais usou o sexo como desculpa para qualquer diálogo minimamente decente que tínhamos. Por isso era tão diferente vê-la ali, na minha frente depois do jogo, sorrindo ao falar que estava empolgada para irmos ao piquenique.

— É a chance perfeita dessas duas finalmente encararem que o que elas têm é sério — América justificou, apontando para nossas amigas com a cabeça. Elas estavam dando risadinhas e trocando carícias no meio de todo mundo, sem se importar com quem estava vendo.

Eu não entendia bem o conceito de todo aquele mel em público, mas torcia por elas sempre.

— E aí? — Jasão apareceu ao meu lado, sorrindo para América. — Méri, vai com a gente no Villa-Lobos? Vamos fazer um piquenique e constranger muito a Babel e a Pietra.

Gargalhei com força e o abracei de lado, dando um apertãozinho na cintura dele.

— É claro que ela vai — brinquei. — A *Méri* não vai perder a chance de comer um montão.

Jasão pediu licença e disse que nos encontraria dali alguns minutos, então correu para cumprimentar alguns amigos da atlética.

— Méri, é? — ela provocou quando nós duas estávamos a sós, balançando a cabeça.

— Não gostou do apelido? Posso te chamar disso mais vezes, então. Méri baixinha, só pra começar. — Estalei a língua no céu da boca. América então se aproximou um pouco mais e praticamente soprou as palavras na minha boca.

— Pode me chamar do que quiser, contanto que hoje você acabe lá na minha cama, que tal? Porque, vamos combinar, eu acho que você fez um péssimo trabalho hoje em disfarçar que tava molhada na frente de todo mundo. — Ela fingiu que ia limpar algo no meu ombro e desceu a mão pelo meu braço em uma carícia. — E eu amei fingir que não tava doida pra acabar o jogo e vir acabar com você depois.

— Ei! — Pietra gritou, chamando nossa atenção. Encarei minha nova amiga e contive os xingamentos e o tesão que sentia. — Vamos?

— Você primeiro. — América me guiou, somente para se aproximar por trás de mim e sussurrar ao pé do meu ouvido: — Tô doida pra gente chegar em casa e te comer do jeito que eu quero, Cacau.

Ah, eu estava *tão* ferrada.

27. O pau do Thanos faz uma aparição

AMÉRICA FIGUEIREDO

Eu precisava dar o braço a torcer, os amigos da Cacau eram hilários.

— A Babel ficou presa nos arbustos e não conseguiu sair até um bombeiro vir ajudar. — Paiva não conseguia parar de gargalhar, os ombros tremendo entre as risadas. — Enquanto isso, a Cacau estava conversando com o DJ GBR no fumódromo.

— Oi?! — exclamei, de olhos arregalados. Cacau estava sentada ao meu lado e só deu de ombros, com um sorriso. — Você é inimiga da timidez quando quer, né?

— Eu não sabia quem ele era.

Balancei a cabeça em negativa, cada vez mais chocada com o quanto Cacau Rodrigues era uma caixinha de surpresas. Me peguei sorrindo quando ela segurou minha mão por debaixo da mesa, fazendo um carinho leve.

Nós passamos o dia inteiro juntos. Acabamos a noite lá em casa, com todos sentados ao redor da mesa. Jogamos truco, pedimos pizza e agora estávamos aproveitando só a conversa preguiçosa de fim de domingo.

— E você, América? — perguntou Cacau, piscando os grandes olhos castanhos em minha direção. — Tem alguma história cabeluda pra contar?

Busquei Pietra com os olhos, à minha frente. Ela sorriu e deu de ombros.

— O dia que eu impedi um assalto lá na física?

— Oi?! — Jasão arregalou os olhos, apoiando as mãos na mesa. — Você foi a aluna que entrou na frente dos caras com uma pedra na mão?

— Eu e a Pietra, na verdade. A gente estava prestes a ir embora quando os caras vieram com uma pedra quebrar o carro de um segurança.

A Pietra simplesmente fingiu que era a polícia — expliquei, tirando gargalhadas do pessoal da roda.

Controlei um gritinho assustado ao sentir a mão de Cacau apertar de leve minha coxa. Encarei-a de esguelha, mas ela sorria normalmente para os amigos.

— Vocês podiam ter se machucado — Babel repreendeu. — E os caras?

— Saíram assim que a gente gritou "Mão pra cima, perdeu!". Eles nem ficaram pra ver. Foram embora correndo. — Pietra gargalhava ao contar e abraçou os ombros de Babel, dando um beijo rápido na bochecha dela. — Você fica linda se preocupando assim.

— Eca, que melosas — Cacau brincou, e precisei me ajeitar na cadeira quando seu polegar começou a fazer um carinho gostoso na parte de dentro da minha coxa. Com a respiração meio tensa, preferi ficar quieta enquanto eles contavam outras histórias cabeludas sobre festas da faculdade.

Cacau sorria para todos, sem parar em momento algum de me torturar com os toques tímidos sob a mesa. Olhei para ela disfarçadamente, e ela se voltou para mim com um sorrisinho, que poderia significar muitas coisas, desde arrogância até diversão. Eu curtia demais quando era por esses dois motivos juntos.

— A gente já dissecou a Pietra. — Jasão chamou a atenção do pessoal, batendo palmas. — Agora é a hora da América. Diga lá, como é conviver com a Cacau?

— A gente só tentou se matar quinhentas vezes até hoje — respondi, sem qualquer atenção ao que estava acontecendo ali, apenas na mão de Cacau se esgueirando por entre minhas pernas sob a mesa. — Mas é bom estar com uma pessoa organizada, eu sou bem exigente.

— Vocês são quase almas gêmeas das colegas de apartamento — Babel brincou, e em outro momento eu teria revidado ou feito piada, mas estava ocupada demais sentindo falta das carícias de Cacau quando ela pegou o celular e começou a digitar.

— Não é pra tanto — ela retrucou com o cenho franzido, mas eu já conhecia sua expressão bem o suficiente para saber que havia uma sombra de sorriso em seu rosto.

Meu celular brilhou com uma notificação de Cacau, que havia voltado a fazer carinho em mim com a pontinha dos dedos. Ali, no nosso chat, havia uma mensagem:

Você sabia que fica com o rosto todo vermelho quando quer um beijo?

Bloqueei a tela e imediatamente senti minhas bochechas ficarem ainda mais quentes. Cacau abriu um sorriso imenso, e eu poderia tentar de mil maneiras diferentes descrever como eu me sentia ali, com tudo às claras e ainda assim escondido entre nós, mas não era possível.

Porque ainda que todos ali achassem que minha colega de apartamento estava se divertindo com eles, aquele sorriso era por minha causa, porque nós tínhamos criado uma bolha tão bem calibrada que parecia impossível existir em qualquer outro lugar que não ali, ao lado dela, naquele momento.

— Caras, está ficando tarde e a gente tem aula amanhã — disparei, fingindo um bocejo muito porco.

Pietra arqueou a sobrancelha, mas Jasão e Paiva concordaram com a cabeça.

— Precisamos pegar o metrô ainda — Babel reclamou, balançando os ombros em descontentamento. — Vai dormir lá em casa? — perguntou para Pietra, que assentiu.

— Agora vocês podem oficializar o namoro? — Cacau provocou, prendendo a carne da minha coxa com a mão espalmada. Fechei os olhos com força.

Havia expectativa borbulhando no meu peito, minhas pernas ardiam em antecipação, e conforme as pessoas saíam do apartamento e iam até o elevador, meu desespero aumentava.

Cacau ficou atrás de mim enquanto nos despedíamos de nossos amigos, a mão apoiada nas minhas costas em um lembrete de que estava ali. Ela acariciava a base da minha coluna carinhosamente, em movimentos circulares, sua respiração na minha nuca.

O elevador fechou, e sem qualquer espera, fui puxada para dentro. Cacau me encurralou contra a porta de madeira. Embrenhei minha mão no cabelo dela, sentindo meu corpo vibrar com seus suspiros cada vez que eu puxava os fios com mais força.

— Maldita — ela xingou quando fugi de seu beijo, provocando-a como podia.

Beijar Cacau era quase como estar diante do mar. Você sabe que não há nada comparado a estar ali, largaria absolutamente tudo para colocar os pés na água e absorver a imensidão. Mas o que habita nas profundezas é totalmente desconhecido e podia significar meu fim. Eu não sabia o que significava a sensação forte no meu peito cada vez que ela ria baixinho contra minha boca, e mal podia entender o ressoar de ondas a cada beijo novo.

E antes que pudesse realmente voltar à superfície, estava afogada nos meus lençóis, com ela montada em cima de mim, rebolando contra minha cintura em busca daquela fricção maravilhosa com a qual eu sonhei o dia inteiro.

— Você não vale nada, Cacau — murmurei, com a cabeça inclinada para trás, o tronco quase erguido em busca dos lábios dela depois que as roupas foram parar no chão sem nenhum cuidado.

Ela escapou dos meus beijos algumas vezes, deslizando a ponta do nariz em minha bochecha, a respiração acariciando minha pele, então se afastou com um sorriso, como se soubesse de um segredo obscuro meu e fosse usá-lo contra mim quando quisesse.

— Repete — disse ela contra meu rosto antes de pressionar a mão inteira sobre minha virilha.

Deitei a cabeça para trás ao sentir seu indicador encostar de leve em minha pele sensível.

Seu cabelo castanho caía em ondas sobre o nosso rosto, e mesmo com a luz baixa da luminária do meu quarto, eu podia reconhecer sua expressão de deleite enquanto me fodia aos poucos, e ela com certeza amava saber o poder que tinha sobre mim. Eu não fazia questão de esconder que amava vê-la na mesma situação.

— Eu te odeio tanto — sussurrei, consciente de que sua risada baixa se estendia por meu peito em vibrações.

Cacau pairou com os lábios sobre os meus, sem tirar os olhos de mim ao fazer aquele carinho delicioso com o polegar, sem parar de usar os dedos. Segurei seu braço com uma das mãos, apertando a carne entre meus dedos.

— Diz que me odeia de novo — ela ordenou, a voz pingando de tesão sobre minha boca.

Havia um acordo firmado entre nós duas sobre quem cederia primeiro àquele beijo, e minhas pernas praticamente implorando para se fecharem indicavam que eu cederia a qualquer coisa que Cacau pedisse.

— Que tipo de masoquismo é esse em ser odiada? — Minha tentativa de ser engraçadinha falhou no exato momento em que ela abriu mais minhas pernas e desceu para mordiscar com força o bico do meu seio. Segurei um gemido sufocado, jogando a cabeça para trás.

— Eu passei o dia inteiro morrendo de vontade de te comer — ela confessou. — Não consigo parar de pensar nessa carinha — Cacau deixou um beijo no meu queixo antes de voltar a me encarar — atrevida. Você me deixa completamente maluca, América.

Ela se afastou o suficiente para me devorar com os olhos, sem parar de me devorar com seus dedos. Não me atrevi a desviar o olhar das íris castanhas, era meu passatempo favorito. Me rendi ao caos ao sentir seus dedos fazerem movimentos de vaivém dentro de mim, do jeito que ela havia aprendido que me desmontava. Era bom demais estar com ela, que já conhecia exatamente onde me tocar, como me provocar e como me deixar molhada só com uma troca de olhares a distância.

Cacau não me deu trégua; prendeu meu lábio inferior entre os dentes e, como a filha da puta que era, gemeu baixinho contra minha boca quando o bico do meu seio encontrou sua pele.

— Foda-se, que droga — xinguei e estendi a mão para a escrivaninha ao meu lado, tateando até achar meu bullet.

Cacau seguiu meu olhar, abrindo um sorriso ainda maior ao tirar os dedos de mim somente para pegar o bullet com a mão úmida.

Sem qualquer aviso, ela abriu completamente minhas pernas e se colocou no meio delas. Praticamente gemi em desespero quando senti o bico de seu seio roçando de propósito contra meu clitóris enquanto ela descia, até que sua língua assumisse o trabalho de seus dedos anteriormente.

Mas com um detalhe delicioso.

Ouvi o vibrador antes de senti-lo, ou melhor, antes de sentir a língua de Cacau vibrar com o bullet. Ela o havia apoiado na ponta da língua, misturando os dois toques tão diferentes de uma vez, me enterrando de vez nas profundezas daquele mar turbulento.

Fechei os olhos e me deixei entrar em ondulações cada vez mais agitadas. Segurei o cabelo dela como se pudesse escapar dali. Aquela boca era mágica. Divina. Cacau com certeza tinha alguma droga na boca para justificar que eu estivesse rebolando desesperada contra seu rosto, gemendo mais alto, com as coxas tremendo de excitação e as costas curvadas sobre os lençóis bagunçados.

— Porra, eu te odeio de verdade — resmunguei, com a voz quebradiça, sem deixar de guiar o rosto dela contra mim, praticamente me esfregando contra sua língua.

Minhas coxas ardiam com a tensão e minha respiração estava entrecortada. Eu não conseguia parar de levantar o quadril cada vez que ela suspirava contra minha pele. Afastei uma das mãos da cabeça de Cacau para segurar o lençol, exasperada por aquele formigamento na ponta do estômago.

Cacau se afastou o mínimo para me encarar, puxar minha mão que havia escapado e colocá-la de volta onde estava. Segurei seu cabelo em um rabo de cavalo desfeito, absorta em sua boca molhada e nos olhos carregados de algo que eu só podia traduzir como pura luxúria.

Ela me deu um beijo no interior da coxa, sem deixar de me provocar com o bullet, então mordiscou minha pele antes de sorrir.

— Não, você não me odeia, América.

E meu pobre corpo, sem qualquer chance de vencer aquela briga, se rendeu ao seu toque. Logo estava com as costas fora do colchão, pernas tremendo, e Cacau prolongando meu orgasmo com o bullet, sem tirá-lo do lugar. Puxei o cabelo dela em uma medida desesperada, sem estar preparada para o lamento sonoro, e ainda assim carregado de tesão, que ela deixou escapar.

Minha garganta estava seca, meu corpo inteiro ardia com o esforço, mas eu estava sorrindo para o teto, para qualquer ser divino que estivesse assistindo àquele banho de corpos ardentes e prontos para explodir em um orgasmo de novo.

Cacau não me deixou parar até que eu tivesse gozado em sua boca mais uma vez, poucos instantes depois. Eu já estava mole no colchão, sem conseguir respirar direito e com as pernas doloridas.

Ela me beijou entre sorrisos preguiçosos, segurando meu pescoço com uma pressão tão gostosa que poderia ter me feito acreditar que aquilo não era real. Que eu estava sonhando, porque Cacau Rodrigues se levantou para pegar um copo de água, e em vez de me entregar, pediu para que eu me sentasse e, com todo o silêncio e contemplação que poderiam existir, inclinou minha cabeça para trás e virou o copo aos poucos.

— Você é divina, América — ela sussurrou, me dando uma mordida leve no queixo.

Minha garganta agradeceu o frescor. Ela aproveitou para tomar o restante da água, e antes que eu pudesse arrumar meu cabelo e perguntar se ela preferia continuar no chuveiro, consegui pegar o vislumbre de um outro vibrador na mão de Cacau.

Aquele era maior, num formato fálico meio estranho, mas eu era a última pessoa a julgar o gosto alheio.

— Esse aí é o pinto do Thanos? — perguntei ao analisar a cor roxa.

Cacau gargalhou, com as bochechas coradas após uma sessão de foda digna de menção honrosa em todas as minhas fantasias dali para frente.

— Eu estou aqui querendo fazer um show pra você e você quer falar do Thanos?

— Não, juro que não — justifiquei com uma risada.

Segurei o rosto de Cacau com a mão, me aproximando dela devagar. Suspirei contra sua boca ao sentir o frescor da água naquele beijo gostoso, sem pressa, cheio de promessas vagarosas.

— Pensei em você usar em mim, se você estiver confortável com isso — ela sondou, me fitando com atenção. — Eu curto, mas se você não quiser...

— Vem cá, Cacau — chamei, colocando a mão sobre a dela. No meu peito, as palavras de Cacau ressoavam tão fortes que meus ouvidos zuniam, o coração batendo forte de um sentimento perigoso, cheio de cuidado e carinho. Cacau se importava comigo, com o meu conforto. E eu queria dar para ela a mesma segurança que ela me passava. — Você cuidou de mim até agora.

Entre nós duas, o vibrador tremia, aplicando uma pressão gostosa contra a palma das nossas mãos. Ela apoiou as duas mãos ao lado dos meus quadris, quase de quatro, virada para mim.

Devagar, passei com a ponta do vibrador por seus seios, deliciada em ver seus olhos se fechando involuntariamente. Me inclinei para frente, a beijando ao deslizar até o meio de suas pernas. Seus suspiros aliviados me atormentavam.

— Olha pra cá — implorei.

Ela havia se segurado a noite inteira, e eu podia ver em seu rosto o quanto ela queria gozar. Mal ficava de olhos abertos, se movendo com o máximo de destreza que podia.

— Molhada pra caralho, e olha que eu nem te toquei — provoquei com uma risada ao puxar o aparelho de volta, completamente úmido.

Passei com a ponta da língua por todo lugar onde o vibrador havia tocado em Cacau. Meu próprio corpo voltava ao estado letárgico enquanto o tesão se apossava de mim, rastejando pelas minhas pernas e costas.

Sem desligar o vibrador, me movi para me sentar sobre a cama, recostada contra a parede e de pernas abertas. Cacau se aproximou, engatinhando, e se sentou na minha frente, de costas para mim, deixando as pernas flexionadas e abertas.

Segurei o vibrador e, com sua ajuda, observei fascinada como era ver o corpo de Cacau se estendendo por completo diante de mim enquanto eu a fodia com o vibrador. Ela deitou a cabeça para trás, apoiada em meu ombro.

— Você é linda e ainda assim tão ordinária, Cacau — murmurei, muito consciente do quanto ela gostava daquilo. Quando o tesão passasse, eu provavelmente sentiria vergonha de algumas coisas, mas naquele momento eu faria e falaria qualquer coisa que a fizesse sentir prazer. — Adora falar que me odeia por aí, mas já gozou tanto na minha cama que deixou a porra do seu cheiro aqui. E você gosta disso...

Cacau assentiu debilmente, deixando um gemido sôfrego escapar quando torci o bico de seu seio com a mão livre, maltratando sua pele sem parar com os movimentos do vibrador.

— Passou o dia inteiro me perturbando, botando essa mão atrevida na minha coxa. Eu não acho justo que só eu tenha sofrido daquele jeito... — confessei. — Me ajuda a segurar o vibrador, Cacau.

Com as mãos firmes, ela apoiou a mão sobre a minha e começou a ditar o movimento junto comigo. Com a outra mão, ela segurou minha coxa, apertando com força com as unhas cada vez que ela tensionava.

Afundei o nariz em sua pele, inspirando o cheiro do xampu e beijando sua cabeça em seguida, quando os gemidos se tornaram mais audíveis e nossas mãos passaram a se mover mais rápido, com mais intensidade.

— América... — ela murmurou, deitando a cabeça para trás, se derretendo. Soltei a carne de seus seios e aproveitei a mão livre para testar o que Cacau me ensinou da última vez. — Ah, meu Deus, sim! — ela exclamou, com a voz pingando de prazer quando o primeiro estalo da minha mão contra seu rosto veio.

Não era nada forte, mas o suficiente para deixar Cacau ensandecida. Ela praticamente escalou meu tronco, buscando minha boca naquela confusão de pele, gemidos e suspiros.

— Você fica com uma carinha linda quando vai gozar, Cacau... — sussurrei, imersa naquela bolha intocável. — Já melou minha mão inteira, e vou ter todo o prazer do mundo em te chupar de novo. E de novo. Quantas vezes eu quiser, porque não canso de te ver gozando.

Cacau soltou um gemido, quase desesperada, e quando segurei seu pescoço, prendendo um pouco a passagem de ar, ela finalmente cedeu. Gemeu mais alto, cravando as unhas na minha mão com tanta força que poderia ter me feito sangrar, mas eu não ligava, porque ela estava completamente à minha mercê, e era um pouco assustador saber que era ali mesmo que eu queria estar. Sendo a pessoa a dar aquilo para ela.

Cacau gemeu longamente, tremendo contra meu corpo enquanto gozava. Senti-a relaxar aos poucos, o peito subindo e descendo com pressa, a pele bronzeada vermelha e com marcas leves dos meus dedos em seu rosto.

Eu não queria dividir aquele momento com mais ninguém. Nunca. Aquela imagem de Cacau estaria vívida na minha mente por muito tempo.

— Você está arruinando o sexo pra mim — ela confessou, de olhos fechados. — Eu quero mais.

— A gente tem aula de manhã cedo — murmurei contra o cabelo dela, me esgueirando para dar um beijo em sua bochecha.

Tirei o vibrador de Cacau e o desliguei, deixando-o largado em cima da cama.

— Eu não ligo pra aula — ela sussurrou, capturando minha boca em um beijo casto.

— Nunca ouvi você dizer isso antes. Acho que ninguém ouviu, na verdade.

Ela riu entre nossos beijos, e se virou para mim, sentando em meu colo. Me emaranhei em seu cabelo, continuando aquele beijo que pairava sobre nós duas o dia inteiro, quando nossos amigos estavam por perto.

Beijar Cacau era um perigo imenso. Ela fazia o que queria de mim a cada suspiro, me levava ao céu a cada toque tímido no meu rosto, como se tivesse cuidado.

— Eu quero ficar aqui — disse ela.

Eu não sabia se ela entendia o que aquilo significou para mim naquele instante, mas apenas assenti de volta.

— Eu também — confessei.

Eu queria ficar ali. Naquele momento. Enquanto Cacau, no seu estado mais primitivo e exposto, me encarava e me derretia com seus olhos castanhos.

Eu queria ficar ali. E saber disso foi o suficiente para me fazer querer ir embora também.

— Vou tomar banho, preciso dormir — anunciei, deixando de tocá--la. De repente, não havia calma ou paz. Apenas calor demais no quarto, com as paredes se fechando ao meu redor.

Cacau se levantou, meio sem jeito.

— Tudo bem, América?

— Sim — murmurei, dando um sorriso apaziguador. — Eu só fiquei com pressão baixa, acho.

Ela não pareceu muito convencida, então apenas se aproximou de mim e virou meu rosto para si.

— Relaxa, América. — Ela me deu um beijo na testa antes de se afastar e passar o polegar sobre minha bochecha. — Não vou contar pra ninguém que você ficou balançada com meu chá de buceta, ok?

E simples assim, Cacau explodiu toda aquela bolha de insegurança, e me vi dando risada sob seu olhar firme.

— Valeu — ela continuou. — Eu acho... Não sei, eu acho que a gente tá construindo algo legal aqui.

Balancei a cabeça, dando um sorrisinho.

— É, eu também acho.

— E você quer... hum... continuar com isso? — Cacau sondou, um pouco envergonhada.

Pisquei com força, com o sangue rugindo por todo o meu corpo, prestes a entrar em combustão.

— Quero, quero muito — admiti.

Ela se inclinou para frente e me deu um beijo tenro, colocando as mãos no meu cabelo. Cacau tinha uma mania péssima de tirar meu ar e ir embora, deixando para trás um rastro de sua presença. Ela deu um último sorriso e foi para o seu quarto. E eu fiquei parada ali na cama, sem acreditar na informação que tinha em mãos. Sentia meu coração bater no corpo inteiro. Aqueles últimos meses pareciam uma fantasia, e eu me sentia cada vez mais ansiosa para que a realidade nunca chegasse.

28. Banho de luzes

CACAU RODRIGUES

América acabou comigo no nosso último treino, e talvez essa fosse a justificativa para eu não conseguir parar quieta na cadeira da sala de aula, com as coxas e os braços doloridos depois de duas horas e meia jogando.

Apesar da lamentação, eu estava ficando muito melhor. Claro, me ajudava muito o fato de América colocar como objetivo final dos treinos testarmos alguma posição sexual nova que eu havia achado no Google ou um encontro em algum restaurante que eu gostasse muito. Mas a verdade é que os treinos me faziam bem, e por mais que eu não fosse admitir isso com tanta facilidade, América era uma grande parte da razão de eu insistir neles, mesmo quando estava cansada.

— Eu enviei três poemas que vamos analisar nas próximas aulas. — A voz da professora chamou minha atenção quase no final da aula. — Pensei um pouco entre poetas palestinos ou sírios, acabei optando pelo Nizar Qabbani, a pedido da Cacau. — Ela apontou para mim com um sorriso.

Sorri, um pouco envergonhada. Era divertido ser a monitora daquela matéria, ainda que estivesse me exaurindo conforme o fim do semestre se aproximava. Já estávamos em junho, e aquele último mês de aula seria insano.

Mal tive tempo de parar em casa e nem me lembrava da última vez que havia falado com meus amigos por mais de cinco minutos no corredor.

Mas havia o lado positivo: eu amava estar na sala de aula, ser apoio para outros alunos e bajular minha professora. Não ligava para o que dissessem, eu gostava muito de admirar pessoas que tinham um grande conhecimento. A Libélula era uma dessas professoras que fazia com que a história e a literatura se tornassem uma só, que amor e arte se mesclassem com tamanha naturalidade que a única solução final era aceitar que não há nada maior do que *amar*. E o amor sempre foi muito mais bonito em árabe.

Nizar Qabbani, o poeta que eu havia comentado com a professora como um autor interessante para analisar com os alunos, era justamente o meu material da iniciação científica. Os poemas dele enchiam o ar de magia, melancolia e erotismo. Era como amar outra pessoa pelos olhos de quem escreve, e nem todos os autores tinham esse dom.

Quando a aula acabou, me levantei para pegar a lista de presença na mesa da professora para bater com a da semana passada.

— Eu li o material que você me enviou essa semana, está ótimo — Libélula comentou quando me aproximei. — Você vai se dar muito bem no mestrado. Inclusive, recebi uma proposta de tradução que pode te interessar.

— Do árabe pro português?! — exclamei de olhos arregalados.

Larguei a lista de presença na bolsa, falhando miseravelmente em mascarar minha empolgação.

— Sim, sim. Um livro de oitenta páginas. É curto, mas é uma ótima maneira de treinar. Não vou conseguir pegar e já vi sua análise em outros textos, por que não?

Abri e fechei a boca, sem conseguir acreditar naquilo. Então, fiz o impensável, e me inclinei sobre a mesa para abraçar Libélula. Ela pareceu um pouco surpresa, mas riu e me abraçou de volta.

— Imagino que seja um sim? — perguntou quando me afastei, enérgica demais para ficar parada.

— Claro, com certeza. Meu Deus, desculpa pelo abraço. Eu só...

— Não precisa se desculpar. — Ela me tranquilizou com um aceno. — Vamos indo? Aproveito pra contar os detalhes.

Eu me contive em saltitar como uma criancinha pelos corredores da faculdade enquanto Libélula me explicava detalhadamente o que era esperado, os prazos e valores.

Ah, o pagamento!

Nos últimos dias, estava conseguindo alguns freelas e dava aulas particulares de árabe em alguns horários entre as disciplinas. Não me lembrava de ter a agenda tão cheia, e às vezes mal conseguia jantar antes de capotar na cama.

Duas dessas vezes, América estava me esperando largada na minha cama, como se fosse a dona de tudo. Ela sorria para mim, dava um piscadela com os olhos castanhos e eu me perdia nela por alguns instantes até realmente precisar dormir.

Não era tão ruim.

E como tínhamos uma matéria juntas, às vezes conseguíamos voltar juntas até o metrô, quando ela seguia para dar aula de basquete particular. E nos encontrávamos à noite para mais sessões de treino, alternando com o das calouras.

Eu já havia sido anunciada nas redes sociais da atlética como integrante do time e, mesmo que tentasse esconder, estava feliz e orgulhosa. Não participava de campeonatos com as outras calouras, odiava a ideia de competir oficialmente, mas me divertia em me sentir parte de um time grande.

— Dei uma analisada nos fichamentos que você ajudou a corrigir dos calouros da habilitação de árabe — comentou Libélula, chamando minha atenção quando nos aproximamos do estacionamento. Ela sempre me dava uma carona depois do fim da aula na quinta-feira, às onze da noite. — São uma turma ótima, melhor que a do ano passado, pelo menos.

— Acho que eles se entrosam melhor, fora que são menos alunos, se conhecem melhor e...

A minha frase morreu na boca. Ali, a distância, Pedro estava fumando um cigarro recostado contra o próprio carro ao lado do da professora.

— Querida? — ela me chamou.

Balancei a cabeça, inspirando com força.

— Boa noite! — Pedro cumprimentou com um sorriso quando nos aproximamos. — Cacau, que surpresa te encontrar aqui.

Na minha faculdade? No instituto em que eu estudo?

— É, que surpresa — respondi, o mais educada possível diante da minha orientadora. Ela estava com a cara enfiada na própria bolsa procurando as chaves do carro. Libélula sempre perdia tudo nela.

— Posso te roubar um pouco? — Pedro perguntou, jogando o cigarro no chão e o esmagando com a ponta do pé.

Libélula o encarou com o cenho franzido, desgostosa com aquela ação. Eu concordava. Fiz uma careta de volta, sem esconder minha reprimenda.

— Vai comigo, Cacau? — Libélula perguntou, apontando com a cabeça para o próprio carro.

Voltei o olhar para Pedro, sem conseguir negar o um por cento da minha curiosidade. Queria confirmar minhas suspeitas, e se América não falaria, eu precisaria descobrir a verdade de uma outra maneira.

— Vou ficar, professora, obrigada — disse e sorri para ela, desviando rapidamente dos olhos castanhos do meu ex-namorado. — Boa noite, a gente se vê na semana que vem.

Libélula deu uma última analisada em Pedro antes de entrar no carro e sair pelo estacionamento. Me virei para ele, sentindo o frio de junho esfriar minhas bochechas, e me ajeitei no moletom marrom, encolhendo por causa do vento cortante.

— Vou precisar pegar o ônibus ainda, então podemos falar rápido?

Pedro passou a mão pelo cabelo enrolado, então coçou a barba.

— Eu posso te deixar em casa, não tem problema.

— Não mesmo, sem chance — respondi de pronto, sem titubear. — Nós temos alguns limites muito bem-estabelecidos, e esse é um deles.

Ele revirou os olhos, então enfiou a mão nos bolsos da frente.

— Não vou dar em cima de você ou nada do tipo, o papo é diferente.

— Até agora todas as nossas conversas foram péssimas. Depois de dois anos, você decidiu aparecer querendo se redimir e desde então não me dá descanso. O que foi dessa vez?

Um silêncio constrangedor e desconfortável flutuou sobre nós. Cruzei os braços na frente do peito, desviando o olhar para os capôs dos carros cobertos pelo orvalho, com para-choques úmidos àquela hora da noite.

— Eu comecei a fazer terapia — ele disse, suspirando.

— E eu com isso, Pedro? — respondi, um pouco ríspida demais. — Não acredito que perdi minha carona por isso, honestamente.

— Eu quero falar sobre nosso relacionamento, Cacau — ele me interrompeu, levantando a mão entre nós dois para me impedir de falar. — Por isso quero que você entre no carro, porque é uma conversa que eu preciso ter para ficar em paz e encerrar isso de vez.

— E a minha paz? — provoquei, cerrando os olhos. — Porque eu *aposto* que eu vou sair desse diálogo totalmente irritada, só pra você chegar na psicóloga dizendo que evoluiu enquanto ser humano?

— Não precisa se fazer de santa, né, Cacau? — ele repreendeu, com a testa franzida. — Nosso problema sempre foi de comunicação, então por que não aceita que eu quero me comunicar com você agora?

— Porque agora é tarde demais — respondi o óbvio. — Você teve todo o nosso relacionamento para agir assim, e só está fazendo isso agora? Nem tudo precisa de um encerramento, às vezes as coisas não se resolvem, Pedro.

— Cacau... — Ele respirou fundo e apontou para o carro de novo. — Por favor, cinco minutos. O caminho até te deixar em casa. Só isso.

Peguei meu celular e abri o aplicativo do ônibus, assimilando com raiva que seriam ainda vinte minutos até o próximo passar no ponto. Bloqueei a tela, insatisfeita com o sorriso convencido no rosto de Pedro.

Entrei no carro, estranhando o frio do estofado. O carro de América era sempre muito quentinho, porque ela preferia deixar pequenas mantas nos assentos durante o outono e inverno.

— Como eu falei — começou ele quando ligou o carro, passando a dirigir pelas ruas da cidade universitária devagar —, estou fazendo terapia há uns dois meses. Tem me feito muito bem. Aprendi a impor limites e tudo mais, como você sempre dizia que eu deveria aprender a fazer.

Eram só alguns minutos naquele carro. Eu conseguiria.

— E eu cheguei a algumas conclusões sobre nosso relacionamento — ele continuou, batucando com os dedos longos e cheios de anéis sobre o volante. — Nós fazíamos muito mal um ao outro.

Abri a boca, quase disposta a retrucar, mas fechei e permaneci calada. Eu tinha muito a dizer, mas conhecia o Pedro muito bem para saber que ele daria um jeito de falar que eu estava sendo dramática.

— Eu acho que a verdade é que eu nunca gostei da gente, do nosso namoro — ele disse, aproveitando o semáforo fechado para me encarar.

A luz traseira dos carros banhava aquela cena monstruosa de vermelho, e comecei a sentir meu coração batendo mais forte, porque eu esperava que fôssemos seguir qualquer caminho, menos naquela direção.

— Como assim?

— Acho que passei um tempo do nosso relacionamento odiando estar nele. Eu nunca me senti parte da sua vida, só um coadjuvante do coadjuvante. Você saía por aí vivendo, viajava, tinha sonhos, e eu... eu nunca tive isso. Acho que eu me sentia meio...

— Inferior? — completei, rangendo os dentes.

Pedro inclinou a cabeça, atordoado.

— É, acho que sim.

— Por quanto tempo você sentiu isso?

Ele passou a mão pelo rosto, sem me encarar, mas naquele momento, eu já estava praticamente virada para ele, sentindo meus ombros tensos.

Eu já senti dor em muitos momentos da vida. Quando caí e quebrei o pé na educação física e minha mãe não conseguiu sair de uma reunião para me levar ao hospital. Quando tive meu primeiro coração partido. Quando vi Pedro beijando a América. Naquele ponto na vida, eu já tinha sentido momentos em que o ar faltava no peito, o coração acelerava e não havia o que ser dito, porque a dor era intensa demais para ser convertida em palavras.

Mas quando Pedro levantou o olhar para mim, parado em outro semáforo, com o cabelo caído sobre a testa do jeito que eu amava quando éramos mais novos, senti tudo aquilo de uma vez, num intervalo de milésimos.

— Desde o início.

Desviei os olhos para o farol traseiro do carro à nossa frente, sentindo meu próprio coração bater naquele tom de vermelho escarlate. Tentei fechar a boca escancarada, mas não consegui. Ou dava ouvidos ao meu coração se esfarelando dentro de mim ou me importava em parecer forte.

Eu não me sentia nada forte naquele momento.

— Você... você... — repeti, sem conseguir dar vazão ao que minha mente disparava. — Desde o início? Mas...

— Me desculpa, Cacau — ele murmurou.

— Desculpa?! — exclamei, arregalando os olhos. Me virei para encará-lo, mergulhada num frenesi. — E foi por isso que você me traiu tantas vezes? Porque se sentia inferior? Porque você sentia que estava competindo comigo?!

Meus braços tremiam de frio, mesmo que o aquecedor estivesse ligado. Aquilo era um pesadelo. Um pesadelo.

Pedro continuou quieto, covarde.

— Acho... acho que sim. Eu não sabia como terminar tudo, porque eu já estava naquilo há tanto tempo, e eu achava que queria continuar, eu só nunca... Eu comecei a me ressentir de você, de certa maneira.

— Você queria me machucar pra provar que é homem?! — esbravejei, sem conseguir controlar meu nervosismo e minha irritação.

— Não, Cacau, não foi isso, eu...

— Você dizia que me amava. Que me amava. Amava — interrompi-o, como um disco quebrado, regurgitando as mesmas informações até que fizessem sentido. — Como você ama alguém e não suporta estar perto da pessoa? Por que você não me disse isso antes? Por que não terminou comigo logo?

— Lembra do que eu disse no início da nossa conversa? — ele perguntou, a voz se esvaindo na noite gelada, levada até que sumisse, mas ainda ecoando em minha cabeça, expandindo, tomando forma. — Eu acho que nunca impus meus próprios limites pra gente.

Passei meses tentando justificar o término sozinha com as dúvidas se enveredando pela minha mente sabotadora, que me colocava como culpada em uma camada da relação que eu nem sequer sabia que existia.

Porque, dentre todos os meus cenários de sabotagem, aquele era o único que nunca havia passado pela minha cabeça. E meu coração de novo partido só me lembrou que parecia que eu nunca seria o suficiente.

Porque quem sentia falta de ar ali, quem estava com o peito doendo, era a Cacau de dois anos atrás. Aquela que queria respostas, que queria consertar tudo, porque se eu sempre fui capaz de tudo também poderia consertar nosso relacionamento. Ter respostas na minha mente era mais confortável; botar a responsabilidade em mim era mais fácil, assim eu poderia me recuperar sozinha sem depender de respostas vagas do meu ex.

Mas Pedro apenas balançou a cabeça, ignorante ao fato de que estava mais uma vez me quebrando em mil pedaços.

Por dois anos, tive que lidar com a insuficiência e impotência por ter sido traída. Do que adiantou tentar controlar tudo se no final nada estava sob o meu controle?

— E a sua solução foi continuar comigo nesse relacionamento? Enquanto eu achava que tudo estava bem, que a gente se amava, você ficou guardando ressentimento, se afastando? Você me traiu, Pedro! Você me machucou porque não sabia lidar com a porra dos seus sentimentos!

Pedro se tornou meu maior inimigo bem debaixo do meu nariz. E eu não percebi em momento algum.

— Pedro... — Uma imagem se formou na minha mente. A última peça do quebra-cabeça. — O que aconteceu naquela noite com a América? — Me virei para ele quando demorou a responder. — Eu preciso saber... Você forçou aquele beijo?

Ele passou a mão pela barba, suspirando.

— Não foi bem assim, você sabe como ela é... Eu acho que estava bêbado demais, não pensei direito e...

Eu havia lido em alguma revista que, ao vivermos um trauma, normalmente nossa mente nos protege do choque corporal. Ouvimos, mas não significa que entendemos exatamente o que acontece.

Eu não queria lembrar, não queria lidar com aquela bomba nas minhas mãos, mas tinha passado tempo demais nas últimas semanas cogitando aquele cenário. Cogitando que Pietra estava me dando uma dica, que toda vez que América disse que deveria ter dito *não* quando falava no Pedro não significava resistir ao próprio desejo, e sim ao que *ele* havia imposto.

Segurei o apoio do banco, o ar quase inexistente no meu pulmão. Uma pedra gigante parecia pressionar meu peito e, ainda assim, Pedro não parava de falar, alheio à crise que se alastrava dentro de mim.

— Mas essa é a fama dela, eu achei que ela estivesse mesmo dando em cima de mim. Ela veio toda simpática puxar papo comigo, me perguntou coisas sobre mim, disse que estudava com você... Eu achei que ela tava querendo alguma coisa. E aí eu fui beijar, ela se afastou, mas eu achei que fosse charme e... Foi sem querer, eu juro!

Aquilo era um filme de terror. Do pior tipo.

— Para o carro! — exclamei, querendo fugir dali. Correr.

Pedro parou o carro próximo ao meio-fio. Abri a porta sem pensar muito bem. Respirava em longas lufadas, buscando o controle daquela situação.

Ele saiu do carro e veio até mim.

— Você forçou a América a te beijar! — repeti, processando aquelas palavras desesperadoras.

— Cara, eu acabei de falar que não foi nada disso. Foi o que ela disse? Você não acredita no papo dela, né? Porra, mulher é tudo igual mesmo. Você fica do lado dela, e como eu fico? Por que você não acredita em mim, em vez dela? Essa fama dela corre, você sabe disso, não adianta se fazer de inocente.

Minha cabeça doía e o sangue rugia em meus ouvidos, mas eu só conseguia pensar que, para além de o meu coração ter sido partido, América também tinha saído machucada dessa história sem qualquer motivo.

O choro dela naquele estacionamento. O jeito meio omisso. Não saber se defender. Odiar o olhar de desejo de outras pessoas, porque nunca sabia quando elas ultrapassariam a linha entre o flerte e o assédio...

A ânsia bateu antes que o pensamento pudesse terminar de se formar. Eu parti o coração de América sem nem saber. E Pedro estava ali, diante de mim, falando sobre aquilo como se ele tivesse alguma razão. Como se eu devesse pegar *leve* com ele por causa da fama de América. Porque ele queria acreditar que a própria ação repugnante tinha uma justificativa. Que ele poderia terceirizar as próprias vontades.

— Você me arrastou pra essa espiral maldita com você — vociferei contra o rosto dele, com o dedo em riste. — Podia ter me livrado disso antes, podia ter sido honesto, mas você preferiu mentir. Acabou comigo. E ainda por cima tentou culpar uma garota por ser um assediador filho da puta.

— Assediador?! — Ele arregalou os olhos, assustado. — Cacau, para de drama...

— Assediador — repeti, sentindo cada sílaba praticamente empacar na boca.

Pedro piscou, meio atordoado e confuso.

— Você pode fazer mil anos de terapia, pode se tratar com a porra do Freud, não importa, o seu caráter é podre — cuspi, sentindo minhas mãos tremerem de ódio. — Você *assediou* uma garota inocente e guardou isso por anos pra não assumir a própria culpa. Me traiu várias vezes porque tem um ego imenso e uma autoestima que não acompanha a fantasia que você criou na própria cabeça.

— Cala a boca, Cacau! — ele exclamou, crescendo para cima de mim.

Respirei fundo e com raiva, então enfiei meu dedo no peito dele, praticamente rangendo os dentes com o rosto quase colado ao de Pedro.

— Você é um merda — rosnei, sentindo meu peito se encher de desprezo conforme lágrimas subiam aos seus olhos. — Não tem terapia que te salve, Pedro. Você merece tudo de ruim que pode acontecer nessa vida.

— Tá maluca, porra? — Ele segurou meu pulso com força, explodindo de raiva.

— Por um lado, você tava certo. — Encarei meu próprio pulso, que ele soltou rapidamente. — Você é realmente *muito* inferior. — Dentro daquele caos, me dei ao direito de sorrir ao ver o rosto de Pedro se contorcer de raiva. — Você é miserável e insignificante, e fico feliz que a terapia finalmente tenha te feito perceber isso. Porque eu percebi muito antes.

Então me afastei, empurrando-o para longe de mim. Ele tropeçou no meio-fio, e um pensamento quase ruim demais se apossou de mim ao vê-lo daquela maneira.

Pedro não me seguiu quando comecei a caminhar e por sorte não viu as lágrimas finalmente me alcançarem quando me encostei na parede, duas ruas depois, e comecei a soluçar, com as pernas bambas de medo.

29. Todo adulto ama dizer que o diálogo é a chave, mas nunca diz que porta ela abre

CACAU RODRIGUES

América estava no sofá quando cheguei em casa. Estava com o computador no colo, com a página aberta em algum arquivo da faculdade. O cabelo loiro estava preso em um coque, diferente do rabo de cavalo que sempre a acompanhava.

Mas naquela cena de normalidade se estendia uma sombra penosa, abrindo as garras pelas paredes, se arrastando até que o cabelo de ouro se apagasse, imerso na minha culpa. Porque América, sorrindo para mim do sofá, era a mesma que havia sofrido na minha mão, que passou os dois últimos anos sem se defender do que boa parte da faculdade achava que sabia sobre ela.

— Você está com uma cara péssima — ela constatou, e o sorriso desapareceu rapidamente. — Aconteceu alguma coisa? Alguém te machucou?

Balancei a cabeça em negativa, com um nó imenso na garganta. Meus olhos voltaram a arder em lágrimas, mas eu não tinha o direito de chorar naquele momento.

Eu tinha duas opções ali. Bombardear América com o que eu havia descoberto e provavelmente magoá-la, ou ficar quieta, entrar no meu quarto e fingir que nada daquilo havia acontecido. Mas eu não queria guardar aquilo.

— Por que você nunca me contou o que o Pedro fez com você de verdade naquela noite? — Juntei coragem para perguntar, sentindo minha voz distante, submersa na sombra que agora se espalhava para os corredores, cobrindo a lua lá fora.

América fechou a boca e se colocou em pé, deixando o computador abandonado no sofá. Ela encarou a parede atrás de mim, e suas bochechas delatoras manchadas de carmesim foram o suficiente para me mostrar seu constrangimento.

— Do que você está falando?

Funguei, sentindo minha cabeça doer ainda mais após andar três quarteirões praticamente correndo, com o frio batendo na cara.

— O Pedro forçou o beijo, não foi? — perguntei, mais para dar uma chance a ela de fugir do que confrontar, porque América era escorregadia e arredia. Apesar disso, eu não queria que ela fugisse naquele momento.

Ver os olhos de América se encherem de lágrimas e ela cruzar os braços sobre o peito foi a última pá de terra.

— Por que você não me contou? — perguntei, falhando miseravelmente em manter a voz estável, sem soar lamuriosa. — Por que deixou que eu odiasse você? Que as pessoas falassem de você mesmo que fosse mentira?

Ela desviou o olhar para o chão, então cobriu o rosto com as mãos e soluçou, com os ombros tremendo. Permaneci no lugar, sem saber como decodificar as batidas erráticas do meu peito, martelando a memória constante da voz de Pedro.

A fama da América.

Parecia que ela estava dando em cima dele.

Ele estava bêbado demais e não pensou direto.

O meu primeiro namorado, o cara que havia conhecido meus pais, que se tornou parte de cada centímetro da minha vida, era o responsável pelas lágrimas desesperadas de América, pelos soluços de dor que soltava enquanto chorava, que se tornaram uma tosse desenfreada, desembocando em uma tentativa de busca por ar.

— América! — Fui apressada até ela, segurando seus pulsos e buscando seus olhos. — Respira, por favor.

América olhou para cima, com as pupilas tão dilatadas que pareciam engolir todo o restante. Ela inspirou com força, mesclando lágrimas às respirações.

— Como você descobriu? — ela perguntou quando conseguiu se acalmar, buscando em meu rosto alguma resposta antecipada.

— Eu juntei os pontos depois da festa à fantasia da faculdade. Teve algum motivo pra você não me contar? — repeti a pergunta.

— Eu tentei! Eu nunca... eu nunca acreditei totalmente que a culpa fosse do Pedro até poucos meses atrás, quando eu contei pra Pietra e ela quis ir atrás dele. Só ali eu entendi o que tinha acontecido de verdade. Eu achava que tinha sido um erro de bêbado, que ele não tinha feito de propósito. Eu acreditei que eu tinha que ter dito não mais alto, que... que você não acreditaria, porque nem eu acreditei completamente.

— América, como você ia saber que eu não ia acreditar se não me contou?

— Eu juro que tentei aos poucos, mas foi difícil. E quando eu vi o Pedro no bar aquele dia... Foi como se eu tivesse revivido aquela cena várias vezes na cabeça.

Ela voltou a soluçar, então passou a mão sobre o rosto, já do outro lado da sala, distante de mim.

— Eu sinto muito, América — lamentei, sentindo meu peito doer diante do olhar machucado dela.

— E você apareceu transtornada. Eu estava tão em choque que não consegui falar, porque eu não acreditei que aquilo estava acontecendo. Até aquele momento eram só caras sendo babacas, inventando mentiras ou confundindo gentileza com dar mole pra eles, mas o Pedro...

Permaneci em silêncio enquanto seu olhar divagava, completamente perdida em memórias que não me pertenciam, e ainda assim pareciam agulhas perfurando minha cabeça.

— Eu saí correndo sem olhar pra trás e só parei quando cheguei em casa. Nós não nos conhecíamos direito, eu não sabia se você era confiável, não tinha ideia da sua índole. E quando a gente começou a se odiar de verdade, eu achei que você fosse uma pessoa ruim. Péssima, na verdade. Por que eu falaria a verdade pra alguém que era daquele jeito comigo?

Mal percebi o que estava fazendo antes de atravessar a sala e jogar meus braços ao redor de América, abraçando-a com força. Ela se agarrou ao meu moletom, chorando na curva do meu pescoço. Coloquei a mão em seu cabelo, segurando-a entre meus braços a cada novo soluço alto.

Não sei quanto tempo permanecemos daquele jeito, somente o som do choro dolorido de América preenchia o apartamento mesclado às minhas lágrimas entristecidas e confusas. Eu estava cheia de ódio e revolta, que aumentava a cada novo gemido de dor de América.

— Eu não quero mais sentir isso, Cacau, eu só quero que pare — ela implorou, se afundando em meu abraço. — Não aguento mais.

Permaneci agarrada a ela, sussurrando em seu ouvido que estava ali, que ela podia continuar a chorar, que não iria embora. Porque eu dei as costas para América Figueiredo em uma noite, dois anos atrás, e não tinha qualquer intenção de repetir isso. Então a prendi contra meu corpo, com nossos batimentos se misturando.

— Você nunca mereceu nada disso, América — murmurei contra seu cabelo. — Eu sinto muito por mim e por cada pessoa que fez com que você se sentisse menos amada. Me perdoa. Eu sei que não é o suficiente, nunca vai ser o suficiente pelo que eu te fiz.

— Não é culpa sua — ela respondeu, se afastando o suficiente para me encarar. — O Pedro... Ele...

— É — concordei, balançando a cabeça. — Eu sei.

Então voltamos ao silêncio.

Observei cada linha de expressão dela, cada cílio alongado, cada lágrima que havia deixado um traço fantasma naquela pele marrom. Mas foi nos olhos tempestuosos, cheios de dor e histórias que eu mal conhecia, que eu me perdi. Aquela América, a que esgueirava para fora aos poucos, agora se derramava em cascatas infinitas.

E vê-la longe das sombras tornava tudo mais claro. Cada ação que ela havia tomado, cada discussão nossa. Ela estava se defendendo sem que eu sequer soubesse contra *o que* ela lutava. E desejei poder voltar atrás, evitar que aquilo tivesse acontecido. Mas eu não era a única. América foi marcada por outras experiências, e eu não poderia arcar com toda a responsabilidade ali, sobretudo pelo que Pedro havia feito.

Eu não conseguiria controlar nada daquela situação. Só poderia me oferecer para estar perto de América. Torcer para que ela visse a sinceridade em cada uma das minhas ações.

— Quer ir tomar um banho? Eu posso fazer um chá. Um chocolate quente — ofereci, me afastando dela.

América limpou as lágrimas com os dedos, balançando a cabeça em um aceno. Ela se arrastou até o banheiro, e enquanto a água escorria nos azulejos, eu me agachei no chão da cozinha, deixando que os soluços finalmente escapassem.

Passei dois anos da minha vida odiando a garota que, no primeiro dia de aula, piscou para mim e fez com que eu me sentisse muito mais interessante do que dois anos em um relacionamento com Pedro foram capazes.

E ela estava agora com o coração quebrado porque eu fui exatamente aquilo que aprendi a repudiar em minhas primas e tias. Eu fui cabeça--dura, achando que poderia controlar tudo, que se eu tivesse sido um pouco melhor, uma namorada melhor, Pedro não teria me traído.

Passei a mão sobre o rosto, determinada a lidar com aquilo assim que estivesse sozinha no quarto. Abri a geladeira e me concentrei em pegar o leite, uma ação de cada vez. Fiz um pão com requeijão também, aproveitando que América já havia saído do banho e estava no quarto.

Parei diante de sua porta, como se fosse a primeira vez que entrava ali. América estava deitada na cama, coberta até o pescoço com o edredom.

— Você tirou as bordas — ela comentou com a voz rouca quando entreguei o prato e o copo. — Obrigada.

— Eu entendo se você não quiser continuar aqui em casa comigo — disparei, meio nervosa. — Que você não queira me perdoar, porque isso não é sobre mim, e sim sobre seus sentimentos. Eu sei de tudo isso. Eu sinto muito, América. Tanto que não sei por onde começar a me desculpar.

Desviei o olhar para a parede, sentindo meu nariz pinicar.

— Você pode começar dormindo comigo — pediu ela, tomando um gole. — É um ótimo começo.

— Tem certeza? — perguntei, meio surpresa.

— A não ser que você queira chorar sozinha no seu quarto, pode chorar aqui comigo mesmo.

Balancei a cabeça em negativa, dando uma risada fraca. Tirei meu moletom por cima da cabeça, deixando-o sobre a escrivaninha, então me aproximei da cama de América, mas diferentemente das outras vezes em que estive ali com ela, não havia desespero, não havia beijos ou sexo, não havia nada além de duas mulheres com o coração partido dando espaço uma para a outra numa cama de casal quentinha em uma noite de junho.

Ela estendeu o prato na minha direção, e me inclinei para comer o pão, deixando um beijinho em seu polegar antes que ela pegasse o copo de leite e estendesse para mim também.

Em silêncio, comemos juntas.

Em silêncio, América apagou a luz.

Em silêncio, nos deitamos, uma de frente para a outra.

Em silêncio, a observei piscar os olhos devagar, me olhando de um jeito diferente; mais expostas do que jamais estivemos até hoje.

Um coração partido se remenda. E o meu parecia um pouco menos partido ao finalmente fechar os olhos e dormir ao lado de América Figueiredo.

30. Confissões de uma garota com o coração partido

AMÉRICA FIGUEIREDO

Eu não costumava ter muitos pesadelos. Normalmente, meus sonhos evaporavam antes mesmo que eu abrisse os olhos e entendesse que havia sonhado. Naquela noite, eu tinha certeza de que teria pesadelos horríveis, mas me surpreendi ao acordar no dia seguinte, atrasada para a aula da manhã. Me ajeitei no edredom, e como ao acordar de um sonho, me esqueci por um instante de quem estava atrás de mim, com a boca no meu pescoço e as pernas entrelaçadas às minhas.

— Desliga esse despertador, tá tocando tem uma meia hora — Cacau resmungou, se apertando contra meu corpo, que agora parecia pegar fogo. Eu era calorenta demais. — Não tenho aula hoje.

Então voltou a roncar.

Fechei os olhos, tentando voltar àquela realidade dos sonhos para justificar a noite anterior, uma mistura de pesadelo com o cabelo castanho de Cacau enfeitando meu travesseiro.

Sentia o peso do meu coração batendo, consciente de que havíamos quebrado uma regra muito clara sobre nossa convivência. Cacau estava dormindo comigo na minha cama. Acordei algumas vezes durante a noite, um pouco assustada por não estar sozinha, até que me lembrava dela e respirava fundo, voltando a dormir.

Agora, de manhã, com a cabeça doendo e os olhos ardidos depois de chorar por muito mais tempo do que eu queria, a realidade começava a se assentar sobre mim.

Cacau sabia sobre o Pedro.

Ela sabia e ainda assim estava ali. Eu queria que ela ficasse comigo. Conseguia ver no rosto dela o quanto nossa conversa ontem doía nela também. Mas aquilo... Tudo aquilo era diferente. Estava apática, queria só ficar o dia inteiro na cama, olhando para a parede e pensando em tudo e nada ao mesmo tempo.

Aquela era a primeira vez que eu chorava e realmente explodia sobre o assunto, mesmo anos depois. A sensação foi horrível. Devastadora. Meu corpo inteiro estava dolorido e cansado, sem energia alguma para encarar a realidade.

Florisbela havia me avisado que o processo de aceitar a realidade e lidar com ela seria difícil. Que eu provavelmente passaria por dias e noites desconfortáveis. Eu só não esperava que Cacau estivesse ali para me ver completamente desmontada.

E ainda assim, havia algo faltando. Algo que se assentou com muita clareza ontem enquanto eu gritava para Cacau o que eu queria dizer de verdade. Eu nunca havia levado a sério quando diziam que verbalizar sentimentos tornava tudo mais claro, mas agora parecia extremamente óbvio.

Fechei os olhos em deleite quando, não muito tempo depois, Cacau me puxou pela barriga para colar minhas costas ao seu corpo, encostando a boca no meu cabelo até achar minha bochecha e deixar um beijo lento nela.

— Consigo ouvir você pensando daqui — ela murmurou, com a voz meio rouca de choro também. — Acordou melhor?

— Não muito — confessei, respirando fundo.

Não me virei para ela, mas cruzei os dedos sobre os dela na minha barriga, consumida pelo calor de nossos corpos cobertos pelo edredom a noite inteira.

— Vou fazer café — Cacau disse, se espreguiçando. — Quer alguma coisa?

— Você cozinha muito mal — respondi, finalmente me virando para encará-la.

Cacau estava sonolenta, com o cabelo espalhado para todos os lados e os olhos cerrados em um desafio. A boca carnuda ainda estava um pouco vermelha, mas ela no geral parecia bem.

— Cala a boca e aceita minha oferta.

Ela se levantou e, ao me ver sozinha, encarei o teto, analisando cada pedacinho de tinta. Como seria minha relação com Cacau dali para frente? Fui tomada pelo receio de que ela passasse os próximos dias com pena de mim, que agisse daquela maneira como tentativa de compensar o que havia acontecido.

Aquele seria meu terror.

E ela havia dormido comigo, acordou e fez café para mim? Que dinâmica era aquela? Balancei a cabeça e me preparei para levantar, porque tomar decisões de barriga vazia não era sinal de sabedoria.

No meu celular, algumas mensagens dos meus pais pipocaram. Minha mãe queria saber se eu poderia passar uns dias com ela, e, enquanto isso, meu pai falava sobre o clima frio na praia e que ele sentia falta das nossas noites de filmes.

— Aqui — Cacau anunciou ao colocar nosso café da manhã sobre a escrivaninha, inclusive o leite do jeito que eu gostava. — Come aí.

Bloqueei o celular e comecei a comer com ela, mas sem realmente sentir o gosto da comida. Estava meio perdida em como Cacau, assim como eu, parecia mais letárgica, cansada.

— Eu não quero que você force a barra — pedi, largando minha banana sobre o prato. — Você não precisa compensar nada, Cacau, vou odiar isso.

Ela arqueou a sobrancelha, mastigando um pão de queijo.

— Eu não estou compensando, estou cuidando de você. Não é a mesma coisa. — Então deu outra mordida na comida, dando de ombros.

— Por quê?

— Oi?

— Por que está cuidando de mim?

Cacau respirou fundo e se recostou contra a cadeira, ponderando por segundos, que me pareceram anos.

— Porque eu quero.

Eu tinha muita dificuldade em aceitar que as coisas passam, muita dificuldade mesmo. O que Cacau estava propondo ali, com suas ações, era deixar dois anos de mágoa de lado. Eu estava pronta para aquilo? O que sobrava entre nós duas sem a raiva?

— Eu preciso de um tempo — admiti, desconfortável. — Isso é meio novo.

— Claro. — Ela deu de ombros, tomando um gole generoso de café. — Só quero levantar a bandeira branca primeiro, não ficar pisando em ovos e tudo mais. Também vou entender se você quiser se afastar um pouco de mim, enfim, desse nosso acordo meio estranho e tudo mais.

— Talvez seja uma boa ideia — concordei, ainda que não quisesse totalmente. Eu gostava dos beijos da Cacau, de como ela fazia tudo lá fora desaparecer quando me beijava, mas eu precisava do meu próprio tempo.

Ainda que fôssemos vítimas do mesmo cara, nós tínhamos uma história um pouco conturbada, e eu não sabia o que fazer com ela uma vez que estávamos nos resolvendo.

— Ontem, fiquei pensando em contar uma coisa... — iniciei, pigarreando. — E contar pra você é parte da minha bandeira branca também.

Cacau inclinou a cabeça, curiosa.

As palavras pareciam presas na minha boca, e por mais que eu as segurasse, sabia que já existiam na minha cabeça há muito tempo, disformes. Era, até então, uma ideia que não se concretizava, mas ontem à noite brilhou em letras neon. Havia uma comichão na minha boca para pronunciá-las, para sentir como seriam ditas em voz alta. Se eu entraria em chamas ou se tudo permaneceria normal ao pronunciá-las.

— Eu sou lésbica, Cacau — murmurei, sentindo meu peito cheio de ar voltar ao normal.

Ela pareceu meio chocada. Mas logo se recuperou e apenas enfiou um pedaço de banana na boca e assentiu.

— É, faz sentido.

— Não vai falar nada? — sondei, curiosa.

— Se você espera que eu jogue algo na sua cara — comentou, com o cenho franzido —, vai ficar esperando. Cada um tem seu tempo. Eu cresci numa casa relativamente aberta, ainda que meu pai tenha estranhado um pouco, mas entendo que talvez não seja sua realidade. Eu já tinha imaginado que uma mulher hétero não faria comigo o que temos feito nos últimos meses. — Ela deu uma risadinha.

Assenti, caindo em silêncio, as batidas do meu coração desacelerando.

— Por que me contar isso agora? — ela perguntou, um pouco mais cautelosa.

— Porque eu comecei a falar ontem e não consigo parar — admiti.

— Foi *tão* libertador falar tudo aquilo, Cacau, que eu só queria continuar falando e falando.

— Então, fale. — Ela estendeu a mão para mim.

— Minha mãe é lésbica também — comecei a dizer antes que pudesse me refrear. A sensação era de esvaziar um balão de ar prestes a explodir. — Só que ela só se assumiu muito tarde. Ela já estava casada com meu pai, eu era adolescente e o casamento deles era ótimo, ou pelo menos eu achava. E aí... minha mãe começou a trair o meu pai. Acho que ela não via saída do casamento, não com a família dela sendo extremamente conservadora e muito, *muito* homofóbica.

Cacau ouvia atentamente com os olhos se arregalando aos poucos.

— E não me entenda mal, eu fico morta de raiva em saber disso. Ela magoou meu pai. Mas eu entendo que eles dois são de uma geração diferente. Os pais da minha mãe eram extremamente homofóbicos, e ela nunca teve a chance de ser uma mulher lésbica, porque não existia nenhuma outra opção além de casamento e família com um homem nos moldes que eles queriam. — Respirei fundo, fugindo do tormento das memórias da minha adolescência, das vezes em que minha mãe dizia que estava indo viajar a trabalho, mas uma parte minha desconfiava do que realmente estava acontecendo. — Quando meu pai descobriu... Ele surtou. Foi horrível. Eu ouvia as discussões e os berros deles, porque eu estava em casa quando ele pegou algumas mensagens dela com a minha atual madrasta. Minha mãe estava prestes a pedir o divórcio. E quando eles se separaram, eu decidi guardar aquilo para mim. Porque meu pai odiava minha mãe, então o que garantia que ele não me odiaria também?

Encarei minhas próprias mãos, sentindo meu nariz pinicar. Estava tão cansada de chorar, e ainda assim parecia que estava compensando todos os anos em que guardei para mim aquele peso no peito.

— E desde muito cedo eu ouvia que precisava usar roupas menos reveladoras, porque isso com certeza justificava o assédio na rua. E eu... Eu ouvi alguns colegas meus da escola falando que o sonho deles era uma garota lésbica, e daquele jeito estranho que faz você entender que é... errado. — As memórias me acompanharam enquanto falava, todas as vezes em que fiquei em silêncio no intervalo das aulas processando o que meus colegas diziam, as muralhas que se formaram naturalmente ao meu redor para me proteger daquilo. — Eu tentei gostar de alguns garotos, mas quando eu saí com um pela primeira vez, com uns quinze anos, eu só entendi. Eu sabia que aquilo era errado pra mim. Eu nunca tinha, desde criança, me interessado por garotos.

Não percebi que estava chorando até Cacau se inclinar e limpar minhas lágrimas com os polegares.

— Então, começaram os assédios disfarçados de elogios de alguns colegas, de caras aleatórios na rua, de adolescentes e adultos também e... Se eles já me tratavam daquele jeito, se soubessem que eu... — Solucei, balançando a cabeça em negativa. — Achei que seria melhor para mim mesma se eu fingisse que nada daquilo era real. Que minha sexualidade era só um detalhe sobre mim. Quando passei na faculdade e finalmente fui morar sozinha, achei que pudesse ser um pouco mais livre. E aí tudo aquilo com o Pedro aconteceu.

— América, como você conseguiu guardar tudo isso por tanto tempo?

Dei de ombros, sem realmente saber. Chega um ponto da vida, quando você sente tanto a mesma dor, que é mais fácil lidar fingindo que ela não existe. Deixando num canto quieto da mente. A vida vai passando, e sua dor se torna só um empecilho empoeirado. Ainda existe, vez ou outra pode ser cutucado, mas nunca remexido.

— Eu já saí com algumas mulheres, mas tudo era sempre tão constrangedor — confessei, limpando minhas próprias lágrimas. — Eu me sentia mal depois. Mas pouco antes de eu e você nos envolvermos, eu acabei saindo algumas vezes com a Mafê, que me ajudou nisso. Foi a primeira vez que não senti vergonha. Apesar de tudo que aconteceu entre nós, ela teve um papel importante na minha vida. Quando eu e você transamos pela primeira vez na praia, eu não sentia mais vergonha. Não sabia o que estava acontecendo direito, mas eu tinha certeza de que queria de novo. Que aquilo, sim, era certo. Que eu não me sentia mal pela primeira vez na vida por desejar uma mulher.

Cacau assentiu, compenetrada em cada palavra. Ela era uma boa ouvinte, absorvia tudo e deixava que suas engrenagens inteligentes funcionassem simultaneamente.

— Seus pais sabem? — ela perguntou.

— Não, eu não tenho nem ideia de como contaria isso. Ainda mais pro meu pai.

— E sua mãe?

Respirei fundo, fazendo que não com a cabeça.

— Sinto que deveria lidar com isso sozinha, sabe? Eu sou adulta, já devia saber como resolver tudo isso.

— Sua mãe passou mais da metade da vida dela lidando com tudo sozinha porque nunca teve alguém que a apoiasse — Cacau lembrou. — Você tem do seu lado alguém que sabe exatamente pelo que você está passando. Talvez se sua mãe tivesse recebido ajuda, as coisas fossem diferentes. Você não precisa repetir o que aconteceu com ela, América.

Aquelas palavras continuaram ecoando em minha mente nos dias seguintes. Cacau constantemente checava como eu estava. Quando eu acordava de manhã, já havia café da manhã na mesa. Ela não arriscava fazer a janta, mas eu aproveitava para me distrair enquanto a ouvia revisando os artigos da iniciação científica na sala. Vez ou outra ela aparecia na cozinha para me ver cozinhar e lia sobre o quão incrível era a Universidade Duke, tentando me convencer a passar um semestre fora. Que me faria bem conhecer outras pessoas, outras maneiras de viver minha vida.

Nossos treinos de basquete estavam cada vez mais dinâmicos, e Cacau nunca mais tocou naquele assunto, pelo que eu ficava grata. Ela respeitava meu tempo e me deixava chegar em seu quarto à noite para dizer que descobri algo novo sobre minha infância que claramente deixava óbvio que eu era lésbica antes mesmo de saber o significado da palavra.

— A Xena princesa guerreira realmente era meu sonho — confessei uma noite, enquanto eu assistia a um jogo da NBA na televisão e Cacau escrevia um artigo sobre os tais Poemas Suspensos, da época pré-islâmica.

— Acertei demais na minha fantasia em maio — ela respondeu com um sorriso. — Ah, eu pesquisei aquele seu primo político na internet, e você tinha razão, ele é uma *péssima* pessoa.

Nos últimos dias, Cacau estava extremamente entretida em saber sobre minha família por parte de mãe, donos de uma empresa de borracha.

Era uma grande mescla de arrogância, preconceitos e, vez ou outra, gente legal.

Sempre tentei me afastar ao máximo deles, ainda mais quando comecei a notar que, ao contrário das minhas primas, eu não queria falar de namorados. Eu queria conversar sobre atrizes que eu *admirava* muito.

— Ele é horrível. Quando eu era mais nova, colocava pedrinhas no sapato dele pra ele ficar desconfortável — comentei, reparando em como Cacau olhava atentamente para o computador.

Ela deu uma risada do meu plano mirabolante e apoiou o queixo na mão, se voltando para me encarar.

— Sabe... — comecei, imitando sua posição. — Você é muito *chakhe*.

Cacau arqueou as sobrancelhas.

— O que isso significa?

— É uma pessoa querida. Às vezes usam como boazinha, mas é que toda vez que você faz isso aí — apontei para seu rosto atento e dedicado —, eu me sinto bem. Você me leva comida nos treinos quando eu esqueço, e não sei se você não esperava que eu percebesse, mas eu sei que você tem tentado me ajudar nos últimos dias sem falar nada. Obrigada por isso, sério.

— Ah, que isso, não é nada... — desconversou ela, voltando a encarar o computador, mas com um sorrisinho se esgueirando nos cantos dos lábios e as bochechas tingidas em um tom de escarlate.

— Eu sei que tudo está uma confusão, Cacau — comentei, chamando a atenção dela. — Mas eu gosto de você. De verdade. Muito.

Ela escondeu um sorriso com a mão e assentiu levemente. Não achava que ela estava rindo de mim, parecia só envergonhada.

— Eu também gosto muito de você, América — ela confessou com a voz meio engasgada, ainda controlando um sorriso, e aquilo foi o suficiente para que eu quisesse chorar mais um pouco, como se não tivesse feito o suficiente nos últimos dias. — As coisas estão complicadas pra você, então eu prometo esperar seu tempo, ok?

Queria me levantar do sofá e enchê-la de beijos sem parar, uma necessidade quase física de tão desesperadora. Eu precisava que ela estivesse fundida ao meu corpo como quem está há tempo demais submerso na água e precisa buscar por ar na superfície.

Mas eu havia pedido um tempo para mim, e precisava de um pouco de espaço para que toda aquela gama de sentimentos fizesse mais sentido. E Cacau disse que continuaria ali e que me daria tempo. Eu só precisava daquilo, era o suficiente.

31. Jasão tem a bunda de uma modelo

CACAU RODRIGUES

— Essa parece a bunda da minha ex — Jasão disse atrás de mim na biblioteca da faculdade, fazendo uma careta e apontando para a tela do meu computador, onde um panfleto de arte brilhava. — Talvez eu devesse ligar pra ela.

— Ela tomava banho duas vezes por semana — retruquei, sem tirar os olhos do notebook.

— A gente pode se beijar no banho.

Jasão se sentou ao meu lado, com o cabelo agora cortado em um mullet. Tinha os olhos castanhos brilhando de empolgação, alternando entre meu rosto e a bunda da modelo.

— Eu estou planejando um encontro, queria algo meio imersivo — expliquei, apontando para as letras cursivas no panfleto. — É de pintura, tem uma área de modelos nus, como essa querida aqui, e podemos desenhar, mas tem uma de tintura neon também. Muita gente recomendou.

— Que gente?

— Meu professor de literatura brasileira — murmurei, sentindo o pescoço ficar um pouco mais vermelho de vergonha.

— Ele sabe o que é viver, né? — provocou, sorrindo de lado. Então deu uma olhada ao redor da biblioteca antes de se aproximar e sussurrar: — Quem é a felizarda? Felizarde? Felizardo?

Desviei o olhar, encarando minhas mãos sobre o teclado.

— Você não conhece.

— Você nunca sai com alguém sem me contar. — Cerrou os olhos, analisando meu rosto com atenção. — Significa que tem vergonha... Talvez alguém que eu conheça também... Ah, meu Deus! Você tá pegando a América?!

Me afastei da cadeira e tapei a boca do meu amigo com a mão, sentindo meu coração bater na garganta. Provavelmente meio mundo ouviu aquele boca de sacola.

— Cala a boca, Jasão! A bibliotecária vai brigar com a gente.

Ele ficou confuso por um instante ao encarar minha mão sobre seus lábios e soltei um xingamento irritado quando ele mordeu minha palma.

— Eu sabia! Você só precisava extravasar esse tesão reprimido — ele brincou, dando risada. — Mas a América? De todas as pessoas? Como isso aconteceu?

— A gente transou naquela viagem da praia, tá rolando desde então — confessei, sem nem tentar esconder um segredo de Jasão.

Na verdade, sentia um pouco de alívio em falar sobre aquilo com alguém. Babel praticamente namorava Pietra, e América contava quase tudo para a amiga, só não sabia se ela guardava esses segredos da Babel. Paiva era uma opção, mas ele era fofoqueiro demais e deixaria escapar, mesmo sem querer.

Mas Jasão era a pessoa com quem eu me sentia confortável para falar as mais obscuras e insanas barbaridades, segredos que guardava de mim mesma. Talvez uma das pessoas que eu mais amava no mundo.

— Conta do início, por favor, essa fofoca é boa demais — ele pediu, abaixando a voz quando a bibliotecária passou atrás de nós com os olhos cerrados e os óculos pendendo sobre o peito.

Em praticamente um fôlego só, despejei tudo. A viagem na praia, o acordo, os treinos de basquete, até mesmo o que descobri com Pedro.

— Ele nunca prestou, mas isso é... — murmurou, indignado.

Assenti, sem precisar completar.

América e eu havíamos largado as cerimônias e aceitamos que éramos amigas. Passávamos noites inteiras conversando no sofá, falando sobre absolutamente qualquer coisa que viesse à mente. Várias vezes a peguei encarando minha boca, então voltava para meus olhos e continuava a conversar como se nada tivesse acontecido.

Que tipo de tortura era aquela?

Mas havia o lado positivo. Ela sorria com facilidade, a cada dia chegava em casa dizendo algo diferente que descobriu na terapia. Vez ou outra eu a via chorando no quarto, em silêncio. Nessas horas, eu corria

235

para a cozinha, fazia seu smoothie com Whey e mandava mensagem que estava pronto.

América, então, com o rosto inchado e os olhos vermelhos, vinha para a cozinha e tomava o smoothie ao meu lado. Nem sempre ela falava o que a afligia, mas eu só ficava ali, ouvindo as marteladas do meu coração.

Do meu lado, tentava mascarar minha ansiedade crescente, mas era quase impossível. Já estávamos na metade de julho. A qualquer momento, o edital do intercâmbio poderia abrir. A cada e-mail que a comissão internacional mandava para os alunos, eu tinha um sobressalto.

Eu entrava na sala de aula todo dia pensando que talvez meu esforço não fosse o suficiente. E se eu simplesmente não conseguisse a bolsa? E se houvesse outras pessoas melhores do que eu?

Era minha última chance de fazer o intercâmbio pela faculdade, já que havia um número máximo de créditos feitos para poder me inscrever. Depois dali, só se fosse em outro contexto, com outra bolsa, e nada garantia que eu conseguiria. E não havia condição no mundo para me bancar sozinha lá fora.

Enquanto Jasão me ouvia falar sobre isso também, me peguei imaginando como seria viver sem a sensação constante no peito de que tudo estava prestes a ruir, a dar errado a qualquer instante.

Como seria viver numa mente sã e saudável? Não tinha como sentir falta do que nunca tive, e desde que me entendia por gente, ser ansiosa era o que me definia: para meus pais, para minhas professoras e para mim mesma.

Cenários catastróficos passavam por minha mente simultaneamente à conversa com meu amigo, e meus batimentos acelerados denunciavam que eu talvez não estivesse tão tranquila e em paz quanto imaginava estar depois de tantos anos de terapia.

Ser analisada era ótimo, não havia dúvidas quanto a isso, mas era uma merda saber que algumas coisas me acompanhariam pelo resto da vida e que o máximo que eu poderia fazer, talvez, fosse aprender a lidar com elas.

— Cacau... — Jasão segurou minhas mãos, dando um beijo leve na palma. — Você é uma das pessoas mais inteligentes e determinadas que eu conheço. Se esse intercâmbio não der certo, você vai dar um jeito. Você sempre consegue.

— Acho que estou cansada de dar um jeito, só isso — justifiquei. — Queria que algumas coisas fossem mais fáceis. Não queria precisar lutar e batalhar por tudo, sabe? Eu sei que sou meio maluca por controle, mas às vezes eu só... só queria que alguém roubasse o controle da minha mão e tomasse as rédeas, me desse um pouco de paz.

— Aham — ele desdenhou, revirando os olhos. — Você ficaria satisfeita sem estar no controle de tudo, ainda que por um segundo?

Fechei a boca, desviando o olhar para uma prateleira de livros à nossa frente.

— Não, não ficaria, mas preciso aprender a lidar com isso — admiti a contragosto, sem qualquer orgulho na voz. Aquela era uma das coisas que eu mais odiava em mim, que me acompanhava desde criança e com a qual precisava lidar.

Minha psiquiatra dizia que era efeito puro da ansiedade. Para evitar a catástrofe, eu precisava estar no controle. Sem controle, há somente caos. Ansiedade. Esperar pelo pior.

Mas era cansativo estar sempre em estado de alerta. Eu só queria dormir em paz, descansar tranquilamente e não ter medo do futuro ao saber que ele dependia só de mim.

Jasão era uma pessoa muito mais tranquila, vivia a vida um dia de cada vez. Não era ansioso. Uma vez, quando nos conhecemos, perguntei a ele se ouvia a própria voz na cabeça o tempo inteiro. Quando ele disse que não, realmente confuso, não toquei mais no assunto.

— Você precisa pegar mais leve consigo mesma — censurou, e aquilo mexeu em um pequeno vespeiro que habitava constantemente no meu coração.

— Eu só cheguei aqui porque não peguei leve — retruquei, segurando ao máximo a amargura na minha voz. — As pessoas amam elogiar minha inteligência e minha determinação, meus pais acham incrível poder se gabar da filha deles que entrou na melhor faculdade do Brasil, mas sempre dizem pra eu relaxar, pra pegar leve. — Desviei o olhar. — Mas eu só tô aqui, nessa posição, porque eu nunca peguei leve. Esse é o ônus de querer ser a melhor, Jasão, e as pessoas amam comemorar o fruto disso sem lidar com o processo de *tentar* ser a melhor possível.

Ele pareceu um pouco surpreso com aquela explosão nova de sentimentos.

— Mas preciso admitir que tentar ficar no controle nunca me trouxe paz, só preocupação — continuei. — Eu me esforço pra não tentar ficar controlando tudo ao meu redor, mas esse é o meu sonho, entende? É *meu*. De mais ninguém. E eu preciso que toda essa loucura, que esse estresse, valha a pena, porque se não valer... Eu vou ser só mais uma pessoa que nadou, nadou e morreu na praia.

— Cacau, olha pra mim — ele chamou minha atenção, sem desviar os olhos dos meus. — Olha o que você conquistou até hoje. Mora sozinha, trabalha, tá cursando o que sempre sonhou, tem amigos *incríveis* e não está sozinha. Isso por acaso é morrer na praia?

— Não, mas...

— Você foca demais que tudo seja exatamente do jeito que você quer e se esquece de tanta coisa boa ao seu redor, meu doce. Talvez você esteja pilhada e estressada desse jeito porque não consegue reconhecer o próprio trabalho e empenho do que já passou. Você não tira um tempo para assimilar suas vitórias antes de pensar "ok, próxima". Eu te pedi pra relaxar porque morrer na praia significa só sobreviver sem realmente *viver*, entende? E nos últimos meses dá pra ver o quanto você tem amado e vivido. Não te via assim há um tempo, amiga.

Desviei o olhar diante da bronca de Jasão, sentindo meu peito doer com uma mistura de melancolia e amor. Eu queria dizer que ele não me entendia, que estava errado, mas seria mentira.

— Queria que a vida fosse mais fácil, mas não é. — Ele suspirou. — Mas eu tô aqui pra te ajudar, Cacau, eu sou seu amigo. Se não puder ajudar, pelo menos a gente pode chorar juntos e sacudir a poeira juntos também. Eu viveria todas as tristezas e felicidades do mundo com você, porque você é uma das melhores coisas que já me aconteceu, Cacau.

Dei um sorriso meio tímido e joguei meus braços ao seu redor, apertando forte com medo de deixá-lo ir. Queria dizer a ele que aquelas palavras provavelmente nunca sairiam da minha mente, que aquilo era tudo o que eu precisava ouvir, mas decidi seguir por outro caminho.

— Eu te amo muito, muito mesmo — disse, com a voz abafada em seu pescoço. Respirei o cheiro de limpeza e amaciante, sentindo minhas costas se aliviarem com o relaxamento. — Você tem um espaço imenso na varanda do meu coração, ok? Uma casa só pra você num canto privilegiado e só seu.

— Eu também te amo — ele respondeu com uma risada, me apertando de volta.

Me afastei devagar, querendo deixar aquele papo triste para trás. Um dia de cada vez. Cada dia com seu próprio mal.

— E como a América está? — ele me perguntou, mudando de assunto.

— Ela foi pra casa da mãe, está passando a semana lá — disse, me convencendo de que o tom triste na minha voz não era motivado pelo apartamento vazio sem ela. — E depois vai passar uma semana com o pai.

— Uau, duas semanas distantes? Você vai aguentar sem explodir de tesão? — provocou, dando uma risada quando o estapeei no ombro.

— Eu não sou um animal sem controle dos próprios impulsos.

— Realmente, mas eu te vi encarar a bunda da coitada da modelo no panfleto como se fosse um sorvete numa tarde ensolarada no meio do Saara.

Revirei os olhos e apontei para a tela de novo.

— Eu queria ter essa bunda, cara, não seria triste nunca mais.

— Minha bunda é meio parecida, sabia? — ele brincou, apontando com a cabeça.

— Só acredito vendo.

— Guarde esse seu flerte descarado pra sua mulher — disse ele, empurrando meu ombro. — Tá dizendo no panfleto que é pro último dia de julho. Que interessante. Agora que vocês tão ficando você vai levar a América?

— A gente não tá... hum... ficando — confessei, meio tímida. — Ela pediu um tempinho, com toda a questão do Pedro.

— Vocês podem ir só como amigas — ele arriscou.

— Ela curte toda essa parada artística. Os ingressos são caros pra caramba, mas me inscrevi num sorteio do próprio evento e ganhei! Me mandaram a resposta hoje. É um lugar privado, casa com três andares, e eles até colocam um adesivo na câmera do celular pra ninguém gravar o que rola lá dentro.

— Você gosta dela mesmo, não gosta?

Pairei com a mão sobre a boca, tentando cobrir minha careta, porque Jasão me conhecia muito bem, e seu olhar deixava claro que se ele havia percebido, eu provavelmente não era tão boa em esconder.

— Eu gosto da companhia dela, ela é maneira.

Ele abriu um sorriso imenso, balançando a cabeça.

— Por que está tratando isso como se fosse algo ruim?

— Eu não me interesso de verdade por alguém desde o Pedro. Dois anos. Não acho que seja bobagem, mas eu acho que esqueci como é gostar tanto de alguém.

— Ei, e você se inscreveu num sorteio de pintura por causa dela. Eu não faria isso por qualquer um.

— Faria.

— É, ok, se a pessoa for gostosa o suficiente.

— América com certeza é gostosa o suficiente.

— Eu sei, eu vejo.

— Ei! — exclamei, arregalando os olhos. — Tira o olho, zé cu.

Jasão deu um sorriso brincalhão de quem havia acertado um ponto fraco, então apenas me recostei na cadeira e dei de ombros.

— Vocês ainda vão casar, ouve o que eu tô dizendo — ele profetizou, com ar de sabedoria.

Jasão era um estudante de engenharia metido a atleta. O que ele sabia sobre o amor se o coração dele era feito de números e bola de futebol?

— A gente veio pra biblioteca estudar, não foi? — provoquei, fechando a aba do sorteio e a bunda da modelo. — Vamos estudar, então.

Meu amigo deu um sorrisão, e me peguei sorrindo ao pensar que, perto da América, eu sentia menos necessidade por controle, e mais por viver cada segundo possível com ela.

32. Os melhores jantares de família têm pudim, briga e salmão

AMÉRICA FIGUEIREDO

Jantares familiares são um grande jogo de xadrez. Há segredos que não são ditos, porém ficam explícitos (como a gravidez da minha prima, que obviamente transou com o cunhado). Há também segredos tão bem trancados a sete chaves que somente cogitar trazê-los à superfície já parece uma grande bomba-relógio prestes a explodir e acabar com a humanidade.

Minha mãe havia me intimado a fazer uma visita no jantar de aniversário da minha avó, senão "ela morreria de desgosto". Aproveitei as férias para ir visitar meu pai em seguida. Se fosse ver só um deles, o outro ficaria chateado.

Dirigi uma hora e meia até Arujá, e a única pergunta que martelava na minha cabeça era: como seria estar perto da minha mãe agora que eu não sentia vontade de me esconder, de ignorar o que eu queria dizer de verdade?

E ainda mais na casa da minha avó... Deus.

Amava (por alguma parte do tempo) minha família, mas eu sabia exatamente quais discursos me aguardavam ao estar cercada por meus tios e minhas tias. Não sabia por que minha mãe insistia em se colocar naqueles lugares, por que não mandava todo mundo à merda.

Pelo mesmo motivo que você nunca falou para ninguém que é lésbica, por medo, uma voz me relembrou.

Então apenas respirei fundo e continuei a dirigir.

A casa da minha avó continuava a mesma. Dois andares, reformada e com um jardim tão verde que só poderia ser mantido com uma quantidade absurda de água. Adorava vir aqui quando era criança. Parecia um mundo inteiro, como se todos os oceanos e continentes coubessem dentro do quarto de visitas. Eu brincava de juíza de esportes olímpicos na quadra de tênis nos fundos e me divertia com meus primos enquanto jogávamos bexigas d'água uns nos outros.

E então as visitas de verão se tornaram mais espaçadas, os dias foram preenchidos por vestibulares, e a quadra de tênis ficou mais abandonada, com a pintura no chão manchada por tantos pés fantasmas que um dia passaram ali.

A entrada da propriedade estava abarrotada com os carros da família. Parei o meu de qualquer jeito na frente, sorrindo para o segurança, e entrei. Senti a brisa gelada de inverno jogar meu cabelo para todos os lados.

Não sabia que tinha tanta raiva guardada dentro de mim até encontrar todos sentados à mesa, conversando enquanto tomavam vinho e discutiam como estava o andamento da empresa que minha avó herdou do pai dela e agora estava nas mãos dos três filhos, contando com minha mãe.

Minha avó foi a primeira a me ver. Ela se levantou e veio logo até mim, me abraçando com força.

— Minha querida, como você está linda! Saudável... — Então me deu um tapinha na bochecha, rindo em seguida.

Ela era bem alta, e eu puxei isso dela. Dona Eulália nunca saía do quarto sem suas joias e pelo menos um pouco de maquiagem. Até os meus onze anos eu achava que ela dormia daquele jeito.

Não ajudou que meu pai reforçasse que ela era algo como a Mary Poppins do Inferno. Eu ficava brava com ele por falar daquele jeito da mulher que me amava tanto, mas ao crescer, percebi que algumas pessoas horríveis podem ser boas para outras pessoas. E como eu poderia amar minha avó, que dava tudo de si para mim, sabendo que ela fazia da vida da minha mãe um inferno simplesmente porque ela não seguia o modelo de vida esperado?

Acenei para meus primos, todos adultos como eu, todos em seu próprio mundo. Torci o nariz com desgosto para o namorado da minha prima, um babaca que claramente estava com ela pela herança da vovó, mas ela achava que não podia terminar o relacionamento porque as outras pessoas do nosso círculo gostavam dele. Minha avó provavelmente a xingaria se ela terminasse aquele quase noivado. Foi o que aconteceu com meus pais.

Cumprimentei meus tios e os agregados da família, então passei para o enorme corredor até a cozinha. Avistei Silene, que trabalhava com minha avó há mais tempo do que eu tinha de vida.

— E aí, Sil! — Sorri para ela, dando um abraço apertado.

— Você sumiu, garota — ela ralhou, sem desviar o olhar do risoto que cozinhava. — Não está fazendo besteira na faculdade, né?

— Nunca — assegurei, dando um sorriso meio envergonhado. — Se você quiser saber, eu fui a terceira melhor da turma esse semestre.

— Olha só! — ela comemorou, sorrindo para um ponto atrás de mim. — Ô, Carla, sua filha é um gênio mesmo, né?

Eu me virei, dando de cara com minha mãe. Ela usava um vestido lindo que vovó deu de aniversário, estava maquiada e com o cabelo perfeitamente no lugar. Mas em seus olhos havia também uma fagulha de mágoa. Eu sumi nos últimos tempos sem sequer dar satisfação. E por mais que eu quisesse dizer a ela o que estava acontecendo, me sentia cansada só de pensar em ter aquela conversa.

Eu e minha mãe nunca tivemos uma relação totalmente aberta. De mãe e filha, sim. Mas eu não recorria a ela para trocar confidências quando era mais nova. Nunca fui muito de falar sobre *garotos* com ela justamente porque nunca me interessei por eles. E, quando ela e meu pai se separaram, eu acabei tomando o lado do meu pai para suprir a falta dela, ainda que inconscientemente.

Porque enquanto ela já tinha outra pessoa, meu pai estava só. E, de alguma maneira, achei que pudesse suprir a falta que não me cabia.

— Oi, mãe — cumprimentei, sorrindo e a abraçando.

Ela me deu tapinhas nas costas e se afastou sorrindo.

— Ela é mesmo muito inteligente — dona Carla reafirmou para Sil. — Só é muito desnaturada mesmo, onde já se viu não vir visitar a mãe?

— Mãe... — alertei, meio constrangida. — Eu já falei que estava muito ocupada com a faculdade, os treinos e as aulas.

— E quando você vai arranjar um emprego de verdade lá na empresa? — Meu primo apareceu à porta da cozinha, espichando os olhos para a panela de risoto.

— Deixa a menina em paz, Daniel — disse uma voz masculina.

Eu me virei com os olhos arregalados, sem saber se as batidas do meu coração eram de alegria ou puro e simples terror. Ali estava meu pai, sorrindo para mim daquela maneira que eu via quando eles ainda estavam casados e íamos visitar a família da minha mãe. Ele precisava fingir que estava feliz, e não sofrendo com a traição da própria esposa. Eu não tinha certeza, mas acho que ele levou um tempinho até se separar definitivamente por vergonha, e muito disso vinha da vexação da família da minha mãe.

— Ela ainda tem que terminar a faculdade, vai se formar com honras e dentro do período ideal! — minha mãe completou ao se colocar ao lado do meu pai.

Era a primeira vez que os via daquela maneira pacífica, lado a lado, em pelo menos três anos. Mal conseguia fechar minha boca seca. Vi refletido nos olhos do meu pai exatamente o meu sentimento: nenhum de nós dois queria estar ali.

Eu era presença obrigatória, mas *ele*?

— Não vai dar oi pro seu pai, América? — minha mãe ralhou, com o cenho franzido.

Deixei tudo de lado, as inseguranças e perguntas, para me afundar no abraço dos meus pais. Nas minhas costas, as mãos calejadas da minha mãe por causa das escaladas que praticava quando era mais nova contrastavam com as mãos delicadas de meu pai.

E naquela mistura completamente descompensada e difícil de engolir, eu me vi flutuando no sabor agridoce daquela estrutura familiar.

Eu me afastei dos dois, contendo a emoção no peito ao vê-los sorrindo, ainda que fosse de maneira meio afetada, como somente uma experiência familiar na casa da minha avó poderia proporcionar.

— Você está magra demais — minha mãe comentou.

— E pálida... Não está tomando sol? — meu pai perguntou.

— Eu tomo sol sempre, gente, é só que...

— E esse cabelo! Quanto tempo faz que você não pinta?

Anos atrás, talvez eu brigasse com eles, irritada por ser tratada como criança. Mas aquela também era a primeira vez que eu ouvia a voz dos dois juntas pessoalmente, como uma dupla dinâmica cujo objetivo é cuidar de mim o máximo possível. Comecei, então, a gargalhar.

— Senti falta de vocês, de verdade — comentei, com o coração tomado por um aperto de saudade do que jamais poderia ser remendado.

Meu pai, com seu cabelo escuro e sorriso cansado, parecia mais disposto. Usava roupas casuais e tinha um escapulário pendurado no pescoço. Minha mãe, ao lado dele, estava perfeitamente arrumada, com alguns centímetros a mais e uma postura melhor. Estar ao lado deles era constantemente me perguntar como aquela mistura impossível havia acontecido.

— Sua avó me convidou, disse que sou parte da família — ele confessou próximo ao meu ouvido quando minha mãe já havia se dispersado para conversar com outros familiares.

— Família? — retruquei, com uma careta.

Minha avó, depois do divórcio dos meus pais, ficou ao lado do meu pai, porque ele era tudo o que ela sempre quis para minha mãe. Mas eu já vi como ela tratava os ex-maridos ou esposas da família. Uma vez fora, eram só mais um problema a ser resolvido, e não *familiares*.

Cruzei os braços e o encarei de soslaio, sentindo meu peito retorcer com o segredo imenso que eu guardava dentro de mim. Queria simplesmente arrancar o band-aid e ir embora dali.

— Eu acho que ela só quer fazer sala com os convidados chiques dela. Eu tenho certeza de que vi um governador no jardim — comentei de lado.

Como meu pai reagiria se soubesse quem eu sou de verdade? Como seria olhar para mim e para meus traços, idênticos aos da mulher que partiu seu coração?

— Você e minha mãe estão sendo pacíficos — falei, a fim de interromper o fluxo quase sufocante de pensamentos. — O que aconteceu? Minha avó ameaçou vocês?

Meu pai balançou a cabeça, e seu cabelo grisalho reluziu. O cheiro do pudim que Sil havia feito começava a se mesclar ao do salmão e do risoto. Nossa. Que fome.

— Eu e sua mãe temos questões complicadas, filha, que vão muito além do que você pode imaginar — ele confidenciou sem realmente me encarar. Meu pai continuou concentrado em minha mãe, que conversava com uma das nossas primas. Estava sorrindo e compenetrada em um assunto provavelmente chato, porque ninguém naquela família sabia falar de algo a não ser a empresa de borracha ou sobre a economia do Brasil. Talvez sobre algum escândalo da igreja também. — Essa é... a minha maneira de dizer que estamos melhorando aos poucos. Que eu e ela ainda podemos conviver em alguns ambientes. Não sei se me sinto totalmente confortável em estar aqui, parece que algumas tias ficam julgando, sei lá.

— É, é bem provável — resmunguei. — Fico feliz que estejam se entendendo.

Na ponta da língua, quase disse: "Me avise se eu puder fazer algo para ajudar", mas eu não queria ajudar. Eu só queria ser a filha deles, aproveitar a tarde com meus pais e pronto. Nada além disso.

Ainda assim, enquanto meu pai conversava com Sil e minha mãe mantinha um diálogo cordial com a família, não pude deixar de sentir um leve incômodo. Como minha avó chamava o meu pai, ex-marido da minha mãe, mas não deixava que Marisol estivesse ali? E como minha mãe aceitava, mais uma vez, ser passada para trás por minha avó?

Quando nos sentamos para comer, diante de uma mesa gloriosa, com muita comida e muita decoração supérflua, e ainda assim linda, mal consegui ficar parada na cadeira.

— Por que o Cadu não veio, Catarina? — vovó perguntou entre garfadas, olhando para minha prima, que levantou de forma receosa o olhar do próprio prato de porcelana chinesa.

Eu sabia por quê. Ele provavelmente estava afundado em drogas em algum lugar da cidade com o dinheiro que ele roubava todo mês da empresa do pai.

— Trabalhando, uma correria danada — ela respondeu.

Enfiei um pedaço de salmão na boca, sentindo-o praticamente derreter. Ao meu lado, minha mãe conversava amenidades com um dos agregados da família, um cara que eu nunca havia visto antes.

Meu sorriso e minhas ruguinhas no queixo eram iguais às da minha mãe. Seu cabelo era naturalmente castanho, mas ela pintava de preto desde a adolescência — um ato de rebeldia, talvez. Eu dava risada, mas na época, minha avó quase teve um piripaque. Não era roxo, laranja ou alguma cor espalhafatosa. Era preto. Preto.

— Tudo bem, filhota? — ela perguntou ao se virar para mim, sorrindo. — Senti saudades, vamos nos ver agora só nos aniversários de família, pelo visto?

Revirei os olhos diante daquele drama, mas não deixei de dar um sorrisinho.

— Para de besteira, mãe.

— Olha como você fala com sua mãe, América Figueiredo — meu pai disse, sentado do meu outro lado.

Alguém pigarreou, e olhamos na direção de onde o som viera. Era vovó nos encarando com mais seriedade. Ela com certeza achava que estávamos prestes a ter uma DR familiar. Meu pai ficou vermelho quase imediatamente, então se virou para conversar com o cara que talvez fosse governador.

Aproveitei a ocasião para sussurrar à minha mãe:

— Como a Marisol está? Faz tempo que não falo com ela.

Aquele era um assunto praticamente proibido, afinal de contas, e eu não queria chatear meu pai, mas Marisol também era da família agora.

Como parte dos segredos daquele jogo de xadrez bizarro, todos fingiam que minha mãe não era lésbica. Ao descrever para os outros aquela situação, minha avó dizia que minha mãe era "excêntrica". A melhor de todas era "ela e o marido estão vivendo um ano sabático" para descrever por que minha mãe não estava mais presente em alguns eventos familiares.

— Tudo bem, ela está fazendo aulas de cerâmica, acredita? Já fez vários pratos lá pra casa — ela murmurou, sorrindo como uma boba.

Adrenalina pura pareceu ter sido injetada nas minhas veias. Ver minha mãe sorrir daquela maneira ao falar da mulher que amava me encheu de algo que só poderia orbitar entre inveja e perigo. Eu queria poder amar daquele jeito.

Do outro lado da mesa, meu primo Daniel nos observava com a testa franzida. Ele sabia exatamente do que estávamos falando. Foi um dos primeiros a se virar contra minha mãe quando ela se separou. Ela tentou esconder o motivo do término para me poupar do que aconteceria, mas não foi possível. Não há como controlar fogo em palha alta, ainda mais quando ele é causado por um primo que quer fazer de tudo para ser o favorito da minha avó.

— Vocês souberam sobre a governanta da tia Edília? — Daniel disse em voz alta, chamando a atenção de todo mundo. E, como um bando de formigas diante de um grande pirulito, todas as cabeças se viraram para ele. — Pelo visto virou sapatão.

Esmaguei o garfo entre os dedos. Ao meu lado, minha mãe estava estática, evitando o olhar do meu primo e dos nossos familiares constrangidos. Meu pai, por outro lado, fumegava de raiva.

— Mentira! — exclamou uma outra mulher, talvez namorada de alguém. Os olhos azuis transbordavam de curiosidade. — Bem que eu estranhei ela ter quase sessenta e nunca namorar ninguém. Achei que fosse só encalhada.

Inclinei a cabeça, sentindo o maxilar dolorido. Olhei para minha mãe de esguelha, mas ela já havia se recomposto e voltado a comer normalmente. Eu conhecia aquele olhar. Sabia o que significava porque, por mais de vinte anos da minha vida, eu havia me tornado especialista nele.

Ela estava ignorando a situação. Fingindo que nada daquilo era com ela. Se enfiando no próprio mundo para fingir que não percebia que sua família odiava quem ela era.

Meu nariz começou a arder, e pela primeira vez em muito tempo, olhei para minha mãe de outra maneira. Éramos exatamente iguais. Ela, assim como eu, só não queria ficar sozinha. Queria ser aceita, nem que para isso precisasse fingir ser outra pessoa, aguentar a porrada de quem mais deveria amá-la somente para receber migalhas de afeto.

E não era também o que meu pai fazia quando deixava que outras pessoas falassem de sua vida como bem entendessem? Sem dar um corte e mandar todo mundo ir à merda?

— O mundo está perdido — disse Daniel, atiçando.

Vovó assentiu, suspirando.

— Nem me fala, meu filho.

— Ela não tem vergonha? Sei lá, ela podia ter morrido com esse segredo, melhor do que chegar nessa idade e decidir jogar o próprio nome, e da nossa família, no lixo, né? — Daniel deu sua última jogada no tabuleiro, então tomou um gole do vinho.

— Concordo com você — respondi, ostentando um sorriso. — Acho que as pessoas precisam de prudência. Falando nisso, como vai a investigação da Polícia Federal no seu gabinete de vereador?

O silêncio pesado caiu sobre a mesa. Até mesmo as conversas paralelas sumiram. Daniel arqueou a sobrancelha, dando de ombros.

— Não tem nada o que achar, sou um homem de honra. Obrigado por se importar e perguntar, querida.

— Claro, claro. — Dei outra garfada de salmão e suspirei. — Então você não está com medo de terem associado o nome daquele laranja a você nas eleições passadas?

— Vamos comer a sobremesa? — vovó se impôs com um olhar de repressão. Ela não faria um barraco, mas eu sabia exatamente o que me aguardava depois dali. O que aguardaria minha mãe.

Os garçons contratados começaram a tirar os pratos imediatamente. Logo, doces diferentes foram dispostos sobre a mesa (inclusive o pudim), quase simultaneamente à conversa que se desenrolava.

— Claro, vovó — concordei, sorrindo bastante. — Eu só acho que algumas pessoas deveriam se colocar no lugar delas, não é, primo? — Eu me virei para Daniel. — Nunca se sabe o dia de amanhã, ainda mais com essas investigações tão sérias e...

— Chega, América — pediu minha mãe, me interrompendo enquanto colocava a mão sobre a minha.

Eu me voltei para ela com as narinas infladas de ódio. Me soltei de seu toque e olhei para o meu primo de novo por cima do pudim imenso que foi colocado à minha frente num pedestal.

— Você devia se preocupar mais com sua carreira falida do que com a sexualidade de outra pessoa, seu fracassado de merda.

Um som engasgado veio do outro lado da mesa. Meu pai estava vermelho como um pimentão. Uma prima minha escondia o sorriso, entretida. Eu tinha a impressão de ter visto de relance olhos esbugalhados e uma das crianças pediu um pedaço de pudim.

— Por que você está se doendo tanto? — ele esbravejou, com o rosto vermelho de raiva. — É por causa da sua mãe sapatão? Ou porque você também é?

Eu já tinha ouvido falar sobre momentos em que a raiva cega qualquer pessoa. Quando você simplesmente *age* e não entende exatamente por quê. Sempre me orgulhei de ser uma pessoa controlada, sem surtos impensados.

Talvez esse fosse o meu problema.

Eu nunca tive pequenas explosões, então tudo o que me restava era ser nuclear.

Eu me levantei da cadeira num salto, peguei o pudim na forma e, sem pensar demais, num intervalo curto para ser processado, arremessei tudo no meu primo.

A gritaria foi generalizada.

Minha mãe arregalou os olhos, me puxando para trás no instante em que Daniel veio para cima de mim. Meu pai se colocou na nossa frente, empurrando meu primo para trás e acertando um soco no olho dele.

As crianças gritavam "briga, tia!" ou choravam porque o pudim estava espatifado no chão, em uma massa disforme e totalmente nojenta. Uma delas chegou a subir na cadeira e berrou "soca a cara dele!".

— Chega, chega agora! — minha avó gritou. Era a primeira vez que eu a ouvia falar daquele jeito. Estava tão desacostumada a falar alto que até seu grito parecia enferrujado. — Que pouca vergonha é essa na minha casa?

Daniel, todo sujo de calda de pudim, estava me xingando, me chamando de louca. Eu, por outro lado, chorava de ódio, sentindo meu corpo colapsar aos poucos. Havia muito mais guardado. Muito mais que precisava sair.

— Pouca vergonha? — Olhei para vovó, sem conseguir disfarçar o choro que quase virava soluços. — Minha mãe é *sua filha*, e a senhora acha que *eu* estou errada por defender a minha mãe?

Vovó tinha os olhos inflamados de raiva. Eu com certeza seria cortada da herança. Mas não ligava.

— Mãe, deixa eu conversar com a América — minha mãe se intrometeu, surgindo ao meu lado. — Ela está...

— Maluca! — Daniel berrou.

— Valha-me — disse alguém.

— Olha como você fala da minha filha, seu miserável. — Meu pai me defendeu, com o rosto tão tenso e cheio de raiva como somente vi uma vez. Quase perdemos nosso voo para Florianópolis porque eu saí espalhando para o aeroporto que meu pai tinha uma bomba na bolsa dele. Era só uma bombinha de asma, mas perdemos um bom tempo até provarmos isso para a Polícia Federal.

250

— Miserável? Vai pra puta que te pariu, infeliz! — Daniel gritou.

— Pelos anjos do Senhor! — exclamou uma das tias da minha mãe, assustada.

— Que barraco...

— Ainda vai ter pudim, mamãe?

— Vamos, América. — Minha mãe segurou meu braço e me puxou para a cozinha até os fundos da casa.

Passei por Sil, que estava com os olhos arregalados e tão em choque quanto qualquer pessoa presente. Meu pai indicou que ficaria ali para impedir que Daniel nos seguisse.

Chegamos à quadra de tênis quando ela me soltou. O sol estava atrás das nuvens, escondido. O frio com certeza era cortante, mas eu mal podia senti-lo, tamanha raiva. Caminhei de um lado para o outro, soluçando e tremendo, com meu corpo reclamando de volta o que ele passou anos fingindo que não devia ser dito.

— Filha... — começou ela.

— Por que você aceita isso? Por que você deixa esses imbecis falarem desse jeito com você? — disparei, me controlando para não gritar com ela também. — Por que você aceita que nem uma covarde?

— América, eu ainda sou sua mãe.

— Eu odeio te ver sendo massacrada desse jeito sem poder fazer nada — confessei, chorando incontrolavelmente. Eu mal conseguia falar àquele ponto. — Eu odeio te ver aceitando isso, mãe.

— Filha, eles não vão mudar. — Ela tentou chamar minha atenção ao segurar meu braço. — Você acha que eu não tentei?

— Se você sabe que eles não vão mudar, por que continua frequentando esses lugares? Por que deixa eles agirem assim? Isso é tão injusto, mãe!

Ela assentiu, respirando fundo. Me sentia de novo com cinco anos e chorava para minha mãe dizendo que minha panqueca de queijo havia caído no chão.

— Por muitos, muitos motivos, filha... — ela respondeu. — Tem a empresa também, eu sou acionista. Não consigo simplesmente sair por completo. E eles também são minha única família.

— *Eu* sou sua família! A Marisol é sua família. O meu pai é sua família! — exclamei, exasperada. Foi o exato momento em que meu pai se aproximou, descendo as escadinhas. — E enquanto vocês estão por aí buscando a atenção deles, eu estou me sentindo sozinha também. — Minha mãe ficou em silêncio, meu pai parado ao seu lado. E se existisse um som para um coração se partindo, seria o do vento frio soprando em uma tarde de julho qualquer. — Vocês acham que eu aguento tudo quieta porque sou uma boa filha. Não quero mais ser um animalzinho de estimação no divórcio de vocês!

Meus pais arregalaram os olhos diante daquele surto inesperado. Eu nunca fui a filha explosiva. Eu sempre fui a filha perfeita. Ótimas notas, sempre obediente, nunca se rebelando contra eles. E se eles vissem aquela expressão de descontentamento como rebeldia, então não eram tão diferentes da minha avó.

E por mais que me doesse, que me causasse um desespero quase físico que eles se decepcionassem comigo, jamais se equipararia à decepção que eu sentia por ter desperdiçado anos da minha vida agindo como alguém que eu não era para buscar aprovação.

— Eu sou lésbica, vocês sabiam disso? Ou estavam ocupados demais brigando e me deixando de lado? — esbravejei, sentindo as palavras escaparem da minha boca. Meus pais se encararam com assombro, os olhos arregalados.

Se o som de um coração se partindo era o vento frio de julho, o som de um coração partido se remendando seria o mesmo do abraço forte que meus pais me deram, me esmagando contra eles enquanto eu chorava, com o peito doendo e a boca aberta em um grito que nunca parecia sair.

Chorei em seus ombros, estremecendo a cada vez que uma nova onda de soluços irrompia. Segurei forte a cintura da minha mãe, como se ela pudesse evaporar, como se aquele abraço fosse durar pelo tempo de um milésimo. Abracei as costas do meu pai com a sensação de novidade, porque não queria sair dali nunca mais. Mas eles continuaram ali, enquanto o frio cortava o ar ao nosso redor. Eu estava quente, e eles faziam carinho no meu cabelo, a voz deles me acalmando até que eu parasse de tremer.

— Tá tudo bem, filha — minha mãe sussurrava. — Calma, calma.

Funguei algumas vezes e assenti contra o peito dela, ouvindo seu coração bater com força a cada novo choro dolorido.

— Ei, loirinha, vai ficar tudo bem — meu pai assegurou quando eu parei de chorar. Eu me afastei aos poucos, passando a mão no rosto inchado, mas meu pai não me soltou, apenas segurou meu rosto entre as mãos e me encarou. — Você é o meu presente mais precioso, América. Você é tudo o que eu sempre quis. Você é a filha perfeita pra *mim*.

Assenti entre suas mãos geladas no meu rosto e funguei mais uma vez.

— Eu estou me sentindo tão sozinha, pai — balbuciei, exatamente como quando eu era criança. Observei com ainda mais tristeza quando minha mãe também começou a chorar, lágrimas silenciosas de quem havia se tornado especialista em escondê-las.

— Eu entendo, filha — minha mãe murmurou, se inclinando para me dar um beijo na testa. — Você não precisa mais ficar sozinha, ok? — Então me puxou para outro abraço.

— Eu sinto muito por você ter escondido isso da gente por tanto tempo, meu amor — meu pai lamentou. Sua voz estava abafada em nosso abraço, mas eu nunca a ouvi com tanta clareza.

— Você não deveria precisar passar por isso, filha — ela disse, alisando meu cabelo. — Fiquei tão concentrada em mim que não parei pra pensar que... você...

— Eu não quis ser mais um fardo pra vocês.

— América — disse ela, agora um pouco mais séria —, esse foi o motivo pra você não contar pra gente? Por causa do divórcio? — Desviei o olhar para o chão no instante em que minha mãe cobriu a boca com a mão, encarando meu pai com o semblante pesado.

— Não queria atrapalhar vocês.

Atrás de nós, as cadeiras sob o guarda-sol da quadra de tênis estavam posicionadas no mesmo lugar de sempre, presas no tempo, iguais a quando eu vinha brincar com meus primos. Observei no chão uma marca permanente que eu fiz com tinta há anos. Minha avó deixou ali porque disse que era um lembrete de que eu fazia parte daquela casa. Uma semana depois, eu a vi xingar minha mãe e meus tios na minha frente.

Tudo parecia extremamente controverso e ilógico naquela família, naquela casa. Memórias boas se mesclavam às manchas feias.

Fui o orgulho da minha avó, dos meus pais, de todos, menos o meu. Passei entre os primeiros na melhor universidade do país e, ainda assim, estava ali, presa num abismo de solidão. Não sabia o que fazer com meu futuro, porque queria tanto agradar meus pais, ser base para eles, que não me preocupei comigo mesma.

As marcas naquela casa me lembraram que eu fazia parte da história, mas que eu também às vezes me recusava a ser só isso: uma memória. Eu não pertencia mais àquele lugar havia muito tempo, então por que me flagelava tanto em fingir ser alguém para os outros se eu mesma não estava satisfeita?

Minha mãe levou anos para dar o primeiro passo, para se rebelar aos poucos. Ela fez o que podia com as armas que tinha, e por mais que isso não a isentasse de questões do divórcio que definitivamente eram culpa dos meus pais, e não minhas, eu a entendia. Só me recusava a seguir o mesmo caminho.

— Nós podemos conversar sobre — pigarreei, sentindo o desconforto em tratar daquele assunto com meus pais. Mas nós já havíamos fingido que tudo estava bem por tempo demais. — Só vai ser muito constrangedor.

— A gente consegue lidar com isso — meu pai assegurou, dando um sorriso triste. — Nós somos uma família, não somos?

Assenti, sentindo o choro na garganta se acumular de novo.

— Eu sinto muito por não ter dito antes — disse, contendo um soluço.

— Nós é que precisamos pedir desculpas, América, não você — ele disse, indignado.

— Não preciso pedir desculpas nem pelo pudim? — provoquei entre fungadas, sorrindo. Minha mãe me deu um olhar atravessado.

— Você não deveria ter feito aquilo.

— Você que demorou demais pra fazer — retruquei. Ela revirou os olhos, mas deu um sorrisinho.

Então fomos sentar nas cadeiras na quadra de tênis, manchando aquelas antigas memórias com novas, com uma América que eu desconhecia, mas estava empolgada para conhecer melhor.

33. Pássaros voando no espaço sideral

AMÉRICA FIGUEIREDO

Já marcamos a festa mais importante do ano!

Era o que dizia a mensagem de Pietra para mim. Encostei a cabeça contra o espelho gelado do elevador. Tentei ignorar durante todo o caminho de volta que aquela seria a primeira vez em semanas que veria Cacau, e aquela mensagem não me ajudou muito.

Estávamos no último dia de julho. Em três semanas teríamos a comemoração de volta às aulas, quando nos juntávamos com outros três institutos para darmos a maior festa possível.

A Cacau tá me ajudando demais, você deveria largar logo de ser uma pau no cu e namorar com ela...

Foi o restante da mensagem carinhosa da minha melhor amiga que me chamou atenção para o fato de que estávamos chegando ao período de inscrições para o intercâmbio. A qualquer momento nos próximos dias, Cacau daria o primeiro passo em direção ao seu sonho.

E o que restaria de nós duas nos próximos meses?

Voltar da casa dos meus pais havia deixado um gosto estranho de constrangimento e alívio, em medidas desproporcionais, dependendo do horário.

Passei o restante da semana com minha mãe. Marisol fez parte de toda a nossa conversa estranha sobre minha sexualidade. Não seria do dia para a noite que eu me acostumaria a ter minha mãe interessada em detalhes tão pessoais.

Quando ela me perguntou se eu já tinha uma namorada, quase enfiei minha cara no chão de vergonha, ainda que fosse algo tão bobo e básico. Na hora, mal pude conter o ímpeto de mencionar Cacau e pedir conselhos, mas eu não sabia se havíamos aberto essa porta ainda, se minha mãe me entenderia mesmo.

Essa sensação se acentuou ainda mais quando passei a semana seguinte com meu pai na praia. Eles tinham cada um a própria maneira de lidar com situações desconfortáveis, e eu me identificava mais com meu pai.

Nós nos sentamos para comer Kimchi-jjigae enquanto assistíamos a um programa de variedade que meu pai gostava. Ele sempre fazia um prato sem muita pimenta para mim, o que eu achava adorável da parte dele.

— Então, você, hum, tem alguma namorada ou algo assim? — ele perguntou num tom desconfortável que me atingiu fisicamente. Me encolhi no lugar, quase derrubando a comida.

— Pai, a gente não precisa falar sobre isso — desconversei, quase implorando para fugir dali.

— Eu não sei como começar o assunto — ele admitiu, suspirando. — Eu nunca soube lidar com sua mãe, mas você é minha filha.

Dei um sorriso de lado, mexendo com a colher no ensopado. Meu pai era um homem que se dizia simples, mas eu podia ver muito bem refletido em seu rosto todas as dúvidas, todas as barreiras que ele tentava jogar fora para entender quem eu era. E, por mais desconfortável e quase sufocante que fosse lidar com a estranheza, se ele estava se esforçando, eu podia me esforçar também.

— Eu não tenho namorada, mas gosto muito de uma garota — confessei. — Como você se sente com isso?

— Preciso pensar por alguns segundos toda vez — ele admitiu. — Como se estivesse lendo um filme com legendas de um idioma que eu conheço. As legendas às vezes são diferentes do que os personagens estão falando. Eu entendo os dois, mas preciso de um tempo pra pensar.

Me surpreendi com aquela comparação. Meu pai nunca soube muito bem falar sobre os próprios sentimentos, então ele os comparava a situações do dia a dia. Nem sempre eu entendia, mas as metáforas eram um sinal claro de que ele sentia muito mais do que deixava transparecer.

— Eu sempre soube que existiam... mulheres... lésbicas, mas nunca pensei que lidaria com isso tão de perto, como com sua mãe — ponderou. — Mas as minhas questões com sua mãe são só nossas, você não tem nada a ver com isso. Você entende, América?

Assenti, ainda que, talvez, no fundo, não entendesse tão bem. Eles podiam não agir conscientemente daquela maneira, mas se eu tinha tantos problemas com o divórcio, a culpa não era bem minha.

— Minha estranheza é porque nada é como eu achei que fosse. — Meu pai passou a mão pelo rosto cansado antes de comer mais um pouco. — Quando a gente casa e tem filhos, criamos uma imagem. Igual quando reformamos a casa da sua avó e ficamos analisando a planta do terreno. Eu esperei que minha vida fosse daquele jeito, igual ao que eu imaginei. Só preciso de um tempinho pra me adaptar e traduzir as legendas na minha mente, só isso. Você é minha filha e pode amar quem quiser.

— Obrigada — murmurei.

— Mas e no casamento, como faz pra entrar na igreja? Eu posso te levar? O pai da garota que vai levar? Alguém espera no altar?

— Pai... — alertei, segurando uma risada. — Não é substituir um homem por uma mulher, não funciona assim. Ah, quer saber? Vamos assistir o programa, depois a gente conversa. O convidado de hoje é o Lee Jong-suk.

Peguei o controle do sofá, mas meu pai o puxou da minha mão com a cara séria.

— *Ani*, não mesmo, eu quero saber! Fala logo, América. Eu ainda sou seu pai.

Revirei os olhos com uma gargalhada, balançando a cabeça.

Até o fim daquela noite, eu havia bombardeado meu pai com tantas informações novas que pude ver a cabeça dele fumegando ao me dar boa-noite ao ir dormir. No dia seguinte, eu acordei pela primeira vez na vida com um papelzinho coberto de garranchos ao lado da cama.

Fui comprar café na padaria. Obrigado por ontem, filhota. Sempre achei que você soubesse que eu te amo, mas vou tentar falar mais vezes. Te amo, tá bom? E se você quiser namorar a sua amiga Cacau, traz ela aqui pra visitar a gente. Beijos. Volto já.

De volta ao elevador do prédio na minha casa, enquanto eu segurava esse mesmo papel em mãos, me senti mais confiante. Eu tinha uma casa para onde voltar caso tudo desse errado. Meus pais me amavam. Eu não estava sozinha.

— Cacau? Cheguei! — anunciei ao abrir a porta de casa.

Houve dois segundos de silêncio antes da porta do quarto dela abrir e Cacau colocar a cabeça para fora, seu cabelo caindo em ondas sobre os ombros. Ela me encarou com os olhos arregalados, e meu coração quase foi arrancado do peito quando ela sorriu e acenou, subitamente tímida.

Ela saiu devagar, os braços cruzados sobre os seios e um sorriso atrevido.

— É muito chato quando você não está aqui, não tenho quem infernizar.

— Estou aqui agora, não estou? — Abri os braços, sorrindo.

Cacau revirou os olhos e praticamente correu em minha direção, se enfiando nos meus braços em um abraço apertado. Inspirei o cheiro do seu xampu, da loção corporal que ela usava toda vez que tinha um dia difícil, da sua pele, de como Cacau tinha algo tão unicamente dela. Eu era apaixonada pelo cheiro dela.

Inundada de saudade, apertei-a com força contra o meu corpo, sentindo seu coração batendo contra o meu. Ele se agarrava ao tecido da minha blusa, e não precisei dizer qualquer frase elaborada para que ela soubesse que eu senti sua falta.

— Senti saudades — sussurrei contra o cabelo dela.

Eu podia não precisar falar nada daquilo para Cacau, mas eu queria. Precisava que ela soubesse que durante cada dia que estive longe, ela estava lá. Entre arder de saudades e queimar de amor, só sobrava espaço para sonhar com ela.

— Achei que eu só te infernizasse — ela brincou, me dando um apertão na cintura, então se afastou para me encarar. — Eu morri de saudades de você, tá bom?

Seus olhos escuros reluziam, brilhantes, jorrando luz para todos os lados do apartamento. E o sorriso... Jesus, como eu havia passado tanto tempo da minha vida sem ter o rosto de Cacau tão próximo do meu?

— Você está me encarando demais — ela murmurou, olhando atentamente para cada parte do meu rosto.

— Alguma reclamação quanto a isso?

— Pode continuar. — Cacau cedeu, sorrindo mais ainda. Leves covinhas apareceram no canto de sua bochecha. — Eu quero te levar para um lugar. Se sairmos agora, a gente consegue chegar a tempo.

— O que você está aprontando, hein?

— Nada — ela se defendeu, já puxando minha mão e entrelaçando nossos dedos. — Eu descobri um lugar muito legal e quero te levar. Se você estiver cansada, podemos deixar pra lá.

— Vamos — concordei, deixando a cartinha do meu pai em cima da mesa. Em uma dinâmica meio estranha, me agachei para pegar a bolsa sem soltar a mão de Cacau entrelaçada à minha. Não sabia se teria coragem de segurar de novo se a soltasse. — Espero que não seja chique, não tenho roupa pra isso.

— Acho que não vai ser um problema. — Ela riu, misteriosa.

— É um museu? Um parque aquático?

— Para de tentar adivinhar — ralhou, apertando minha mão contra a sua.

Com muita dificuldade, me desvencilhei dela para poder dirigir. Cacau me perguntou sobre meus pais, ouviu em choque quando eu contei do desastre do pudim e podia jurar que a *ouvi* sorrir quando falei sobre a conversa com meu pai na noite anterior.

— Seus pais são legais — ela murmurou, esticando o braço para fazer carinho na minha nuca. Desviei o olhar momentaneamente da rua e do aplicativo de GPS para olhá-la. — Eles criaram uma pessoa incrível também.

Sorri, sem jeito. Cacau não deixou de fazer carinho na minha nuca até chegarmos ao endereço na Zona Sul da cidade. Um prédio imenso e envidraçado iluminava a calçada. O manobrista pegou o carro, e, quando estendi a mão para pegar o recibo do estacionamento, Cacau se esticou e pegou.

— Por minha conta.

— Cacau, não precisa fazer isso...

Ali, diante das luzes amareladas no estacionamento, em frente aos funcionários do prédio, ela entrelaçou nossas mãos sem deixar de sorrir para mim, empolgada como uma criança quando descobre que consegue dar uma cambalhota. Meu corpo inteiro ardeu em chamas, talvez de vergonha por ser a primeira vez que fazia aquilo com uma garota, talvez de adrenalina por estar com Cacau, talvez porque aquilo era muito mais do que eu imaginei para minha vida. E era só andar de mãos dadas com a garota que havia arrematado meu coração.

Simples.

Cacau me provocava dizendo que eu adoraria a surpresa, dava beijos na minha bochecha enquanto aguardávamos o elevador e piscava aqueles olhos grandes para mim toda vez que eu ficava mais tímida.

— Tô ultrapassando algum limite? — ela perguntou enquanto subíamos. — Você parece desconfortável.

— Não, é só que... É a primeira vez que faço isso com qualquer garota — confessei, ainda mais envergonhada. Aquilo não era tanto do meu feitio, e ainda assim havia acontecido mais vezes do que eu podia contar nos últimos dias. — É legal, só é estranho.

— Uh, eu posso te apresentar muitas coisas pela primeira vez.

— Você já me apresentou várias, Cacau.

— Não nesse sentido. — Ela revirou os olhos.

— Tenho uma primeira vez que quero testar agora.

Então me inclinei para frente, sentindo minhas pernas tremerem como geleia e flutuarem como se tivessem asas. A boca de Cacau era macia, e ela fazia carinho na minha bochecha antes do elevador apitar.

— Eu nunca beijei uma garota de quem eu gosto no elevador — confessei.

Agora as borboletas no meu estômago pareciam pequenos soldados impetuosos. Eu não devia ter dito aquilo. E se Cacau não correspondesse? E se eu tivesse entendido tudo errado?

Eu tenho para onde voltar. Para minha família. Para mim mesma. Nenhum coração partido é demais. Acalmei minha ansiedade, tudo num milissegundo, até Cacau assentir e me puxar para fora do elevador.

— Eu também não, sabia? — ela confessou, sorrindo. — Você foi minha primeira vez.

Havia uma grande confusão, vozes gritando, música tocando, instrumentos orquestrais em uma sinfonia alegre de ballet ecoando. Levei instantes até perceber que tudo isso estava na minha cabeça. Que eu estava explodindo de amor. Que aquela melodia no fundo da minha mente nada mais era do que o sorriso de Cacau perpétuo em minha memória.

Mas eu sempre fui só uma romântica incorrigível esperando para ser liberta.

— Chegamos! — ela exclamou, apontando para a entrada de uma sala.

Arte na Pedra.

Adentrei no espaço com os olhos arregalados. Nas paredes, havia diversas pinturas, algumas abstratas, outras de corpos dançando, de plantas se movendo, de vida. Do teto pendiam algumas outras obras, um pouco mais profissionais.

— Nós vamos pintar?

— É uma oficina imersiva. Luzes apagadas, tinta neon, o combo completo.

Uma funcionária com piercing no lábio se aproximou para nos guiar à sala da esquerda. Do lado direito, havia um círculo imenso de pessoas diante de uma elevação.

— Ali são os modelos nus, e nós também podemos desenhar — Cacau disse, empolgada. — E depois vamos jantar.

— Você deve ter gastado uma nota nisso, Cacau — ponderei, meio preocupada. — O intercâmbio vai chegar, você precisa juntar toda a grana que puder, não precisa gastar comigo, sério.

— Na verdade, eu só paguei o valet. Usei o dinheiro do nosso pote de xingamentos, que, aliás, ainda sobrou — ela confessou, o que me tirou uma gargalhada. — Ganhei nossos ingressos num sorteio, e você chegou bem em cima da hora pra conseguirmos vir. Agora, pode me deixar ser romântica, por favor?

Disfarcei um sorriso e assenti. Cacau era cabeça-dura demais para discutir.

— Ótimo. — Ela suspirou. — Porque eu faço isso por quem eu gosto. Você passou por um inferno nos últimos dias... não, nos últimos anos. Eu quero te ver bem e sorrindo. Posso fazer isso?

Não pude respondê-la, porque chegamos ao espaço da pintura. Estava escuro, com luz negra realçando as paredes, o chão e as bancadas sujas de tinta neon. Na frente da sala, uma professora aguardava os alunos chegarem. Não estava tão cheio. Cacau nos levou até uma das cadeiras do meio, então pegou o avental sobre a mesa e ficou atrás de mim para colocar, amarrando com delicadeza. Deixei escapar um sorriso quando a ponta de seus dedos resvalou nos meus ombros.

— Hoje eu não vou fazer nada? — perguntei com uma gargalhada.

— Só pintar e se divertir — ela murmurou ao pé do meu ouvido e me deu um beijo no pescoço, se sentando ao meu lado na bancada.

Olhei ao redor, absorta em cada detalhe. As tintas e pincéis pareciam me chamar. E depois das instruções da professora, atendi ao chamado deles. Com o coração batendo forte, comecei a deslizar o pincel para cima e para baixo pela tela. Ao meu lado, Cacau fazia piadas sobre os formatos estranhos que seu quadro formava, mas ela era extremamente dedicada, então logo ficou em silêncio, concentrada em dar o melhor de si.

A professora havia dito que deveríamos pintar o que quiséssemos, mas o tema daquela noite era *juventude*. Poderíamos seguir a temática, se quiséssemos. Cacau estava desenhando um pêndulo com três relógios no mesmo horário.

— Pra mim, a juventude é parecer que o tempo não vai passar nunca — ela confessou, o braço roçando de leve no meu, em um contato tão íntimo e, ao mesmo tempo, superficial. — Sinto que a gente vai viver pra sempre e morrer a qualquer instante. E o seu?

Ela se esticou para ver meu quadro, então virou de olhos arregalados para mim.

— Você é muito boa — comentou, chocada.

No meu quadro, pássaros dançavam saindo de um redemoinho. Ao redor deles, em vez do céu, havia o espaço sideral. Planetas e estrelas que orbitavam o vazio.

— Pra mim, ser jovem é sair do esperado da gente direto pra *mundos* de possibilidades — comentei, apontando com o pincel para o que eu queria mostrar.

— Mundos de possibilidades — repetiu Cacau, balançando a cabeça. — Queria ver o mundo um pouco mais assim.

— E eu queria ser mais objetiva — retruquei, dando de ombros. — A gente é o que é.

Cacau sorriu e deu um beijo na minha bochecha. Quando ela se afastou, notei uma manchinha de tinta no seu queixo. Com o cabelo preso em um coque, olhos brilhando e pele manchada de tinta, Cacau nunca esteve tão perfeita.

— Eu quero passar o resto da minha juventude com você, América — ela admitiu.

— Isso foi muito estudante de letras da sua parte — confessei com uma gargalhada escandalosa. Algumas pessoas nos encararam sob a música ambiente. — Parece coisa de filme brega.

Cacau revirou os olhos e soprou uma mecha de cabelo para longe do olho.

— Você está estragando meu pedido de namoro.

Fechei a boca com força e mordi a língua no processo, e ainda assim não consegui deixar de arregalar os olhos. Cacau parecia mais nervosa do que nunca.

— Oi? — perguntei, abismada. — Quê?

— Muito bem, pessoal, acabou o nosso tempo! — a professora exclamou na frente da turma, sorrindo e batendo palmas.

Eu não acompanhei a comemoração porque ainda encarava Cacau em puro choque.

As luzes acenderam e nossas pinturas ficaram mais opacas. Precisavam da luz negra para atingirem o potencial máximo. À luz normal, a manchinha no queixo de Cacau quase sumia.

— Senhorita Rodrigues... — A recepcionista que nos recebeu apareceu ao nosso lado, sorrindo. — A mesa de vocês está pronta. Podemos ir?

Pegamos as nossas obras de arte e, com muita relutância, segui a recepcionista. Cacau estava ao meu lado, tão ansiosa quanto eu. Mas eu precisava de uns instantes, queria falar com calma, não conseguiria fazer isso na frente de uma estranha.

E, mesmo que tivesse todas as palavras do mundo, elas morreram em minha boca quando saímos pela lateral do ateliê, dando de cara com a cidade de São Paulo nos encarando lá embaixo. A varanda era grande, e o vento frio normalmente me afastaria dali, mas, naquele momento, observando exatamente o que Cacau havia planejado, meu coração estava tomado de calor.

— Se isso for demais... — Cacau começou, mas eu a interrompi, segurando sua nuca com as duas mãos e me inclinando para beijá-la como eu quis nas últimas semanas. Ela suspirou, um pouco surpresa, mas me abraçou com força.

Eu amava beijar Cacau. Adorava como ela se afastava um pouquinho para fingir que fugiria do meu beijo, como ela suspirava baixinho entre cada toque, como ficava na ponta dos pés para ter mais acesso a mim.

Dei um passo para trás, finalizando o beijo com um selinho.

— Meu primeiro pedido de namoro — murmurei, sem me afastar. — Com a primeira mulher que eu amei de verdade. Isso é bom demais.

Cacau gargalhou, e sua risada me preencheu por completo, então apenas ri junto, segurando-a em meus braços em um abraço apertado.

— Eu quero ser sua namorada, Cacau. Se você pensou por um segundo que eu não aceitaria, então preciso demonstrar mais vezes o quanto eu quero você. — Brinquei com meu polegar em sua bochecha. Cacau se aconchegou ao meu toque, com os olhos fechando devagar.

— Essa também é a minha primeira vez — ela sussurrou, imitando meu toque. Sorri ao sentir sua mão gelada contra meu rosto e dei um beijo na palma. — Eu nunca pedi uma garota em namoro.

— A gente é meio emocionada mesmo, se parar pra pensar — provoquei, arrancando uma risadinha dela.

— Ah, sim, quase quatro anos depois e pimba! Emoção pura.

— Normalmente as pessoas esperam alguns meses pra dizer que se amam — ponderei, sem desvencilhar minha mão da mão dela.

— Eu acho que eu comecei a te amar há um bom tempo — ela confessou, inclinando a cabeça para o lado. — Não foi de uma hora pra outra. Toda vez que você comemorava algum movimento novo que eu aprendia no basquete, ou quando você ficava ouvindo música no quarto e cantando... Eu sou caidinha por você, América. Não pediria você em namoro se já não te amasse.

Deitei a cabeça para trás, me deliciando com aquela confissão espontânea. Me agarrei ao corpo da minha namorada e a enchi de beijos. Ela fungou, fazendo carinho no meu cabelo, então me deu um beijo na têmpora.

Fomos para a beirada da varanda. A ponte Estaiada se elevava no meio do rio Pinheiros, os pequenos pontos de luz dos carros se alternavam com as luzes dos prédios dos conjuntos comerciais. Era de tirar o fôlego. Até onde a vista se estendia, a cidade brilhava, gloriosa.

— Você sabe que temos que contar pros nossos amigos, certo? — comentou ela depois de alguns instantes, enquanto olhávamos para São Paulo lá embaixo.

Saquei o celular de Cacau do bolso dela, estendendo em sua direção.

— Liga aí. E a Pietra com certeza está com a Babel, contamos de uma vez.

— Você é muito prática. — Ela riu, balançando a cabeça. Então começou a adicionar seus amigos à chamada de vídeo.

— Eu sei que essa é uma das coisas que você mais gosta em mim, Cacau — provoquei, cutucando sua cintura.

— Uma delas.

— Qual a principal?

— Eu gosto de você por inteiro, América.

— São meus brações, né?

— América!

— Minhas coxas?

— O que é isso? — berrou Paiva assim que atendeu. Aos poucos, as caixinhas de chamada eram preenchidas. Babel, inclusive, estava na chamada de Pietra, exatamente como eu imaginei.

— Finalmente! — Jasão berrou, gargalhando, assim que me viu abraçada atrás de Cacau.

— Só eu não sabia dessa putaria toda? — Paiva gritou, indignado.

— Qualquer um conseguiria ver, você que é meio besta — Babel respondeu.

— Vai se foder, imbecil — Paiva xingou. — Sua namorada tá me ofendendo aqui, ó, Pietra — ele retrucou.

— Namorada mesmo — Babel confirmou, sorrindo.

— Finalmente! — foi minha vez de gritar. Apertei mais Cacau contra meu corpo. — Dois namoros numa mesma noite? Será que tem alguma magia lésbica no ar?

Cacau riu e se inclinou para trás, me roubando um beijo.

— Minha namorada é tão engraçada! — Ela soltou um gritinho, e não pude controlar minha risada.

Eu poderia flutuar se quisesse, com certeza. Correr mil quilômetros. O frio do inverno tornava toda aquela noite o mais parecida com um daqueles momentos entre o sonho e a realidade, quando o véu entre o consciente e inconsciente parece mais espesso e instável.

Enquanto Cacau dedilhava minha pele, eu me sentia perdida e atravessada entre mundos que só poderiam existir na minha imaginação. Eu explodia em faíscas toda vez que ela sorria, só para ter o rosto engolido pelas sombras dos arranha-céus.

Estava prestes a fazer alguma piadinha sobre Jasão não poder mais beijar minha namorada no momento em que uma notificação piscou no celular de Cacau. Era Libélula, sua orientadora.

O edital do intercâmbio acabou de abrir. Me avise quando se inscrever, o prazo é de uma semana.

Ela me encarou por cima do ombro, com os olhos arregalados. Nossos amigos estavam entretidos demais na conversa para entender o que estava acontecendo.

— Quer comer rapidinho, voltar pra casa, preencher a papelada e ler todas as letras miúdas possíveis? — sugeri, me derretendo quando ela sorriu, mais aliviada.

— Você conhece sua namorada como ninguém.

34. Como queimar, triturar e escorraçar um computador

CACAU RODRIGUES

Eu sempre fui uma pessoa estressada. Estresse poderia ser meu nome do meio, se quisesse. Explosiva, esquentadinha, marrenta? Todos esses adjetivos já foram usados comigo, e todos os sem noção que falaram se arrependeram no segundo seguinte (e eu comprovei exatamente o uso do apelido). Mas ali, enquanto eu encarava a tela do computador, esperando o resultado do edital sair, atingi novos picos de estresse.

— Eu vou quebrar esse computador! — exclamei, frustrada. — Como faz pra ameaçar uma lista de aprovação? Porraaaaaaa! — gritei, batendo com os pés no chão.

Já havia corrido na rua, feito yoga, arrumado a casa *inteira* e ainda não havia passado da uma da tarde. Nada da lista. Deveria ter saído às onze da manhã.

Amor, eu nem tô em casa e consigo ouvir sua cabeça fumegando, América digitou em certo momento.

É o meu computador, arremessei pela janela e taquei fogo, respondi.

Bom, pelo menos você pode usar essa energia pra ajudar na festa hoje, que tal? Aproveita pra se distrair. Você sabe que esses resultados sempre atrasam.

Abri o chat seguinte, com Pietra.

Precisa de ajuda com algo da festa?

América estava certa, eu precisava de uma distração, e por mais que eu soubesse que o processo de aprovação fosse demorado, estava ardendo de ansiedade.

Os últimos meses haviam passado tão rápido, especialmente agora que eu estava oficialmente namorando com América há um mês. A gente continuava com a lista de boa convivência, só para não perder a raiz da organização no apartamento.

E apesar da minha ansiedade latente até o resultado do edital, América esteve ao meu lado o tempo todo, até durante a noite em que eu acordei de um pesadelo no qual minha orientadora dizia que minha pesquisa era plágio.

E nós nunca estivemos tão felizes, obrigada. O céu era mais azul, as plantas tinham mais perfume e eu podia beijar a boca de América Figueiredo quando quisesse. Não havia nada melhor do que isso.

Durante esse nosso primeiro mês, não deixamos de treinar, ainda que a inscrição já houvesse passado. Eu demorei para admitir, mas gostava *muito* de basquete, principalmente de treinar com minha namorada, porque se eu perdesse, recebia beijos de condolências. Se ganhasse, dava beijos soberbos e vitoriosos.

Mas inegavelmente as festas da faculdade me fariam falta. Ok, tá, a atlética também. A festa daquela sexta-feira marcaria a minha última como parte da equipe. Já havia alcançado meu objetivo, e por mais que tivesse curtido toda a experiência, eu queria seguir em frente.

América estava especialmente empolgada. Seria nossa primeira festa como namoradas. O pessoal da atlética queria fazer post e tudo. Eu, como boa esposa troféu de política, aceitei meu papel. Minha namorada era popular na faculdade, e aquele era um preço que eu estava muito disposta a pagar.

E, apesar de sua popularidade, meu coração se derretia de amor em ver que América havia se tornado mais disposta a fazer amizades de verdade nos últimos meses. Ela e Jasão haviam se aproximado bastante.

Naquela noite, enquanto eu me arrumava muitas horas antes do que o necessário, ouvi o barulho da porta. América estava voltando de um almoço com o pai no litoral. Ele havia conhecido uma mulher em um bar que promovia noites temáticas — no caso, o tema era Adão e Eva. América não entrou em detalhes, mas havia pouca roupa e muito fruto proibido.

Conheci meus sogros num jantar de família, três semanas atrás. Os pais de América estavam aprendendo a conviver um pouco melhor, já que a filha era motivação suficiente para que pelo menos disfarçassem seus problemas.

— Meu pai está feliz demais. — Minha namorada me cumprimentou com um beijo na bochecha.

Fui tomada pela sensação de pertencimento quando ela sorriu para mim. Eu faria o que ela me pedisse. Não havia dúvidas de que eu não teria qualquer chance contra América Figueiredo, ela me tinha na palma da mão, me rodava como um brinquedo em seus dedos.

— E você também está feliz? — sondei, cerrando os olhos.

— Sim, ele merece alguém que goste dele, assim como minha mãe merece estar com alguém de quem ela goste de verdade.

Assenti, voltando a passar o delineador. América parou atrás de mim, me olhando pelo espelho, então se inclinou para frente.

— Você fica tão gostosa concentrada assim... — ela disse antes de beijar meus ombros expostos.

A verdade é que eu vivia o perigo constante de fazer absolutamente qualquer coisa para que América sorrisse para mim.

— Para com isso, eu sei o que esse olhar significa. A gente tem que ir ajudar a Pietra a carregar cerveja.

América revirou os olhos e bufou.

— Por que você tem que ser tão certinha?

— Você gosta de mim assim, lide com isso.

Mais tarde, quando a festa atingiu todo o seu potencial, já era uma da manhã e América estava dançando em cima da mesa do DJ. Eu, sem qualquer pretensão de me afastar da minha mulher, estava atrás dela, guiando cada um de seus movimentos e me certificando de que ninguém roubaria nossas bolsas. O básico.

— Meu amor, você é linda!!! — ela gritou, descendo da mesa entre a troca de músicas. Gargalhei, enlaçando a cintura de América com as mãos e depositando um beijo rápido em seu pescoço. — Agora rebola essa bunda gostosa!

Ri com força, numa mistura de corpos dançando e se divertindo, me enrosquei em América. O funk completamente obsceno e sujo tocando atrás de nós poderia ser uma melodia suave de fim de filme da Sessão da Tarde, eu não ligava.

Nossos amigos se juntaram a nós em algum momento da noite, e então estávamos berrando aqueles mesmos funks profanos a plenos pulmões, nos divertindo como se o amanhã não fosse chegar.

América me tirava o fôlego cada vez que parava de dançar para me beijar, me devorando sempre que podia. Babel e Pietra pareciam estar na mesma bolha que nós duas. Paiva, enquanto isso, balançava as mãos para cima e dançava com toda mulher que tivesse o mínimo de molejo. Jasão dançava com América, os dois eram pé de valsa de verdade. Enquanto isso, eu sorria com o rosto para cima, buscando o ar fresco daquela madrugada de agosto, sentindo a vida correr por cada um de nós com tamanha ferocidade que poderia nos afogar.

— Eu amo vocês! — gritei, descompensada.

Fomos esmagados em um abraço em grupo imenso, entre gargalhadas e reclamações de pés doendo e tropeços.

Ao me afastar, me deparei com América me encarando. Nosso sorriso refletia uma insanidade tão única que somente poderia ser traduzida como êxtase total. Naquele momento, éramos eternas. Pássaros em pleno voo, buscando sua próxima estrela. Éramos jovens suadas, com corações acelerados, uma vida inteira pela frente e uma sede imensa de existir.

Eu amava viver cada um daqueles momentos com América Figueiredo.

E foi o que eu sussurrei em seu ouvido quando chegamos em casa. O sol já nascia e eu estava exausta.

Ao voltar para o quarto depois do banho, com a toalha na cabeça e uma vontade de apenas me afundar em América e roncar até o fim dos meus dias, me deparei com minha namorada sentada na cama, balançando a perna.

— O que houve? — perguntei, preocupada. Havia acontecido algo com os pais dela? Com a festa? Pietra estava bem?

— Saiu o resultado, Cacau — ela anunciou, e a expectativa latente ardia em seus olhos.

Algumas pessoas têm sonhos tão grandes que podem ocupar boa parte de sua vida. Uma profissão, um momento como o casamento ou o nascimento de um filho. Para mim, tudo se resumia àquele momento.

Diante de mim, cada Cacau que existiu até ali me encarava com esperança, torcendo para que eu simplesmente arrancasse o band-aid de uma vez. Mas o que eu faria se a resposta fosse negativa? E se todos os meus esforços não me servissem de nada? E se eu estivesse fadada a continuar tentando e tentando e não ser o suficiente para realizar o que eu sempre sonhei?

Mas América estava ali. Minha namorada, que se tornou meu maior exemplo de que a vida passa, nossos sonhos se adaptam e a gente abre mão do controle, porque ele nunca esteve em nossas mãos para começo de conversa.

Eu dei o meu melhor até o último segundo, e se aquilo não fosse o suficiente, eu me entristeceria, sacudiria a poeira e viveria o dia seguinte. Um passo de cada vez.

Peguei o meu celular na escrivaninha, sentindo minhas mãos tremerem. Com um suspiro, sentindo que o relógio da juventude finalmente havia começado a se mover, um segundo de cada vez, abri o site da faculdade.

Meu futuro estava apenas começando.

Epílogo

AMÉRICA FIGUEIREDO

Eu nunca entendi bem como aviões funcionavam. Sabia que tinha algo a ver com pressão de todos os lados, que era mais fácil ganhar na Mega-Sena do que um avião cair, ou algo assim.

— É ao contrário, América. E podemos não falar sobre isso quando eu estou prestes a embarcar? — Cacau ralhou comigo.

Ela, para a surpresa de ninguém, estava pronta para sair quatro horas antes do horário, já adiantado, que ela tinha programado para chegar no aeroporto. Havia checado seus documentos trinta vezes, brigou comigo por eu agir como uma criança outras nove e me beijou umas quarenta. Eu estava no lucro, pelo menos.

Os pais dela vieram para São Paulo somente para se despedir. E eu sabia que isso deixava Cacau ainda mais ansiosa. Aquela era sua primeira viagem internacional, primeira vez que tudo que ela conhecia seria virado de cabeça para baixo. Mas eu confiava na minha mulher e, mais do que tudo, eu sabia exatamente do que ela precisava naquele momento.

— Quer repassar os detalhes do seu itinerário? — propus, observando com deleite quando ela assentiu, respirando aliviada.

— Embarque às 11h45, com uma conexão em Atlanta de cinco horas. Vai dar tempo de passar pela imigração. Minha colega de quarto topou me buscar no aeroporto, então devo ir com ela de carro. A semana de orientação começa dois dias depois. Já separei um pouco de dinheiro físico e tenho o cartão também. Acho que é só isso.

— O tempo passou rápido demais — comentei, meio distraída. — Já tem o quê? Uns quatro meses que você recebeu a aprovação da faculdade?

— E cinco de namoro. Quem diria, hein? E a gente está viva, cumprimos todas as regras do nosso guia de boa vivência, viu só? Eu falei pra Babel que eu não sou uma pessoa difícil de lidar!

Revirei os olhos com a provocação, sem cair na pilha. Atrás de nós, perto de um painel imenso com números de voos e famílias se despedindo, ouvi os pais de Cacau nos chamarem.

— Filha, já está na hora — disse a mãe dela, uma mulher de cinquenta e poucos anos com cabelos grisalhos e olhos muito gentis, iguais aos da filha, ainda que Cacau os usasse para torturar psicologicamente pobres competidores acadêmicos. — Eu não sei se consigo dar tchau para o meu bebê...

Me afastei um pouco, dando espaço para que eles se despedissem tranquilamente. Enquanto isso, tentei controlar as lágrimas sorrateiras que com certeza apareceriam assim que eu entrasse no carro para levar os pais de Cacau à rodoviária.

No caminho para cá, Cacau me entregou um pequeno papel. Nele, havia um poema de seu autor favorito sobre a diferença entre sua amada e o céu.

— Esse é um dos meus poemas favoritos — disse Cacau atrás de mim. Seu rosto estava inchado de choro, com as saudades acumulando no canto dos olhos.

— Quando nós começamos a brigar, anos atrás — relembrei, dobrando o papel e o guardando no bolso de trás da calça jeans —, eu fui atrás do Nizar Qabbani. Queria te assustar com algum conhecimento aleatório sobre ele.

Cacau deu uma risada e mais lágrimas caíram. Desviei o olhar para sua mala de mão no chão, tentando conter meu próprio choro.

— Você passava tempo demais dedicada a me odiar — ela acusou, fungando.

— É, você também — retruquei, dando um aperto leve em sua cintura. — E você compartilhou o seu poema favorito, mas eu preciso te mostrar o meu também.

Abri minha bolsa, tirei de lá uma sulfite branca com os versos digitados e a estendi para Cacau.

Ela leu o texto em voz alta, mas não eram só as palavras de Nizar Qabbani que estavam escritas ali.

— Lê o restante — pedi.

— *Querida América, gostaríamos de informar que você foi aceita no programa de graduação para intercambistas na Universidade Duke a partir de...*

Abri um sorriso imenso quando Cacau começou a rir. Mal tive tempo antes que ela se jogasse em meus braços, cruzando as pernas ao redor do meu corpo. Segurei suas coxas, a levantando com os braços flexionados.

— Você ouviu o meu conselho! Não acredito.

Cacau me dava beijos pelo rosto inteiro, sem parar de rir. Suas lágrimas se misturavam às gargalhadas, e a melodia daquele amor tão puro poderia me embriagar por dias.

— Você está falando sério? — ela praticamente gritou e segurou meu rosto entre as mãos. Assenti como pude.

— Seríssimo! Uma semana depois do seu edital, outro abriu. Não consegui a bolsa, claro, mas meus pais toparam me ajudar. Você tinha razão, a Universidade Duke tem um ótimo programa pra atletas, e se eu quiser me tornar treinadora de basquete... Bom, só não vamos estar no mesmo estado.

Cacau me abraçou com força, enterrando a cabeça no meu pescoço.

— Eu te amo tanto, tanto, tanto — ela murmurou sem parar pelo que pareceram segundos curtos, mas poderiam ter sido minutos inteiros. — Vou ser mulher de técnica de basquete! Ouviu, pai?

O pai de Cacau gargalhou, se aproximando de nós.

— Nós estamos sabendo disso há um tempão, filha — ele confidenciou para minha namorada, piscando para mim em seguida.

— Eu sei que esse é um momento divertido, mas a Cacau precisa ir — sua mãe apressou, apontando para o portão. — O portão é longe, ela precisa ter calma e se preparar.

— Eu vou te ver daqui um mês e meio, ok? — prometi para Cacau, sorrindo com sua alegria. — Até lá, tente não arrumar brigas com engomadinhos e entre no time de basquete.

— Você não manda em mim, treinadora — ela provocou.

— Todo mundo sabe que nessa relação você manda e eu obedeço,

Cacau — admiti com um dar de ombros. — Mas nós duas sabemos que você vai fazer exatamente o que eu pedi.

Ela balançou a cabeça em negativo e se aproximou de mim mais uma vez, segurando meu rosto entre as mãos.

Então, Cacau Rodrigues me deu um último beijo antes de ir embora e deixar no Brasil o seu coração, somente para levar o meu numa mala de rodinhas.

E eu mal podia esperar para encontrá-la de novo.

Três meses depois

CACAU RODRIGUES

Havia algo mágico em assistir basquete no país do esporte. Desde que eu cheguei a Notre Dame, me divertia indo a quase todos os jogos de basquete feminino ou masculino. Torcia como nunca e uma vez cheguei a ser chamada de maluca por um gringo idiota. Ele nunca havia assistido a um clássico Corinthians e Palmeiras, claramente.

Mas os dias em que eu mais me divertia eram aqueles, quando eu estava na primeira fileira da quadra, toda trajada com o uniforme da faculdade e cercada dos meus novos amigos.

Aquele era o campeonato de primavera, o clima estava ameno e os alunos se divertiam nos fins de semana de jogos. As férias logo chegariam, e eu precisei fazer um esforço descomunal para não ficar em casa estudando, apesar de amar estar nos jogos.

Quando nosso time entrou em quadra, a arquibancada praticamente tremeu. Eu gargalhava, gritando com todos os outros alunos.

Do outro lado, a equipe rival apareceu. Mulheres altas com braços fortes e esguios se organizaram na quadra. Na posição de ala-pivô, uma garota loira de olhos castanhos estava centrada nos juízes. Não era a capitã do time, mas havia chamado a atenção de diversos olheiros, que se surpreenderam quando ela disse que não gostaria de ser jogadora, mas técnica.

Durante o jogo, com o placar apertado e jogadas dignas de urros e xingamentos exacerbados, me peguei analisando como ela jogava. Os braços fortes, as coxas torneadas, os ombros firmes e os olhos atentos e prontos para cruzar a quadra.

— Aquela ali é a sua namorada, não é, Cacau? — uma das colegas que fiz na faculdade me perguntou, apontando para América correndo de um lado para o outro, pontuando a cada chance possível.

— Sim. Eu já chamo de esposa, na verdade.

No fim do jogo, América atravessou a quadra correndo e parou diante de mim. Ela recebeu vaias e mais vaias, mas não se importou.

Me levantei, com minha mão imensa de borracha, e beijei América como havia prometido que faria se ela ganhasse. Eu podia torcer para dois times.

— Quero tirar toda essa tranqueira da Notre Dame de você — ela confessou. Seu cabelo loiro estava preso em um rabo de cavalo, e o rosto amarronzado estava vermelho depois de tanta correria.

— Você só está com ciúmes porque minha faculdade é boa demais — provoquei, recebendo um olhar de censura dela, que logo se derreteu em um sorriso presunçoso.

— Eu vi você torcendo por mim. Acha que não percebi que quando a gente fazia uma cesta você dava um saltinho no banco?

Balancei minha mão de borracha para os lados, negando com a cabeça.

— Você estava vendo coisas, América Figueiredo.

— E que tal a gente aproveitar essa vitória magnífica pra comemorar? — ela sugeriu, me dando mais um beijo antes de me ajudar a descer da arquibancada e irmos para o vestiário feminino.

— Só se for rapidinho, eu tenho uma prova amanhã e bolsistas não podem reprovar.

América olhou para os lados no corredor e nos enfiou numa portinha pequena que dava para um armário de limpeza.

— Que isso, América?

— Eu precisava de espaço pra isso.

Controlei um gritinho de surpresa quando América afundou suas mãos em meu cabelo e me beijou. Me desmanchei em seus braços, suspirando com seu toque, me esfregando contra cada pedaço de pele possível, como se América fosse escapar de mim a qualquer instante.

— Você não vai ter problemas se metendo com a garota do time rival? — perguntei com o coração acelerado.

— Eu e você já fomos rivais antes e deu tudo certo.

— A gente só quase se matou no caminho — brinquei.

— Você bem que queria, mas eu sei que você era obcecada por mim, até *implorou* pra morar comigo — América retrucou, dando um estalo com a língua.

— Obcecada?

— Maluca por mim — ela murmurou, se aproximando de novo, encostando o nariz no meu. — E tudo isso porque a gente quebrou algumas regras idiotas.

— Eu só consegui o amor da minha vida porque ignorei todas as nossas regras de como ter uma boa convivência.

— Você quer dizer de como *não* ter uma boa convivência, né? — questionou.

— Eu conquistei você — relembrei com uma piscadela. — Suas provocações não funcionam mais comigo.

— Aham — ela respondeu, dando uma risada. — Será que precisamos de novas regras pra você admitir que adora minhas palhaçadas?

Balancei a cabeça em negativa, encarando-a uma última vez antes de roubar um beijo.

— Não, minha baixinha linda, não precisamos.

— Você em algum momento pretende reconhecer que eu sou mais alta do que você, Cacau? — ela provocou, dando uma mordidinha leve no meu queixo.

— Só quando você parar de dar esse sorriso atrevido toda vez que eu te chamo assim...

América abriu um sorriso enorme, então me abraçou, beijou meu rosto inteiro até pairar sobre meus lábios e me encher de amor até transbordar, sem deixar por um segundo que eu me sentisse pouco amada.

Eu abri mão do controle, porque uma vida de surpresas com ela era muito melhor do que qualquer outro sonho milimetricamente planejado e regrado que eu poderia ter imaginado. Nós não funcionávamos de acordo com as regras, e aquilo, contra tudo o que eu esperava, me trouxe toda a paz de que eu precisava.

Carta da autora

A escrita de *As regras do jogo* durou por volta de seis meses. O que você precisa saber desse processo longo — e às vezes frustrante — é que a primeira cena que eu escrevi, sem saber qualquer coisa sobre a história, foi a cena da Cacau encarando o passaporte dela e pensando "e agora?".

Eu estava em meio ao processo de escrita de outro livro, mas engatei tanto neste que não consegui parar. Larguei o outro manuscrito na metade, criei coragem para pedir socorro às minhas agentes e disse: "A Cacau e a América precisam ser o livro de 2024".

Enquanto eu escrevia sobre o sonho da Cacau em fazer o intercâmbio, acabei revivendo um sonho meu desde criança: fazer meu próprio intercâmbio. Por causa dela, criei coragem e fiz meu passaporte pela primeira vez na vida. Por causa dela, e por ela ter falado tanto comigo, me inscrevi no intercâmbio da minha faculdade. Por causa dela, eu passei no processo para estudar fora do país.

Todo o misto de emoções, burocracia, ansiedade e desespero me acompanhou durante a escrita. Eu enfrentei a grande crise jovem adulta de estar chegando ao fim da graduação; passei noites sem dormir trabalhando ou estudando; meu coração foi partido e remendado, porque o destino de todo artista é sentir demais e, por fim, em todo o caos dos meus sentimentos, corri para a escrita. Para minhas meninas. Eu coloquei um pedacinho do meu sonho ali, e ele se realizou.

Este é um livro de memórias da minha época da faculdade, com personagens e situações que vivi com meus amigos ao longo de mais de cinco anos (em maior e menor grau de realidade). Ao contrário da Cacau, ser jovem para mim é ver o tempo passando rápido até demais. Por isso, decidi eternizar no papel o meu amor pelo período mais divertido da minha vida — até agora.

Apesar de ser um livro de lazer, espero de coração que a Cacau e a América tenham falado com você de alguma maneira, porque elas mudaram a minha vida de formas que eu jamais poderia sequer sonhar.

Livros são muito além de sonhos transcritos: eles às vezes são o empurrão que precisamos para viver o que sempre sonhamos. Torço para que *As regras do jogo* seja um empurrãozinho necessário para você viver sua juventude da melhor maneira possível.

Com muito amor,

Arque

Agradecimentos

Querida leitora, se você chegou até aqui, te convido a ler estes agradecimentos com calma. Apesar de você não conhecer alguns destes nomes, todos eles fizeram parte do processo incansável de mais de um ano entre a escrita e o lançamento final do livro. É graças a eles que você está lendo *As regras do jogo*.

Primeiro de tudo, obrigada às minhas agentes da Increasy. Guta, valeu por ser uma voz da razão para minha cabeça jovem e desesperada. Alba, obrigada por não me xingar pelos e-mails que chegavam de madrugada ou pelas mensagens que eu mandava às duas da manhã dizendo "não precisa me responder, só amanhã, mas eu tive uma ideia!". A Cacau e a América só existem dessa maneira por sua causa.

Obrigada também à equipe da Paralela, Quezia, Marina, Bruna, Paulo e muitos outros nomes que fazem meus sonhos se tornarem realidade. Vocês são a equipe mais cuidadosa que eu poderia querer para cuidar das minhas princesas.

Obrigada aos meus professores da faculdade, que não sabem que eu precisei matar mais aulas do que eu deveria para escrever este livro. A Libélula é para vocês. Valeu por não me reprovarem.

Por último, e com certeza nem um pouco menos importante, obrigada a você, leitora, que acompanhou cada segundo deste livro. A Cacau e a América são muito especiais para mim, e espero que tenham sido para você também.

Nos vemos nos próximos livros. ;)

TIPOGRAFIA Adriane por Marconi Lima
DIAGRAMAÇÃO Vanessa Lima
PAPEL Pólen Natural, Suzano S.A.
IMPRESSÃO Lis Gráfica, agosto de 2024

A marca FSC® é a garantia de que a madeira utilizada na fabricação do papel deste livro provém de florestas que foram gerenciadas de maneira ambientalmente correta, socialmente justa e economicamente viável, além de outras fontes de origem controlada.